Sur l'auteur

Antti Tuomainen, né en 1971, est l'un des auteurs les plus lus en Finlande. Ses romans ont été traduits dans plus de vingt-cinq langues. Couronné « Roi d'Helsinki Noir », il a gagné le cœur des lecteurs et des critiques avec *Derniers mètres jusqu'au cimetière*, au style perçant et évocateur, tout comme avec son dernier roman, *Sous le soleil éternel de Finlande*.

Du même auteur
aux Éditions 10/18

DERNIERS MÈTRES JUSQU'AU CIMETIÈRE, n° 5522
SOUS LE SOLEIL ÉTERNEL DE FINLANDE, n° 5658

ANTTI TUOMAINEN

SOUS LE SOLEIL ÉTERNEL DE FINLANDE

Traduction revue et corrigée
par Céline Maurice

10/18

FLEUVE ÉDITIONS

Ouvrage publié avec le concours de FILI

FILI FINNISH LITERATURE EXCHANGE

Titre original :
Palm Beach Finland

Éditeur original :
Like Kustannus Oy, Helsinki

ISBN 978-2-264-07829-2
Dépôt légal : avril 2021

Salut, Annu,
tu es la meilleure petite sœur du monde.

AVERTISSEMENT

Tout ce qui suit est basé sur des événements
et des personnes réels.
Rien n'a été modifié.
En Finlande, le soleil brille en permanence.

GROUCHO : Alors, passons aux choses sérieuses.
Mon nom est Spaulding.
CHANDLER : Roscoe W. Chandler.
GROUCHO : Geoffrey T. Spaulding.
CHANDLER : Que signifie le « T » ? Thomas ?
GROUCHO : Edgar.

Marx Brothers, *L'Explorateur en folie*

« Mais je ne pense pas qu'aucun de vous
échappe à la noire destinée. »
Homère, l'*Odyssée*

I

DES RÊVES

C'était un accident. Un fâcheux hasard. Dû à un malentendu, à un déséquilibre entre la poussée et la traction. Voilà pourquoi la nuque s'était fracturée avec un son rappelant une planche sèche qui se brisait.

Ils se sont retrouvés en face de l'enseigne. Kari « Chico » Korhonen était sur place le premier. Il a tenté de donner l'impression de n'attendre personne, mais c'était incroyablement difficile. Il a essayé d'observer la pancarte comme s'il la voyait pour la première fois, a fait mine de la dépasser en jetant un coup d'œil de côté. Dix pas en direction du rivage, un regard vers la droite :

PALM BEACH FINLAND
It's the hottest beach in Finland

Il s'est retourné comme s'il avait oublié quelque chose. Dix pas en direction de la ville, un regard vers la gauche :

PALM BEACH FINLAND
It's the hottest beach in Finland

Chico trouvait le changement comparable à l'arrivée de la télévision en couleur. Exactement de la même manière, le nouveau propriétaire du village-vacances, Jorma Leivo, avait appuyé sur un gros bouton actionnant la couleur. En deux mois, l'ancien Kähärä Villégiature s'était changé en Palm Beach Finland, comme si un œuf grisâtre avait donné naissance à un oiseau bigarré au chant cristallin.

Chico appréciait les nouvelles teintes : turquoise, bleu ciel, rose, vert clair. Le village-vacances tout entier, également rebaptisé par Jorma Leivo, luisait et reluisait : des annexes sur le rivage, un restaurant, des chalets, des cabines de plage, une boutique, une location de planches à voile, et même une pizzeria. Tout rutilait sous une épaisse couche de peinture fraîche. Quant à l'enseigne, elle mesurait vingt mètres par cinq et vous mettait littéralement K.-O. avec ses couleurs fluorescentes, ses lettres massives comme des colonnes et son slogan. Grâce à son emplacement, elle devait être visible jusqu'à Tallinn. La plage de sable était ponctuée de parasols scintillant dans les mêmes tons chatoyants. Leur nécessité certes faisait débat, avec le vent permanent et l'eau glaciale qui laissaient les chaises longues décidément vides. La plage était bordée côté ville par une superbe rangée d'arbres toute nouvelle, le long de laquelle Chico aimait marcher. Des palmiers. Fraîchement plantés. En plastique, bien sûr. Mais tout de même.

La vie était sur le point de changer. Elle commençait.

Comment aurait-il pu le comprendre autrement ?

Et qu'est-ce que le rendez-vous avec Jorma Leivo marquait d'autre ?

Certes, leur première rencontre remontait au jour où Chico s'était fait prendre pour un vol insignifiant. Un accident du travail pur et simple. Il avait suivi jusqu'au rivage une femme ronde qui avançait péniblement, l'avait approchée du côté sac à main et lui avait subtilisé quelques chèques-restaurant avant de rejoindre sa tour de garde, où Leivo l'attendait déjà. Ce dernier ne s'était pas donné la peine d'écouter ses explications sur la crise de liquidités qui l'avait soudain surpris ni sur le problème des prix en saison haute pour les autochtones. Il avait déclaré sans tarder qu'il pourrait avoir besoin d'un homme d'action entreprenant tel que Chico. Lorsqu'il avait en outre mentionné qu'en s'abaissant à pourchasser quelques dizaines d'euros, on risquait d'en manquer des milliers, Chico avait vu des portes s'ouvrir. Cela tenait souvent à peu de chose, il le savait. Il avait lu des biographies, il savait comment Eric Clapton et Bruce Springsteen…

— Pardon.

Chico s'est retourné et s'est retrouvé nez à nez avec Robin, les yeux dans ses yeux marron.

— Pourquoi tu demandes pardon ?

Robin le regardait. Sa tête entière était tapissée d'une moquette presque noire et régulière d'un millimètre. Il était impossible d'affirmer où commençait la barbe, où finissaient les cheveux, où se trouvait précisément le visage. Rien non plus n'indiquait que Robin était cuisinier, qu'il travaillait dans le restaurant bleu ciel du rivage – anciennement *La Nasse*, aujourd'hui *Beverly Hills Dining*.

— J'ai pensé que ce serait bien d'être en retard ou de se retrouver ici comme par hasard, comme si on ne se connaissait pas. Et de te dire : « Pardon, vous avez l'heure ? »

— Mais tu sais bien l'heure qu'il est si tu sais que tu es en retard, a rétorqué Chico. Et puis on se connaît. Leivo a juste dit que le rendez-vous était top secret, et je pensais qu'on se ferait discrets. On suit les ordres du boss.

Robin a tourné la tête en direction du rivage, puis de la ville.

— Je ne vois personne. Personne ne me voit. On peut y aller.

Chico s'est dit, et pas pour la première fois, que même si Robin n'avait pas inventé la poudre, il était fiable. Et puis c'était un ami d'enfance. Quand on connaît quelqu'un depuis toujours, on le connaît comme si on l'avait fait, n'est-ce pas ? Il était sept heures moins sept, ils sont partis retrouver Jorma Leivo.

Jorma Leivo évoquait le cliché de l'inventeur fou de cinéma : haut du crâne chauve, cheveux blonds frisés hirsutes sur les côtés, yeux bleus scrutateurs dont l'intensité donnait envie de détourner le regard. Autrement, il ressemblait à un catalogue de vêtements datant de l'enfance de Chico. Il portait une veste blanche comme neige aux épaulettes imposantes, avec en dessous une chemise très rose. En nage, il parlait d'une voix grave doucement injonctive. Chico lui trouvait une apparence internationale et digne d'un homme d'affaires. Ça s'annonçait bien.

— Mais rien de grave quand même, a déclaré Jorma Leivo en les regardant tour à tour. Une fenêtre se casse, le tonneau d'eau de pluie se renverse, la remise brûle, le vélo est volé, quelqu'un pisse dans la boîte aux lettres. Soyez créatifs. Des ennuis de toutes sortes. De préférence tous les jours. Dans l'idéal, toujours pires. Vous comprenez le principe. Il s'agit d'une courbe à la croissance vertigineuse. Qui ne fait que croître.

Chico attendait.

— Je veux posséder la villa et le terrain dans le mois, a poursuivi Leivo. Le plus vite sera le mieux. Un mois, c'est le délai absolu. Vous commencez aujourd'hui. Des questions ?

Chico voulait donner l'impression d'avoir en permanence ce genre de discussions. Il s'est enfoncé dans son dossier avec le plus de décontraction possible, a croisé sa jambe droite sur la gauche.

— Nous sommes des professionnels dans notre domaine…, a-t-il commencé, mais il n'a pas pu aller plus loin, car Leivo l'a interrompu.

— Quel domaine ? a-t-il interrogé.

Chico l'a regardé, un peu déconcerté, en cherchant une réponse.

— Eh bien…

— C'est un secret, a dit quelqu'un à côté de lui. Des informations secrètes.

Robin. Il s'était mis à parler comme il le faisait souvent, comme si un disque gravé en lui se mettait soudain à lancer des phrases au hasard. Leivo lui a jeté un coup d'œil en s'enfonçant dans son fauteuil. Il semblait se demander ce qu'il avait voulu dire. Pas bon, ça. Chico devait rectifier le tir.

— À quelle compensation vous avez pensé pour ce travail ? s'est-il enquis.

Le regard de Leivo s'est reporté sur lui.

— « Vous » ?

— Je vous ai vouvoyé, car j'ai pensé que tu étais le chef.

— Tu m'as tutoyé, là.

Chico a réfléchi un instant.

— C'est difficile de discuter du tutoiement avec quelqu'un qui me vouvoie, a-t-il affirmé pour regretter aussitôt ses propos. Et peut-être inversement.

Leivo a posé le tranchant des mains sur le bord de son bureau, ouvert puis refermé les poings.

— C'est officieux. Je suis votre chef uniquement quand toi tu es maître nageur, a précisé Leivo en regardant d'abord Chico, puis Robin. Et quand toi tu es cuisinier. J'insiste bien : ça n'a rien à voir avec ces fonctions-là.

Chico sentait l'odeur de la peinture fraîche des murs. Un profond silence a régné un instant dans la pièce rose pastel.

— Je ne paie que pour des résultats, a ajouté Leivo. La récompense s'élève à 5 000 euros.

Chico a rectifié sa position, passant la jambe gauche par-dessus la droite. Il espérait deux choses : ne pas laisser paraître ce que cette somme représentait pour lui – c'est-à-dire tout – et que Robin se taise.

Chico ne serait finalement pas surpris par la quarantaine. Il avait le temps. Il avait trente-neuf ans, mais ça ne signifiait plus rien. Dans un an à la même heure, il serait en plein essor. Eric Clapton avait soixante-dix ans, B. B. King se produisait encore à quatre-vingt-sept ans. Premier disque l'année prochaine, concerts dans des clubs, puis les salles de sport, puis les stades, avec vente de tee-shirts. Chico rattraperait Eric avant d'avoir cinquante ans. Et il aurait une femme tatouée, une Américaine ou une Anglaise à forte poitrine…

— Ça paraît raisonnable, a-t-il constaté.

— Bien entendu, cette somme est à partager entre vous, a fait remarquer Leivo. Il s'agit d'un montant global.

— 5 000 divisé par deux, ça fait 2 500, a calculé Robin.

2 500 euros ne suffiraient pas vraiment pour une vraie guitare Les Paul, neuve et personnalisée, a réalisé Chico. En tout cas pas pour le modèle qu'il avait déjà gratté dans un magasin d'instruments. Celui-là même dont il avait terriblement besoin.

— À vous de voir comment vous la partagerez, a ajouté Leivo. Il est crucial que nous nous comprenions bien. Nous n'avons jamais eu cette discussion. Vous n'avez jamais fait ce que vous allez bientôt faire. Je ne veux plus en entendre parler. Je ne vous ai jamais rien payé, vous n'avez jamais reçu d'argent de ma part. Voilà, l'affaire est close.

Leivo s'est levé. Pas Chico. Leivo l'a observé, peut-être un brin impatient.

— Quelque chose n'est pas clair ?

— Dans ce genre de situations, on ne paie pas une sorte d'acompte, d'habitude ? s'est renseigné Chico.

— Sans résultats ?

Chico a jeté un coup d'œil à Robin. Celui-ci semblait regarder ses genoux. Il était encore assis, au moins.

— Un acompte, c'est comme un engagement, a affirmé Chico, un peu fier de ses mots.

Leivo s'est tu un instant. Puis il a sorti son portefeuille de sa poche intérieure.

— De quel type d'engagement on parle, là ?

Chico a tenté de cacher son manque d'habitude à manipuler de si grosses sommes.

— Cinq cents, a-t-il avancé. Par personne.

— Très bien, a acquiescé Leivo.

Et à l'instant même où la joie de la victoire allait éclater à l'intérieur de Chico, Leivo a ajouté :

— Je vous donne cent euros chacun, et on est quittes.

Leivo a sorti quatre billets de cinquante euros d'une épaisse liasse et les a tendus à Chico par-dessus le bureau. Celui-ci, instinctivement, a bondi de sa chaise et saisi l'argent. C'est seulement à ce moment-là qu'il a réalisé s'être une fois de plus emballé en voyant de l'argent. Tel était l'effet que cela lui faisait. Il n'y pouvait apparemment rien.

Les billets étaient un peu humides.

La villa se trouvait sur la pointe d'un magnifique cap. De part et d'autre s'étendait une belle plage et, à gauche depuis la terre ferme, le cap et la plage décrivaient une courbe légère qui se terminait sur une forêt vaste et dense. De l'autre côté, invisible, débutait le village-vacances, Palm Beach Finland. Chico savait que Jorma Leivo possédait déjà une option sur l'achat de la forêt. Chico et Robin, à plat ventre au pied des pins, observaient la maison. La nuit était tombée.

— Qu'est-ce que Leivo a contre Olivia ? a murmuré Robin.

— Rien, je pense, a chuchoté Chico.

— Pourquoi il veut qu'on pisse dans sa boîte aux lettres ?

— On ne pisse pas dans sa boîte aux lettres.

— Qu'est-ce qu'on fait, alors ?

Chico n'a pas eu le temps de répondre : le rez-de-chaussée venait de s'illuminer.

Olivia était rentrée chez elle. Ou, pour être précis, elle était rentrée deux mois plus tôt, juste après le décès de son père. Il avait eu une crise cardiaque fulgurante dans son kayak avant de dériver au gré du vent jusqu'à la plage où il avait effrayé les enfants, voûté, un sourire figé sur son visage, la rame brandie entre ses mains. Quelqu'un avait pris une photo, que Chico avait vue. Dès le lendemain du décès, Olivia Koski avait rejoint sa ville natale, venue on ne sait d'où, seule, et elle avait manifestement décidé d'y rester.

Pour l'heure : la lumière à la fenêtre, l'ombre de quelqu'un sur le mur de la pièce.

Chico n'était pas homme à opérer sans plan d'action. Il a déterré un caillou de belle taille et l'a montré à Robin. Celui-ci a compris et en a extrait un à son tour. Chico lui a expliqué son plan, probablement déjà mis à exécution par les hommes des cavernes : foncer, jeter les pierres, s'enfuir. Il compterait jusqu'à trois. Robin a bondi à deux, Chico l'a suivi. Ils ont surgi de la forêt, couru vers la cour et ont jeté leurs pierres en même temps. La fenêtre éclairée du rez-de-chaussée s'est brisée dans un son cristallin. Chico et Robin retournaient déjà vers la forêt protectrice lorsqu'ils ont entendu un bruit. Une espèce de mélange de cri de douleur et d'appel à l'aide déchirant. Ils se sont arrêtés dans l'obscurité, comme changés en statues de sel. La voix s'est fait entendre de nouveau.

— On aurait dû pisser dans la boîte aux lettres, a chuchoté Robin. Ça ne fait de mal à personne et c'est drôle.

Chico a essayé de réfléchir. Cela ne faisait pas partie de son plan.

— On doit…, a-t-il commencé, mais il ignorait comment poursuivre.

Ils devaient faire quelque chose. Quelque chose.

— On doit s'assurer qu'il n'est rien arrivé de grave.

La voix est revenue. Puis un bruit, un fracas, un cliquetis.

Ils se sont retournés et ont longé la maison en silence jusqu'à l'escalier de la véranda. Ils l'ont monté et ouvert la porte. La véranda, avec son sofa, était confortable et déserte. La voix venait de plus loin dans la maison. La porte intérieure a grincé quand Chico l'a ouverte, il a tressailli et serré les dents. En s'arrêtant, il a senti Robin presque contre lui. La lumière provenait de la droite, de la cuisine. Il a tendu l'oreille mais n'a rien entendu. Ni voix, ni fracas, ni cliquetis. Il a continué d'avancer vers l'embrasure et, au niveau du chambranle, a tendu le cou à l'intérieur.

Un sol carrelé, un plan de travail en bois sombre, des vaisseliers, une fenêtre cassée. Et du sang. Du sang et des éclats de verre. Partout. Une mare de sang sous la fenêtre. Des traînées et des éclaboussures çà et là. Une épaisse ligne rouge sur la porte blanche du réfrigérateur. Et une trace de sang menant…

Directement à ses pieds.

Un goût de métal lui a envahi la bouche, un batteur électrique est passé sur ses yeux, ses lèvres. Il allait s'écrouler, il le savait. Il a tenté de rester debout, mais ses jambes ne faisaient pas ce qu'il leur ordonnait et il se contentait de vaciller. Il est tombé sur le dos. Sa vision s'est éclaircie puis obscurcie, lui dévoilant une suite d'images rapide : de longs cheveux bruns, un visage couvert de sang, le corps mince d'Olivia en jean et pull à col roulé noirs, la coque en plastique blanc du batteur électrique où se reflétait la lumière éblouissante de la lampe de la cuisine.

Du coin de l'œil, Chico a vu Robin se prendre

un coup de batteur à son tour, dans la tempe, puis s'effondrer à genoux sur le seuil de la cuisine, comme priant pour avoir le droit d'y entrer.

Chico était perdu et furieux à la fois : ils s'étaient inquiétés, étaient venus s'assurer que tout allait bien, et pour tout remerciement, ils se prenaient des coups de mixeur en pleine poire ! Chico a entendu des pas et deviné ce qui se préparait, mais n'a pas eu le temps de réagir. Son champ de vision était toujours obstrué par de gros cubes noirs dansants. Le coup de batteur a été comparable à la claque d'un ours : douloureux et étourdissant.

— On est venus aider, a gémi Chico.

Mais Olivia n'écoutait pas.

Elle s'était déjà détournée. Le batteur est monté très haut pour redescendre aussi vite. Malgré ce nouveau coup, Robin est demeuré à genoux. Chico avait une oreille en feu et un affreux sifflement résonnait dans sa tête.

Il fallait calmer le jeu. Chico a pris appui sur la table et s'est redressé. La silhouette sombre s'est approchée. Chico s'est précipité vers l'avant, a atteint les jambes d'Olivia et est parvenu à lui faire perdre l'équilibre. Il a crié à Robin de l'attraper et l'a poussée vers lui. Robin l'a attrapée et elle a enfin lâché le mixeur.

Elle s'est retrouvée par terre, sur le ventre. Chico la tenait par les pieds, sa tête était sous le bras de Robin. Chico donnait des ordres, nerveux. La femme était légère, heureusement. L'obstination de Robin était ici un avantage, il ne la lâcherait pas.

Le plan de Chico, déjà le troisième de la soirée : ils emmèneraient la femme dans la cour, à l'air frais, ils discuteraient, ils mettraient les choses au point. Chico était prêt à rembourser les fenêtres. Leur récompense y suffirait amplement. Bien sûr, ce n'était pas le plan initial, mais…

Chico a crié à Robin qu'il était inutile de fuir : Olivia savait qui ils étaient. Robin a semblé comprendre.

Ils se sont relevés à grand-peine. La femme, entre eux, se tortillait, se débattait et s'agitait. Chico a lancé à Robin :

— Tiens-la, on l'emmène dehors !

Robin a hoché la tête et s'est retourné afin de prendre une meilleure position. Chico a fait de même, a changé de pied d'appui, a crié « Prêt ! » et a tiré. La mare de sang où Olivia gisait un instant plus tôt et où Chico se trouvait désormais avec ses Adidas était fraîche et glissante. Son pied a patiné. Il a instinctivement resserré sa prise tout en tombant en arrière. Au même instant, de l'autre côté, Robin tirait sur la tête d'Olivia.

Le craquement a évoqué celui d'une planche sèche qui se brisait. Olivia est devenue amorphe. Robin se cramponnait toujours à sa tête, Chico tâchait de s'extirper de la mare de sang sans lui lâcher les pieds. Il a ordonné à Robin d'arrêter là. Olivia s'est affalée par terre.

Chico s'est redressé. Robin était déjà debout sur le seuil.

— Je ne l'ai jamais vue comme ça, a-t-il constaté.

C'est bien vrai, s'est dit Chico. *Ça t'étonne ?* Il a fait un pas prudent vers Robin en jetant des coups d'œil en coin vers la femme qui gisait au sol. Ses longs cheveux lui couvraient en partie la figure mais il distinguait tout de même ses traits. La peau de son visage allongé était étrangement tendue et pâle. L'œil, qui observait fixement la large plinthe devant lui, était d’un bleu limpide. L’oreille était petite, la moustache fine, le bouc mince comme un pinceau noir.

Pour une fois, Robin avait raison. Chico non plus n’avait jamais vu Olivia comme ça. Et pour cause. Ce n’était pas Olivia.

DEUX SEMAINES PLUS TARD

1

Les défis majeurs et les pires douleurs d'un divorce semblaient toujours infligés par d'autres, par des gens totalement extérieurs. Des gens qui voulaient partager leur propre expérience, raconter ce qui leur était arrivé, comment ils s'en étaient sortis.

Pour Jan Nyman, de telles situations étaient pour le moins épineuses : il ne pouvait pas dire franchement que cela ne l'intéressait pas (cela ne l'intéressait pas du tout), il n'avait pas l'impression d'être en train de vivre quoi que ce soit de dramatique, et il n'avait rien de mal à dire sur Tuula. Bien au contraire, à vrai dire. Et là, c'était son supérieur qui parlait. En plus, il l'avait convoqué dans son bureau, se montrant pressant et insistant au téléphone (« Ne passe pas par la cafétéria ni par ton bureau, viens directement me voir »). Étrange. Jan ne pouvait donc que patienter.

— Maiju et moi, on a passé une semaine dans une espèce d'atelier thérapeutique, a ajouté Muurla après avoir expliqué qu'il avait lui aussi, comme on pouvait s'en douter, subi un divorce. Pour sauver notre mariage. En plus de nous, il y avait six autres couples, des gens au bord de la rupture qui ne se supportaient plus et auraient eu intérêt à partir chacun de son côté le plus vite possible. Ils ne pouvaient plus rien faire ensemble, pas même attendre le bus. Et soudain, on s'est retrouvés dans les bois pour rouvrir nos plaies. Après un trajet super-pénible où on s'est engueulés pendant 412 kilomètres, on arrive à une ferme. Et les nanas s'empressent de se confier à tout va dès le thé de bienvenue aux champignons, du *chaga*, ça sent les pieds et ça a un goût de cérumen. Elles déballent leur vie sexuelle à tout le monde : « Jari ne bandait pas, alors j'ai été obligée de le cocufier, et j'ai bien aimé. » Et les mecs assis à côté rougissent jusqu'aux oreilles, l'ambiance est tendue et le *chaga* refroidit. L'atelier était animé par une espèce de type à la voix douce qui n'a même pas osé venir au sauna avec nous, les autres bonshommes. J'ai pensé que c'était une histoire d'autorité, qu'il voulait garder ses distances avec la clientèle. Il n'arrêtait pas de nous scruter avec l'air de désespérer de plus en plus, tout rouge, les lèvres serrées, les tempes palpitantes. Quand on a fait un match de volley entre mecs, il est resté planté sur le côté, dans les buissons, l'air méprisant. Le quatrième jour, c'était à moi de faire chauffer le sauna. J'y suis allé, les bras chargés de bon bois sec, quand j'ai entendu des gémissements bizarres dans le vestiaire. J'ai regardé, et il y avait un des maris – pas ce Jari, un autre qui venait d'Espoo –, à plat ventre sur un banc, et le type à la voix douce en train de l'enculer à s'en faire clapoter les joues. En chemise, le bouton du haut toujours fermé. J'ai rapporté les bûches sur le tas de bois, je suis allé voir Maiju, je lui ai fait un bisou sur la joue et je lui ai dit qu'on n'avait plus qu'à remplir les papiers du divorce. On est rentrés chez nous dans la bonne humeur, et aujourd'hui, on est bons amis. Une histoire des plus banales.

Muurla s'est tu, comme perdu dans ses pensées. Nyman ne comptait faire aucun commentaire sur son histoire, pas même un « Ah, tiens donc ». Il a jeté un coup d'œil par la fenêtre.

Le siège de la direction centrale de la police judiciaire de Vantaa était situé sur un vaste terrain. Son mur côté sud-ouest, celui où se trouvait le bureau de Muurla au deuxième étage, donnait sur un terrain vague, un champ vert, herbu et bordé de mignons petits bouleaux. Nyman a pensé à ses dernières vacances d'été. Qu'il n'avait pas prises. Pourtant, il donnait peut-être l'impression de les avoir déjà commencées : baskets blanches et neuves, jean bleu marine ample et décontracté, chemise rouge et gris en flanelle, barbe de trois jours soulignant ses fossettes, cheveux foncés mi-longs en bataille et encore humides après la douche. Voilà à quoi il ressemblait d'une manière générale : selon Tuula, à la fois à un chanteur de country et à un coureur de fond. Mais il n'était aucun des deux. Il était le meilleur enquêteur de la section des opérations secrètes. Sans doute la raison pour laquelle il se retrouvait une fois de plus dans ce bureau. Il a regardé son supérieur, qui semblait revenir peu à peu à la réalité.

— Le dossier complet est sur le réseau, a annoncé celui-ci en croisant les doigts sur son bureau comme pour prier. Regarde tout ça au calme. Version courte : un cadavre dans une petite ville, une enquête au niveau local, pas de résultats. L'équipe habituelle de la direction centrale de la police judiciaire est venue et repartie, pas de résultats. Une affaire obscure en tout point.

Nyman a observé l'homme imposant assis derrière son bureau, courbé. Sa peau lui rappelait un sofa ancien au cuir patiné et rugueux. Muurla était son chef depuis qu'il avait débuté dans la section des opérations secrètes de Vantaa après avoir passé des années à la section des crimes violents de la police de Helsinki. Nyman ignorait tout du passé de Muurla, jusqu'à son âge – la section des opérations secrètes étant fidèle à ses enseignements –, mais il devait approcher la soixantaine. Nyman aimait travailler pour lui : il se contentait des résultats, ne conseillait pas, ne dirigeait pas, n'ordonnait pas. Sans doute parce qu'il n'était pas taillé pour être chef, mais Nyman n'aimait pas réfléchir à ça.

— Il y a sûrement d'autres raisons pour qu'ils aient besoin de nous, a lancé Nyman en guise de question.

— On parle de professionnels d'un certain niveau. Il y a encore pas mal de choses en suspens. Voilà à quoi ressemble le truc : un type est dans la maison, soit invité, soit non. D'autres gens arrivent sur place, soit invités, soit non. Soit ils se connaissent tous, soit non. Tout fonctionne selon un plan, ou de manière spontanée. Dans les deux cas, le résultat est un homme à la nuque fracturée. Tout le monde n'aurait pas pu faire une chose pareille, en tout cas pas la propriétaire de la maison, qui peut être mêlée à l'affaire ou non. Elle a été interrogée à plusieurs reprises et a toujours maintenu ses déclarations, celles qu'elle a faites dès la première déposition : elle est rentrée chez elle, les lieux étaient sens dessus dessous, un homme qu'elle n'avait jamais vu gisait par terre. Impossible de prouver le contraire pour le moment. Cette femme, la propriétaire donc, était bien ailleurs au moment des faits. Mais savait-elle ce qui se passait chez elle ? C'est une autre affaire. Et si elle sait, que sait-elle vraiment ?

— Et la méthode renvoie bien à des tueurs professionnels ?

— Oui. D'après le médecin légiste, on a ici deux personnes qui connaissent leur affaire. Des amateurs ne réussiraient pas un coup pareil. La position doit être juste, ça requiert une certaine connaissance de l'anatomie, un timing, de la coordination. Peut-être aussi une maîtrise des sports de combat, pas des ceintures jaunes, mais noires. Autre chose encore. Rien n'a été emporté. Ils se sont contentés de passer, de faire leur boulot et de repartir avant le retour de la proprio. Donc, tout le reste peut être du bluff. Ainsi que le rapport le soupçonne, la victime a d'abord été salement brutalisée, puis tuée d'une manière inhabituelle et très physique qui implique un savoir-faire particulier. Et pour finir, les lieux ont sans doute été chambardés pour maquiller la scène. Et encore un point qui complique l'enquête…

Nyman a patienté. Muurla s'est appuyé sur son bureau, a avancé les coudes et s'est approché de Nyman avec difficulté.

— Un petit imbroglio au tout début, a-t-il poursuivi en braquant ses yeux gris sur Nyman.

Celui-ci connaissait bien ce regard. Muurla dévisageait ainsi ceux qui allaient bientôt quitter son bureau pour aller remplir une mission parfaitement impossible.

— D'après l'appel d'urgence, la brigade de police a d'abord cru que l'agression était toujours en cours. Ils se sont précipités à l'intérieur de façon plutôt cavalière et ont agité le type à la nuque fracturée : ils ont cru que c'était un taré de passage qui avait peut-être pris de la drogue, avait jeté des pierres et cassé des fenêtres pour entrer par effraction et foutre le cirque avant de s'effondrer. La routine, quoi. Ces brigadiers zélés ont donc un peu chamboulé les lieux. En plus, on venait de rénover l'intérieur, il y a donc eu tout un tas de monde dans la maison récemment. Voilà pourquoi l'enquête technique a, pour parler gentiment, relevé du défi. Et l'enquête judiciaire a été effectuée de manière plutôt artisanale, à la *old school*, comme dirait mon fils. En parlant de fils, c'est peut-être mieux que vous n'ayez pas d'enfants. Quand on divorce…

— Qui je suis ? a interrogé Nyman avant que Muurla n'aille plus loin.

Il semblait à Nyman avoir entendu au cours du dernier mois environ quatre cents histoires liées d'une manière ou d'une autre, parfois de très loin, au divorce, alors qu'il n'en avait pas demandé une seule.

— Jan Kaunisto, a répondu Muurla en tapotant la pochette en plastique posée sur son bureau, laquelle contenait, en haut de la pile, un passeport finlandais. Prof de maths. En vacances d'été.

— Merveilleux, a constaté Nyman en percevant lui-même son ton sec et laconique.

Malgré cela, il appréciait le fait de pouvoir toujours porter son vrai prénom. Cela l'aiderait à s'approprier sa nouvelle identité.

— Le salaire mensuel et la prime de vacances sont sur ton compte, a annoncé Muurla en ouvrant la pochette de manière à pouvoir guigner sous le passeport. Et voici ta carte bancaire. Tu achèteras ce dont tu as besoin, un téléphone et tout le reste. Des questions ?

— Beaucoup, mais le dossier de l'enquête devrait y répondre.

Muurla lui a tendu la pochette. Ils se sont regardés.

— Tu veux savoir ma théorie ?

Nyman s'est tu. Muurla y a entendu un *oui*.

— Cette femme vient de rencontrer un homme, a-t-il repris, bras croisés sur la poitrine, l'air d'un retraité dodu. Mais cet homme la déçoit. La femme réalise qu'il ne s'en ira pas de son plein gré. Elle connaît des gens en ville. Elle engage deux torpilles pour faire le boulot. Ils font ce pour quoi ils ont été payés et ils maquillent ou tentent de maquiller ce qui s'est passé en une espèce de cambriolage ou de règlement de comptes.

— Et ensuite ? s'est enquis Nyman.

— Qu'est-ce que tu veux dire ?

— Si la femme a engagé des pros, comme tu l'avances, eh bien ils rappliqueront. Ces gens-là ne disparaissent jamais, ils te pompent jusqu'au dernier centime. Ils reviennent toujours, même pour *vraiment* finir le job.

Muurla a réfléchi un instant.

— Dans ce cas, c'est bien que tu sois sur place, a-t-il constaté.

Après un bref instant de réflexion supplémentaire, il a hoché la tête à l'intention d'un interlocuteur invisible.

— Crois-moi, c'est cette femme qui tire les ficelles.

2

Olivia Koski a fait le tour de la maison à la suite d'un homme coiffé d'une casquette. Il était bien en chair et parlait comme un moulin, telle une fontaine intarissable. Olivia s'efforçait de demeurer vigilante, consciente que des informations importantes pourraient peut-être surgir ici ou là de ce flot bouillonnant de paroles. Un instant plus tôt, l'homme s'était présenté : Esa. Après cette entrée en matière, le saphir s'était posé sur son disque, et depuis, le disque n'avait pas cessé de tourner, tous comme eux deux tournaient autour de la maison. Sur le flanc de sa camionnette jaune et noir quasi neuve, on lisait « Plomberie Kuurainen & Associé ». Esa devait donc s'appeler soit Kuurainen, soit Associé.

Il s'est arrêté devant le mur sud et s'est tourné vers Olivia. Les bras le long du corps, il l'a observée un peu de travers et a plissé les yeux sous le soleil vif de la mi-journée. Il avait l'air d'un gamin faisant ses devoirs.

— C'est par là que je les ferais passer, a-t-il commencé. Les nouveaux tuyaux pour l'eau courante. L'un pour le chaud, l'autre pour le froid. Ça fait combien de temps que vous avez des problèmes d'eau ?

Olivia a pensé à son père, à son grand-père et à son arrière-grand-père. Des hommes bons, gentils et sages, mais qui n'avaient jamais rien su faire de leurs dix doigts – trente à eux tous, les plus maladroits de toute l'histoire de l'humanité.

— Depuis les années 10.

Esa a ri.

— Les années 1910, a précisé Olivia.

Esa s'est calmé. Il a regardé le sol et repris la parole.

— Je creuserais là. L'ouverture ici, les nouveaux tuyaux par là. Comment est l'eau en ce moment ?

Olivia n'a pas eu besoin de réfléchir à la pression ou à la qualité de l'eau. Elle s'est rappelé ce qui s'était passé le matin même : le shampoing qu'elle n'avait pas pu rincer, ses tremblements et, pour finir, ses claquements de dents.

— Glaciale, a-t-elle répondu. Et on a le temps de compter les gouttes.

— Ah, fin de course, donc, a confirmé Esa en cachant mal sa joie. Ça urge.

— À quel point ?

— Impossible de le dire. L'arrivée peut se bloquer la semaine prochaine ou dès la prochaine chasse d'eau. Sans pression et avec davantage de matière, si vous voyez ce que je veux dire, impossible de savoir si ça sera évacué. Je ne dis pas ça pour vous, madame Koski, mince comme vous êtes, ça ne viendrait pas de vous. Mais il suffit parfois de manger au buffet à volonté, ou bien d'accumuler…

— Mademoiselle.

— Pardon ?

— Mlle Koski, a réitéré Olivia. Je ne suis pas mariée, même si j'ai peut-être l'âge…

Elle essayait de dissimuler sa fatigue. Les deux semaines passées avaient été encore plus harassantes que les semaines et les mois qui les avaient précédées. Avec les funérailles et tout le reste, elle avait trouvé cette période plutôt éprouvante. En avait-elle trop fait ? Ce n'était pas la première fois que cette pensée lui venait à l'esprit. *Me voilà dans mon jardin*, s'est-elle dit, *à écouter des prévisions et des critiques sur ma digestion.*

— De l'eau, a-t-elle repris. Je voudrais de l'eau dans la maison. C'est pour ça que je vous ai appelé.

— Tout à fait, a acquiescé Esa. Il faut se décider entre un assainissement complet ou partiel à cet endroit.

— Un assainissement complet ?

— Ça ferait dans les 70 000, a-t-il avancé.

Rien de nouveau sous le soleil. Olivia n'avait jamais fait construire ni rénover de maison, mais elle avait déjà traité avec des constructeurs et des rénovateurs. C'était un domaine où l'on proposait, convenait et promettait tout et n'importe quoi à n'importe qui, mais où rien n'avait jamais besoin d'être vrai, ni livré, réalisé ou terminé, à aucun niveau, en aucune manière. Sans même se demander si la somme évoquée par Esa était vaguement adéquate, elle savait que tout finirait par être beaucoup plus cher.

— Agissons de manière ciblée, à cet endroit précis, a décidé Olivia.

Esa a essayé de dissimuler sa déception. Il a paru abattu pendant une seconde et demie puis s'est repris. Elle avait souvent vu cela chez les hommes de ce secteur : il grappillerait de l'argent ailleurs, par un moyen un peu différent mais pas moins douteux.

— On est donc sur de gros travaux. Une vieille

maison, des constructions anciennes, une réalisation exigeante. Les matériaux. La location des machines.

— C'est-à-dire ?

Esa a croisé les bras sur sa poitrine et a semblé calculer. Olivia ne savait dire ce qui trottait dans la tête des hommes dans ces moments-là, mais cela n'avait aucun rapport avec l'estimation de la main-d'œuvre et des matériaux. Les résultats prouvaient toujours le contraire.

— 15 000.

— Euros ?

Esa l'a regardée, a retenté de prendre l'air de réfléchir, puis a hoché la tête.

— Euros.

Olivia a laissé quelques secondes s'écouler.

— Pourquoi est-ce que ce prix me semble à moitié basé sur du vent, comme sorti de votre chapeau ? Vous dites ça parce que je suis une femme seule qui ne s'y connaît pas en plomberie ? On dirait vraiment que les hommes continuent à se fier aux stéréotypes, en la matière.

Esa n'a pas relevé. Soit le soleil lui faisait briller les joues, soit sa rougeur venait de l'intérieur. Il avait l'air confus, peut-être un peu excité. Le vent bruissait dans les arbres.

— Aux stéré..., a-t-il repris tout bas.

— Oui, a confirmé Olivia. La question est de savoir pourquoi.

Il l'a regardée un peu de biais, le visage légèrement tourné.

— Pourquoi, pourquoi... Il n'y a rien de basé sur du vent, ici. 10 000, dernier prix.

Olivia a patienté un instant, puis elle a hoché la tête. Elle s'est gardée de dire que c'était assez précisément

10 000 euros de plus que ce qu'elle avait sur son compte au moment présent.

— Je vous envoie l'offre par e-mail, a poursuivi Esa. Une fois que vous l'aurez acceptée et que l'acompte sera réglé, nous commencerons. Même si c'est pour nous un chantier presque à perte. C'est tout juste s'il ne faut pas payer la cliente pour pouvoir creuser sa cour…

En retournant à son véhicule, Esa a marmonné après tous ceux qui lui prenaient tout : les impôts, les gonzesses, les sous-traitants, et désormais, même les clients. Olivia avait déjà entendu ce genre de propos et ne l'écoutait que d'une oreille. Elle ne comptait pas lui demander à quel point il serait heureux que toutes ces choses disparaissent enfin pour qu'il puisse bricoler en paix, libre et tranquille, creuser des trous et installer des tuyaux sans impôts, sans gonzesses, sans sous-traitants et sans clients. Ce serait le bonheur à coup sûr. Un bonheur d'homme.

Arrivé à sa camionnette, Esa a fait demi-tour – il a littéralement pivoté sur son axe –, a plissé les yeux et a observé la maison, l'air de réfléchir. Olivia savait ce qu'il voyait : des fenêtres flambant neuves.

— Vous faites pas mal de travaux, a-t-il remarqué, une bonne dose de suffisance dans la voix.

Olivia n'a rien dit. Elle attendait qu'il monte à bord de son camion et qu'il s'en aille. Il a fini par se hisser à l'intérieur, a mis le moteur en marche et a quitté la cour. Olivia avait envie de crier. Crier quelque chose. Crier sur quelqu'un.

Une petite ville. Tout le monde savait ce qui s'était passé. Ou plutôt, personne ne savait ce qui s'était passé, mais tout le monde savait *où* cela s'était passé.

Voilà ce qu'Olivia observait à présent. Sa cuisine, qui avait à peu près retrouvé son apparence initiale.

Trois jours durant, le lieu avait été un décor de film, jonché de verre, d'objets gisant partout – ses objets. Tout ce rouge, à tant d'endroits, celui de la poudre à empreintes digitales et celui du sang d'un inconnu. Collées partout, les étiquettes portant des notes de la police. Olivia avait bien sûr demandé aux enquêteurs qui était cet homme, ou plutôt qui il avait été, mais les policiers, surtout les deux derniers, lui avaient curieusement posé la même question, à laquelle elle n'avait bien sûr pas su répondre. Personne ne semblait rien savoir.

Sauf que quelqu'un savait forcément. Olivia savait juste qu'elle ne savait rien. Quel travail ça avait été de récurer le sol, d'éliminer les éclats de verre dispersés partout, entre les planches du parquet, sur la table, les chaises, même dans la corbeille à pain. Le moulin à poivre était maculé de sang.

Après le choc initial – lorsqu'elle était revenue de la ville, avait découvert le corps, avait couru dehors, le cœur près d'exploser, avait appelé la police dans la confusion –, elle avait pris l'affaire avec une sérénité qui la surprenait elle-même. Elle était donc capable de vivre dans une maison où un homme avait été assassiné. Un parent avait avancé que cela venait peut-être du choc causé par le décès de son père, dont elle souffrait encore.

En souffrait-elle ?

En apprenant la mort de son père, elle avait pleuré pendant une semaine et regretté de ne pas lui avoir parlé davantage, ou pas dit ce qu'il aurait fallu… sans pour autant savoir ce que cela aurait pu être. Une fois cette phase passée, elle avait compris qu'ils avaient bien assez parlé et qu'il ne lui voulait que du bien, ainsi qu'il le lui avait dit de son vivant. C'était tout.

Et puis cette histoire était arrivée. Dans cette cuisine, dans cette maison.

Ce qui l'a ramenée une fois de plus à l'argent. Et à la façon dont il avait toujours été dépensé – toujours ! Et chaque fois pour la même raison.

Elle avait été mariée une fois et vécu une fois en concubinage. Les deux unions, si tant est que l'on veuille employer un terme aussi profond qu'« union » pour qualifier ces relations, avaient duré précisément huit ans et demi. Dans les deux cas, c'était elle qui avait fini par dire « Ça ne fonctionne pas, Kristian/Marko ».

Elle pensait parfois avoir un problème récurrent qui se déclarait de manière aiguë tous les huit ans et demi, mais elle considérait tout aussi souvent que la plus grande réussite de ces relations était de s'être achevées en ne lui faisant perdre *que* tout son argent.

Kristian : le photographe sans appareil photo. Olivia était jeune, *très* jeune. Kristian avait des difficultés passagères d'argent et d'inspiration. Ces difficultés semblaient durer depuis déjà vingt-neuf ans. Olivia l'écoutait et lui caressait la tête. Elle était étudiante mais avait dû décrocher, car il fallait bien que quelqu'un travaille et règle le loyer, autant de leur domicile que de l'atelier, situé dans le même immeuble, dont Kristian ne s'était jamais procuré la clé. Puis un jour, Olivia est rentrée chez eux et s'est assise sur son sofa, celui qu'elle avait payé, avant de déclarer à l'homme qui regardait des films de zombies à la chaîne (la conception de Kristian de son dur labeur) : « Ça ne fonctionne pas, Kristian. »

Marko : directeur d'un complexe de bureaux situé dans un endroit introuvable où personne ne voulait travailler. Il passait ses nuits sur place, à contempler les lumières de la zone industrielle et à boire sa liqueur à la réglisse à température ambiante, en attendant que le téléphone sonne. Peut-être s'y trouvait-il toujours, à attendre un appel qui ne viendrait jamais. Olivia avait laissé tomber les clés sur son bureau, près de la bouteille de liqueur. Marko cliquait et déplaçait son curseur au-dessus de son calendrier de réservations vide lorsque Olivia lui avait annoncé « Ça ne fonctionne pas » avant de franchir la porte.

Ensuite, elle avait vécu à Helsinki dans un deux pièces de Wallininkatu, dans le quartier de Kallio, avec Minna, une ancienne camarade de classe. Jusqu'à son retour ici, dans cette maison.

Conclusion : les hommes sont un hobby coûteux. Ce sont des lumières ou des manches, ils peuvent être charmants, amusants, bourrus, stupides, beaux, pas-hyper-beaux-mais-pas-mal-quand-même, fiables ou non, et tout ce qui va entre ces notions, mais quoi que vous fassiez, qui que vous rencontriez, tenez les cordons de votre bourse !

Olivia avait donc trente-neuf ans, elle était souvent drôle et de bonne humeur, avait de longs cheveux foncés qui cachaient des méninges plutôt aiguisés, sauf en matière d'hommes. Elle avait entendu dire plus d'une fois que ses épaules étaient larges et ses pieds grands, que son nez était long, qu'elle était mince et un rien exotique quand elle était bronzée, qu'elle était canon et que ses yeux marron étaient en réalité noisette. Elle avait au cours de sa vie commis des erreurs à tour de bras, et elle en portait seule la responsabilité. Elle ne haïssait rien ni personne, ne ressentait pas d'amertume envers quiconque. Elle était sur la paille et un peu désespérée, et elle possédait quelque chose qu'elle comptait garder, car elle y entrevoyait une chance et un tournant : cette villa. Elle n'y renoncerait pas, elle la rénoverait pour en faire son domicile, quel que soit le nombre d'hommes morts qu'elle retrouverait dans la cuisine ou les autres pièces.

Peut-être était-ce là le secret de sa sérénité.

Olivia Koski est restée un instant appuyée contre le chambranle en bois robuste. Entre le hall et la cuisine se trouvait une espèce de petit couloir, plutôt un seuil prolongé. Le mur côté cour comportait une patère, vide. Olivia l'a encore regardée, fixant la zone sombre en dessous. Elle avait tout retrouvé en faisant le ménage, tout sauf l'objet qui y avait été accroché et qui avait appartenu à son père et à son grand-père. Elle ne comprenait pas que quelqu'un ait pu le voler. En supposant qu'il ait été volé.

La lumière du jour éclairait la maison, nettoyait la cuisine, allégeait l'esprit. *Pas de raison de paniquer*, s'est assurée Olivia.

Vraiment ?

La maison grinçait ou craquait de temps à autre, ce qui l'effrayait. À cause de l'homme mort dans la cuisine, bien sûr. Durant quelques secondes glaciales, Olivia se figurait toujours que quelqu'un se trouvait à l'intérieur, puis elle se calmait. Cet endroit était sûr, elle le savait. Sûr, mais pas sans problème.

Son père n'avait pas accordé la moindre attention à la tuyauterie, lui, le rêveur et champion du monde officieux du manque d'esprit pratique, mais elle tiendrait bon. Elle ne lâcherait pas. Pas avant qu'elle ne se soit procuré 10 000 euros. Olivia venait de constater qu'il ne lui manquait qu'un peu plus de 9 000 euros. Cette perspective était aussi optimiste que prématurée. Une fois les factures réglées, il lui manquerait à nouveau exactement 10 000 euros.

Elle a regardé l'horloge au mur, et a sursauté.

Elle devait embaucher dans quatorze minutes. Elle avait pris le seul boulot qu'elle avait trouvé. Il était mal payé, les conditions de travail étaient particulières et les collègues un peu spéciaux, surtout ces derniers temps. Mais le plus difficile, c'était la tenue de travail. Dès le début, elle s'était révélée pénible, et cela ne s'était jamais amélioré, même si Olivia avait espéré le contraire.

Peut-être, a-t-elle de nouveau pensé, *peut-être que ce sera différent aujourd'hui.*

Peut-être qu'aujourd'hui, tu n'auras pas l'impression d'être un bout de jambon dans une vitrine, ou une nudiste sous les pôles.

Elle a rejoint l'entrée, a décroché sa tenue du portemanteau et l'a gardée dans sa main. Toujours pas d'amélioration. Elle s'est déshabillée et s'est plantée au centre de la pièce, toute nue, car c'était l'effet que lui faisait vraiment sa tenue de travail. Elle a pris une profonde inspiration puis a enfilé le vêtement, ajustant les élastiques serrés qui lui ont claqué sur les fesses, et a espéré se sentir différente.

Ce qui a semblé vaguement fonctionner.

Elle s'est observée dans le miroir. Même les yeux fermés, elle verrait toujours ce texte jaune vif. Alors elle ferma les yeux. Un battement de cils, un instant d'obscurité, et le texte a disparu. À la place, elle a perçu un frisson familier, des secondes glacées, et soudain vu clair. Elle était à la lumière du jour, dans un lieu ouvert et vaste, peut-être sur une plage, et un homme marchait vers elle. Il levait la main et semblait vouloir dire quelque chose.

Elle a rouvert les yeux, surprise, troublée. L'homme a disparu, de même que la sensation de froid.

Le texte à l'avant de son maillot de bain semblait receler bien plus que le nouveau nom du village-vacances. Olivia est restée encore un instant face à la glace.

Elle se sentait mieux les yeux ouverts.

3

L'homme à la forte odeur d'après-rasage et à la chevelure ébouriffée s'est présenté comme étant Jorma Leivo, directeur général, puis lui a tourné le dos. Nyman l'a suivi. Leivo, l'homme à la veste blanche comme neige, gesticulait en direction du rivage.

— Une plage de niveau international, a-t-il commencé. Tout ce qu'il y a à Saint-Tropez, on l'a ici aussi, mais en mieux. Canoës, pédalos, skiffs, planches à voile, Optimist, chaises longues. Des chaises longues toutes neuves. Au nombre de cent vingt. Mieux vaut en réserver une avant qu'elles ne soient toutes prises. Bon, là, en y regardant bien, on dirait qu'il n'y en a qu'une d'occupée, mais ça dépend des moments. Volley-ball, tennis, minigolf à trois trous digne de Tiger Woods. Cours de danse, le gars était au Mexique, salsa de classe mondiale. Restaurant, à la carte et autres spécialités, fruits de mer, pizzeria, bières locales qu'on ne trouve même pas en Allemagne. Des clients enchantés, un séjour à la plage de top niveau pour habitués des cinq-étoiles. Il n'y a aucune limite, vraiment. Si tout se passe comme prévu, on ouvrira un casino l'été prochain. Un endroit genre Moulin-Rouge, avec des miches et des moulins de style, et après ça, un héliport pour les V.I.P. Et les stars de cinéma et les pilotes de Formule 1. Le centre commercial n'est pas encore prêt, il est en projet. Pour les épouses. Pas besoin d'être belle et riche pour faire marcher le commerce. La boutique de la plage est ouverte. *It's the hottest beach in Finland.*

Leivo s'est tourné et a adressé un signe de tête à Nyman comme pour souligner son propos.

— Palm Beach Finland, a repris Nyman en scrutant la mer et en suivant Leivo à la voix, à l'odeur.

— Affirmatif. Mon idée. Et aussi ma plage, évidemment.

— Elle portait un autre nom, avant.

— Ce n'était pas du tout du même niveau.

— Qu'est-ce qui l'a relevé ?

Leivo s'est arrêté et retourné, a tendu la main gauche et l'index. À environ 150 mètres de là, une immense, même géante enseigne lumineuse aux couleurs fluorescentes et son texte.

— L'avenir, a-t-il affirmé.

Nyman a vu ce qui y était écrit.

— Tiens donc.

Leivo lui a jeté un coup d'œil satisfait. Ils ont poursuivi leur visite. Le soleil était au zénith, la journée à son plus chaud. Rien ne renvoyait cependant à une canicule : le vent faisait des moutons sur les vagues, la plage était quasi déserte. La mer était bleue et complètement dégagée. Nyman a soupçonné que cet endroit du globe ne devait être chaud qu'environ sept fois et demie par an.

— Si vous permettez, vous êtes dans quel secteur ?

— Professeur de mathématiques.

— De longues vacances d'été, alors, en a déduit Leivo. C'est une bonne chose. Que ça tombe l'été.

Nyman ignorait s'il plaisantait ou s'il se contentait de parler comme tant d'autres, sans s'écouter. Il a remarqué les filets de transpiration brillants qui lui parcouraient le visage, coulaient des tempes et des joues vers le cou et ne s'arrêtaient que sur son col. Certains gouttaient de sa mâchoire inférieure sur sa veste blanche. Nyman s'est dit qu'il avait peut-être trop bu et que son corps était en train de se purifier. Ce qui aurait expliqué l'après-rasage, en quantité suffisante pour désodoriser une porcherie tout entière. Mais Leivo ne donnait pas l'impression d'avoir bu, ni avant ni à l'instant présent. Au contraire. Il débordait d'énergie et de fraîcheur. Sa transpiration ne venait sans doute pas non plus de la chaleur. Nyman a senti le vent traverser sa chemise en flanelle, la chair de poule lui a couvert les bras.

Ses pensées s'interrompirent. Ils semblaient être arrivés à destination.

Six chalets peints dans des tons bigarrés. Chacun reluisait : turquoise, rose, menthe, pourpre, violet, bleu ciel. Serrés comme des harengs, ils formaient une ligne droite le long d'une étroite pinède. Leurs minuscules vérandas peintes en blanc donnaient sur la mer. Nyman a remarqué les pancartes au-dessus des portes : Castillo, Zito, Trudy, Gina, Switek et son propre chalet, Tubbs.

— Vous avez de la chance, a assuré Leivo en ouvrant la porte du chalet couleur menthe avant de lui tendre la clé. C'est le dernier. Mieux qu'un vol direct pour Miami. La Floride dans toute son authenticité. Une vue de cinq-étoiles. De niveau international, mais au goût délicat finlandais. Ils partent comme des petits pains. Comme convenu, une semaine à la fois, et, le premier jour de la semaine, vous disposez d'une option pour la suivante. Mieux vaut la lever tout de suite, ça se bouscule, ici.

Nyman a jeté un coup d'œil aux chalets voisins. Ils semblaient silencieux. Il n'a pas remarqué de voitures à proximité, de serviettes sur les balustrades ni d'affaires de plage sous les vérandas ou contre les murs. Jorma Leivo a ressurgi dans son champ de vision.

— Ils sont réservés, a-t-il expliqué. D'avance.

Puis il a indiqué une autre direction, au-delà de la ville, de l'autre côté, vers le cap qui, vu de cette distance, était surtout vert (les arbres) et marron (la terre). Nyman n'y distinguait pas de maisons, encore moins de gens.

— Nous allons bien sûr nous agrandir, a annoncé Leivo. Un port pour les yachts et des chalets de luxe, destinés aux clients ayant la carte du club. Les cartes seront bientôt prêtes, 1 000 euros pièce, en or véritable. Pourquoi aller en Espagne quand on peut descendre…

— … au Palm Beach Finland, a complété Nyman, puisque c'était ce que Leivo semblait attendre.

Il a hoché la tête avec enthousiasme puis a tendu quelque chose à Nyman que celui-ci a saisi. Un paquet rose vif et carré.

— Je n'ai pas vraiment eu le temps de le gonfler, a prévenu Leivo, semblant pour la première fois parfaitement sincère. C'est un flamant rose. Chaque invité en reçoit un.

— Merci, a dit Nyman.

Leivo a paru ravi.

— Pour mettre de l'ambiance. Et ça vaut la peine de le garder. Il répand la bonne humeur en toutes circonstances. Voulez-vous que je le gonfle ?

Nyman réfléchissait à la question lorsque la poche

de Leivo s'est mise à chanter un tube disco des années 1980. Il a sorti son portable de la poche intérieure de sa veste et l'a regardé. Son front s'est plissé et il a oublié Nyman un bref instant avant de rejeter l'appel et de rempocher l'appareil. Puis il a levé les yeux et souri. Son sourire allait avec le reste du bonhomme : il paraissait déplacé, comme s'il ne savait pas vraiment s'il se trouvait au bon endroit. Si tant est qu'il y en eût un pour lui.

— Les noms des chalets, a déclaré Nyman alors que Leivo s'était déjà détourné pour partir. Où est Crockett ?

Leivo ne l'a pas entendu et s'est éloigné. Sa veste lui collait au dos, un peu de travers. Nyman tremblait de froid. Malgré le soleil vif, il faisait frais.

Au vu de l'heure et quart passée sur place, Jan Nyman n'était pas encore en mesure d'affirmer que Nice aurait à craindre pour son statut de destination prisée par l'élite. Il ne voyait pas la foule se précipiter ici, mais qu'en savait-il ? Il avait été témoin d'événements bien plus étranges. Et il ne souhaitait pas tirer de conclusions hâtives. Il avait le sentiment, surtout d'après le matériel d'enquête lu durant son voyage en train et en bus, qu'il y avait eu ici bien assez de décisions précipitées et expéditives.

Il a franchi la porte laissée ouverte par Leivo et l'a refermée instinctivement derrière lui.

La surface au sol du chalet était d'environ douze mètres carrés. En face de la porte se trouvaient des lits superposés, le genre dans lesquels il avait dormi pour la dernière fois presque trente ans auparavant. Il s'est approprié le lit du bas. Le côté gauche comprenait une kitchenette et une mini-salle de bains, en admettant qu'une petite cabine en plastique avec une douche située au-dessus du siège des toilettes puisse être qualifiée de salle de bains. La kitchenette comptait un évier, un réfrigérateur, une cafetière et, dans un buffet étroit, des ustensiles de cuisine portant le sceau IKEA. La fenêtre percée au-dessus de la table dans le mur droit du chalet permettait d'admirer des troncs de pin bien droits, marron clair.

Nyman a regardé autour de lui. Ce n'était certes pas Nice ou le *Ritz-Carlton*, mais c'était nettement plus confortable que de se trouver dehors, dans le vent. Et ça lui convenait parfaitement.

Il a vidé son grand sac de sport dans l'armoire située au pied du lit : des tee-shirts, des sous-vêtements, des chaussettes, une chemise pour les dîners au restaurant, un slip de bain, un short, un pull pour les soirées fraîches, ainsi que ses chemises en flanelle et ses jeans de prédilection, deux exemplaires de chaque. Il aurait bien fait du café, mais il n'avait pas plus de filtres que de café. Il a encore parcouru un instant sur son iPad les rapports d'enquête et le matériel annexe et a trouvé ce qu'il cherchait.

Les photos avaient été prises à l'insu des gens, naturellement. Malgré cela, certains donnaient l'impression de poser. Peut-être était-ce le reflet de notre époque : nous faisons tant de clichés de nous-mêmes que nous nous tortillons instinctivement dans tous les sens au cas où un appareil viendrait à se déclencher. Beaucoup portaient un maillot de bain. Ce qui était compréhensible, compte tenu du contexte.

Nyman connaissait déjà plusieurs personnes de vue, dont bien sûr Jorma Leivo. Celui-ci avait un modeste casier judiciaire. Des fraudes et de petites falsifications de comptabilité qui remontaient à dix ans. Deux ans plus tard, des menaces aggravées et, presque aussitôt après, une malheureuse conduite en état d'ivresse, 0,6 gramme, sans excès de vitesse, sur une route isolée d'une région éloignée. Il semblait transpirer tout le temps, même sur les photos.

Nyman a examiné avec une attention toute particulière les personnes photographiées en compagnie de la femme, et il en a profité pour étudier leurs visages et leurs noms. Dès qu'il avait soupçonné que cette femme pouvait être liée au défunt retrouvé dans sa maison, elle avait évidemment été placée elle aussi sous surveillance.

Elle était présente dans de nombreuses photos, sur la plage, avec ses collègues. Nyman a d'abord examiné celles où figuraient ces derniers. Un type au look surfeur et beau comme une star de cinéma gardait presque toujours une main dans sa poche. Qu'il porte un short de bain ou un pantalon, une main ou l'autre semblait chercher en permanence une prise plus ferme sur un manche. À l'instar de beaucoup d'hommes beaux, il avait un regard toujours vide, mais aussi secrètement craintif : « Qui suis-je ? Je ne comprends rien. Est-ce que je regarde dans la bonne direction ? » Il ne ressemblait pas à un meurtrier professionnel. Mais allez savoir, les gens n'en finissent jamais de vous surprendre.

Une photo détonnait : la plus récente, remontant à quatre jours. C'était aussi la dernière, le photographe étant rentré chez lui le même jour que les enquêteurs.

Sur cette photo, le surfeur se tenait près de la femme, et son visage exprimait quelque chose, un sentiment, peut-être une pensée. À l'évidence, il observait la femme d'un air désespéré. Ou pas. Nyman a observé le cliché encore un instant. S'agissait-il de remords ?

Peut-être avaient-ils eu une liaison, et « Mister

Surf » avait tout fait rater. La main dans le pantalon indiquait qu'il accordait à son petit surfeur un certain pouvoir de décision. Il se pouvait même que celui-ci décide de la marche à suivre générale. Nyman savait, d'après son expérience personnelle autant que professionnelle, que cela menait le plus souvent à la tyrannie, et rarement à des fins heureuses.

Il a encore scruté les images. Si la femme savait quelque chose, si elle était la clé de l'affaire, il aurait besoin de l'approcher. Il a revu les noms, les a associés aux visages, a révisé encore une fois et s'est enfin accordé une bonne note.

Il était sur le point de mettre son iPad de côté lorsqu'il s'est ravisé.

Il voulait encore une fois examiner l'endroit où se trouvait la femme sur les photos, et comment elle s'y tenait. Au cas où ces détails pourraient de quelque façon révéler le genre de personne qu'elle était.

4

Holma venait de soulever l'homme au-dessus du balcon lorsque son téléphone s'est mis à sonner. Il voulait changer de sonnerie depuis longtemps, celle-ci attirait trop l'attention. Ça avait été un gag éphémère, une chanson bête et datée serinée par un rappeur blanc qui lui donnait la migraine.

Ses bras étaient passés autour des genoux de l'homme qui pendait, dos contre la façade du balcon. Ce dernier battait des mains et secouait la tête, comme s'il dansait à l'envers. Le balcon était à Helsinki, dans l'est du quartier de Merihaka, au dernier étage d'un immeuble gris. En face, à l'autre extrémité de la baie, s'élevait le terril de l'île de Hanasaari, et en dessous passait une piste cyclable. Du haut de l'immeuble, la distance jusqu'au sol semblait équivalente à celle jusqu'à l'île.

Ice, ice, baby.

Voilà bien ces sonneries. On se les rappelait quand le portable sonnait et on les oubliait dès qu'on avait décroché. Puis on les entendait de nouveau, et… Un cycle sans fin. Cela dit, rares étaient ceux qui connaissaient son numéro. Et ceux qui l'appelaient avaient toujours une bonne raison de le faire, ce qui signifiait qu'ils le faisaient rarement. Voilà pourquoi, en y réfléchissant, il n'y avait rien d'étonnant à ce qu'il n'ait jamais modifié cette sonnerie qui faisait toujours son petit effet pendant les soirées entre hommes au billard, à boire de la bière.

Holma a senti son portable vibrer à peu près au niveau de son cœur. Il a resserré sa prise sur les jambes de l'homme et tâtonné la poche intérieure de sa veste à la recherche de son portable, sans pouvoir l'atteindre. Il est parvenu à effleurer du bout des doigts le haut de la poche, une mince bande de tissu, mais son téléphone était plus bas, un peu de travers.

Ice, ice, baby.

N'existait-il pas un réglage pour limiter la durée de la sonnerie lorsque quelqu'un se permettait d'insister ?

Holma a tâché de se mettre à la place de l'appelant. S'il entendait la tonalité douze fois, irait-il jusqu'à la treizième ? Quelle était la probabilité que quelqu'un réponde à la vingtième ? Assez faible, sûrement. Il s'est mis à douter non seulement de lui, mais aussi de ses contacts. Avait-il donné son numéro à une personne qui ne savait pas vraiment se servir d'un téléphone et ignorait tout de l'étiquette des appels ? Les vibrations continuaient.

Holma a réessayé de glisser sa main dans sa poche. En vain.

Il a observé le terril. Le soleil tombait pile dessus et le faisait scintiller comme de la glace noire. Holma avait tendance à s'imaginer des choses et à établir dans son esprit des liens qu'il ne voyait pas à l'œil nu ou ne comprenait pas vraiment lui-même. Il s'est figuré que l'imposante centrale électrique érigée derrière le terril était une patinoire de glace noire. Les joueurs et les spectateurs y étaient plongés dans l'obscurité, et tout était noir… Mais pourquoi donc ? Et qu'est-ce que cela aurait eu d'amusant ? D'ailleurs…

Ice, ice, baby.

Holma a relâché sa prise, s'est redressé, a saisi son téléphone au fond de sa poche et a décroché. Il a perçu au loin une espèce de claquement au sol. Mais il avait déjà l'appareil à l'oreille, ça pouvait donc très bien être un grésillement sur la ligne.

Il connaissait bien la voix au téléphone.

— J'ai de mauvaises nouvelles, a-t-elle annoncé.

— Raconte.

Une pause.

— Je viens de discuter avec un policier que je connais. On a abordé le sujet alors qu'on parlait… d'autre chose.

Oui, c'était une voix qui connaissait des policiers, Holma le savait. Il a patienté.

— Ton frère. Antero. Il est mort. Assassiné. Un de ces bordels.

Antero, le mouton noir de la famille. Tout ce qu'il commençait tournait toujours à la catastrophe. Si on l'envoyait braquer une supérette, il montrait sa carte de fidélité à la caisse.

— Pour une raison ou une autre, l'identification a pris du temps. Ça s'est passé il y a deux semaines dans un petit bled. Il y a même eu des types de la direction centrale de la police judiciaire sur place, mais ils n'ont rien trouvé.

La voix a ajouté le nom de la petite ville, le nom de la personne dans la maison de laquelle Antero avait été retrouvé, la nuque fracturée. La voix a donné une adresse, elle a aussi parlé d'une cuisine et d'un mixeur électrique, mais Holma avait du mal à se concentrer.

Il souffrait des effets secondaires de la sonnerie. Le refrain était resté bloqué au plus profond de son cerveau, s'y était enraciné avec une telle fermeté qu'il éclipsait tout le reste.

— Comment ça va là-bas ? s'est enquise la voix.

Holma a fait un pas en avant et a regardé la piste cyclable depuis le balcon. Tout en bas, l'homme avait l'air de dormir.

— La paix règne.

— Tu veux prendre quelques jours de repos ?

Il s'est figé un instant. A réfléchi à la question. La proposition n'était pas dénuée de sens.

— Ça pourrait me faire du bien.

— Je cherche un remplaçant pour les boulots urgents. Et tu m'appelles dès que tu veux revenir. Ces choses-là sont parfois délicates.

Délicates peut-être, a pensé Holma, *mais concernant Antero, ce n'était qu'une question de temps.*

— Je ne tiens pas à ce que quelqu'un vienne au travail sans être au mieux de sa forme. Recharge tes batteries, concentre-toi sur ce qui te fait du bien. Tu reviendras une fois motivé.

La voix a raccroché. Holma est retourné à l'intérieur de l'appartement et a jeté un coup d'œil autour de lui. Tout était en ordre. Il a déposé sur la table le message de suicide prêt d'avance, puis il est parti. En descendant, il s'est mis à penser.

Ces mots lui résonnaient encore aux oreilles : « Concentre-toi sur ce qui te fait du bien. » Il a songé à Antero, à leurs débuts ensemble, aux voitures empruntées les nuits d'été, aux premiers cambriolages maladroits, aux braquages tâtonnants. À leur apprentissage commun.

Il a souri à son image dans le miroir, et pas seulement à cause des souvenirs. Il ne s'inquiétait pas d'être vu dans le bâtiment ou aux alentours. Il savait que ses traits rendaient les gens perplexes. Cela venait de la symétrie de son visage : rien de distinctif, rien de marquant. Plus jeune, on lui avait dit qu'il était même difficile de le reconnaître comme étant lui-même. Cela lui avait fait mal, et il avait dû serrer la gorge de la femme jusqu'à ce qu'elle comprenne qu'elle l'avait blessé.

Ah, la jeunesse.

De précieux souvenirs.

Notamment LE premier coup.

Un clair après-midi d'automne, les feuilles rougeoyant dans les arbres. Ils viennent d'obtenir leur première mission officielle. Ils traversent la ville en voiture. Ils travaillent désormais pour un criminel célèbre. Le but est de rappeler à un acteur habitant un quartier chic au sud de Helsinki que sa dette assez coquette n'est toujours pas réglée. Ils pénètrent dans son appartement. Facile, le type est complètement ivre. Son haleine et sa barbe de trois jours indiquent qu'il l'est depuis un bon moment. Il est environ 14 heures, l'artiste les prend pour des livreurs de pizza. Antero lui demande s'ils en ont l'air. L'homme leur rétorque qu'ils ont l'air trop bêtes pour faire autre chose. Antero s'énerve, évidemment. Il lui saute dessus, et ils se battent sur le parquet. Holma regarde autour de lui. C'est un appartement comme celui-ci qu'il aurait rêvé d'avoir, s'il en avait été capable. Il n'a jamais rien vu de tel : de hautes pièces aux murs blancs, des embrasures de fenêtres presque aussi épaisses que dans les forteresses de Suomenlinna, les sols revêtus de larges planches laquées. Dans un coin de l'immense pièce, un fourneau décoratif, qu'il apprendra plus tard à appeler un « poêle en faïence ». Holma décide ici et maintenant qu'un jour, il habitera un tel appartement. Le comédien est costaud, il tente de prendre le dessus sur Antero. Et il y parvient. Il est bientôt assis sur sa cage thoracique, les bras d'Antero sous ses genoux. Le saltimbanque lui claque les joues, profère des jurons, insulte Antero. Holma doit admettre qu'une partie de ce que dit l'homme aviné est très drôle, percutant. Holma se rappelle avoir un jour entendu le mot « improvisation », peut-être de la bouche d'un de ses professeurs. L'acteur fait donc de l'improvisation. Holma écoute un instant. Puis il tourne les talons et va dans la cuisine. Il admire aussi cette pièce-là, ses buffets et ses surfaces immaculés, sa table et ses chaises aux pieds en acier brillant. Il essaie d'imaginer l'effet que cela fait d'y prendre son petit déjeuner, ou tout autre repas. Il ouvre des tiroirs, trouve un couteau à la pointe acérée comme une aiguille ; quant à la lame, elle est très longue et très mince. Holma ignore à quoi peut servir un tel ustensile en temps normal. Il retourne dans la salle de séjour, enfonce le couteau jusqu'au manche dans la nuque de l'artiste, puis il entend la sonnette retentir. Le comédien s'affaisse lentement vers Antero, comme pour une révérence au terme d'une représentation. Antero a le visage rouge comme une tomate en feu. La sonnette résonne de nouveau. Holma pose son index sur ses lèvres, Antero comprend qu'il doit se taire. Holma va à la porte. La pizza a été réglée d'avance. Il apporte la boîte chaude dans la cuisine. Ils mangent la pizza, avant de retourner dans la ville automnale.

L'ascenseur est arrivé au parking. Holma, tiré de ses souvenirs, a rejoint sa voiture.

Seulement deux semaines et deux jours plus tôt, il avait dit à Antero qu'il était temps pour lui de prendre son indépendance, de trouver quelque chose de bien à lui. Et il l'avait fait, apparemment. Dans quoi était-il allé se fourrer ?

Holma a soupiré. Quoi qu'on en pense, Antero était de la famille.

Et si quelqu'un touchait à un seul cheveu d'un membre de sa famille, alors…

Holma a cliqué pour déverrouiller les portières de son véhicule.

5

— Pourquoi est-ce qu'on le retrouve ici ? a demandé Robin.

Il a fait quelques petits pas, a décrit un cercle parfait et constaté à voix haute ce que Chico savait pertinemment : ils se trouvaient au creux d'une sablière, au bord d'un petit étang. Robin radotait dans sa barbe.

— Trente sautés de crevettes à 7 heures. Du sorbet et des fraises. Couper en quartiers des fraises, locales bien sûr, pour trente personnes, puis les dresser.

Chico n'a pas relevé, mais il a saisi la situation épineuse dans laquelle se trouvait Robin. Il comprenait.

Les deux semaines passées avaient été des plus incertaines. Ils s'en étaient néanmoins tenus à leurs décisions : poursuivre comme si rien ne s'était passé. Ou plutôt, comme si *presque* rien ne s'était passé : ils avaient tous les deux l'air de s'être récemment écrasé la figure contre un mur. Ou contre un mixeur électrique.

La solution leur était venue de la période glam rock de leur jeunesse, du seul groupe où ils avaient joué ensemble, le seul et unique où Robin avait jamais joué. Ils avaient recommencé à se maquiller.

Les premiers jours, ils avaient employé poudre, khôl et mascara à des doses embarrassantes. « Oh putain ! avaient-ils entendu dans un bar. Alice Cooper ! » Chico ne pouvait pas expliquer que non, il n'était pas fan d'Alice, sauf bien sûr de l'album légendaire *Billion Dollar Babies*. Ils avaient ensuite enchaîné avec une période The Cure/Robert Smith de quelques jours, avant leur ligne actuelle, plus modérée, de vétérans du hard rock : du khôl, un peu de mascara, deux petites touches de poudre afin de ne pas attirer les regards vers la zone sombre autour des yeux et leurs arcades sourcilières encore enflées.

Chico a décollé son tee-shirt de sa poitrine. Il n'avait rien à reprocher au vêtement à l'effigie d'Eric Clapton, il le savait. Tout le collait, tout le bridait.

Il a regardé autour de lui : l'étang circulaire et notoirement profond au fond de la sablière, leur voiture empruntée, la Ford Fiesta couleur prune de la mère de Robin, de jeunes bouleaux et des buissons chétifs sur les flancs brunâtres du gouffre, de hauts pins sur les bords qui semblaient monter la garde. Et au-dessous de tout ça, le soleil éblouissant qui ne chauffait toujours pas.

Robin était nerveux, Chico le voyait bien. Et aussi déçu, bien sûr. Robin avait tiré des plans sur la comète avec l'argent, Chico le savait. Des rêves et des projets à l'évidence liés d'une manière ou d'une autre à Neea.

Neea était maître nageuse. C'était une collègue de Chico, la personne blanche la plus brune de peau qu'il ait jamais vue. Et la moins habillée, aussi. Il avait plusieurs fois pensé demander à Robin ce qu'il comptait faire concernant son béguin, à part rester cloué sur place chaque fois qu'il la voyait, émettre un son grave et guttural et lorgner sa peau brune et brillante. Neea en affichait tant, de cette peau, que même Chico devait parfois s'assurer qu'elle était bien habillée. Mais par chance, il n'avait jamais posé toutes ces questions à Robin.

Un instant durant, tout avait semblé en ordre, et voilà qu'ils revenaient à la case départ, voire plus en arrière encore. *Palm Fucking Beach Finland !* a pensé Chico lorsque Jorma Leivo a fini par apparaître au bout du chemin de gravier.

Il a garé sa voiture presque contre eux, les forçant à faire un pas en arrière, au plus près de l'étang. Leivo a ouvert sa portière, est descendu et s'est avancé jusqu'au coin avant de son véhicule. Il était presque aussi large que sa Pajero. Chico a pensé qu'il les avait acculés à dessein avant même le début de la conversation.

— Deux semaines, a commencé Leivo en les regardant de ses yeux bleus terrifiants. Deux semaines, et aucun résultat.

Chico a mis un moment avant de saisir ce qu'il voulait dire. Il ne pouvait pas être sérieux.

— Il se trouve que…

— … que vous n'avez pas fait votre boulot, a interrompu Leivo.

Chico a secoué la tête. Il voulait protester, pas sûr d'avoir bien entendu.

— On bosse tous les jours.

— Évidemment ! a rétorqué Leivo. C'est pour ça que je vous paie. Ce n'est pas la question ici. On a un tout autre contrat, on s'est bien mis d'accord là-dessus. L'affaire est de plus en plus urgente.

Chico allait dire quelque chose, il ne savait pas

quoi exactement, lorsqu'il a entendu la voix de Robin à côté de lui.

— On a tué ce type. Sans le faire exprès. En le tirant dans les deux sens.

Jorma Leivo a fulminé, plaquant ses mains sur ses oreilles.

— Je n'en sais rien ! a-t-il lancé, encore plus en colère. Je ne suis pas du tout au courant ! Je… (Il a baissé les mains.) Nom de Dieu ! Vous êtes payés pour un travail, à vous de l'exécuter ! C'est si compliqué que ça ? Est-ce que j'ai affaire à de parfaits idiots ?!

— Sans doute, a dit Chico.

Il avait voulu répondre à la première question, celle à propos de la difficulté de la tâche, et voilà qu'il donnait l'impression de douter de sa propre idiotie. Peu importait, il entrevoyait là une possibilité de discuter.

— Sans doute que ce n'est pas si simple. Ça peut être compliqué. On n'a reçu qu'un acompte, pour ce travail.

Voilà, c'est dit, a-t-il pensé.

Jorma Leivo l'a regardé. Dieu merci, Robin se taisait. Leivo s'est raclé la gorge.

— La police, a-t-il déclaré.

Chico attendait qu'il poursuive, mais il n'en a pas dit plus.

— Ils ne savent pas ce qui s'est passé, a hoché Chico. On l'a bien vu.

Leivo l'a fixé. Que se passait-il dans ses yeux bleus pour qu'ils brillent de la sorte ? Étaient-ils sur le point d'imploser ?

— Pour l'instant, a précisé Leivo avec une étrange lenteur, en articulant comme s'il s'adressait à un enfant. Mais si quelqu'un venait à leur raconter ce qui s'est passé ?

Chico a senti Clapton rétrécir sur son torse. Eric et sa guitare le serraient de plus en plus fort.

— Je vous propose une chose, a repris Leivo, toujours lentement. Faites votre travail, vos deux boulots, et ensuite, une fois ces tâches accomplies, on reparlera de votre paie. Vous avez pile deux semaines. Ça devra être fait au cours de cette période. Je veux sa signature sur le papier. Je ne sais pas comment vous le dire pour me faire comprendre, mais vous avez deux solutions. La prison ou un travail facile à accomplir. Je ne tiens toujours pas à savoir ce qui se passera là-bas. Je ne sais rien du tout. Nous n'avons jamais eu ce rendez-vous. Nous n'avons jamais eu cette discussion.

Leivo a marqué une pause. Chico a pensé que soit les cimes des pins frémissaient, soit le bruissement venait de lui, de l'intérieur de lui. Leivo s'est tourné vers Robin.

— Deux semaines, a-t-il réitéré.

— Deux semaines, ça fait quatorze jours, a constaté Robin.

Jorma Leivo est remonté dans sa voiture. Il a reculé sur une distance équivalente à la longueur de son véhicule, s'est arrêté et a semblé hésiter un instant entre foncer sur eux et les noyer dans l'étang ou faire demi-tour. La Pajero est restée un moment sur place, puis elle est repartie. Chico respirait de nouveau. Il a fait quelques pas en avant pour s'éloigner du bord, au cas où.

C'était Robin qui conduisait. Chico, assis à côté de lui, suivait le paysage qui, derrière la vitre, frémissait et bruissait à leur passage. L'été était bien avancé.

Encore un. La verdeur éphémère. Le soleil tellement au zénith que cela ne pourrait pas rester sans conséquences. Et celles-ci seraient cruelles. L'astre ne se montrerait plus pendant six mois. Et un an se serait écoulé, encore une année entière de courte vie.

Il pensa à la guitare qu'il avait presque tenue.

À son premier disque, qu'il avait presque réussi à sortir.

Chico a songé à Eric Clapton. Il savait qu'il avait connu des difficultés, des tragédies, mais… mais rien de comparable à sa situation. Chico avait peine à croire qu'il se trouvait dans la voiture grosse comme un pot de yaourt de la mère de son ami d'enfance, avec un petit Arbre magique qui, chauffé par le soleil, sentait la vanille, et était victime d'un violent chantage à la prison pour avoir tiré et glissé alors qu'il aurait dû pousser et rester debout.

Il s'est soudain senti assailli par le doute.

Il ne pouvait imaginer Eric Clapton dans une telle situation, vu que celui-ci ne pouvait tout simplement *pas* se retrouver dans une telle situation. Qu'est-ce qu'une richissime star mondiale aurait compris à tout ça ? Cependant, voyant défiler dans sa tête une liste de tous les plus grands morceaux de blues de Clapton, Chico a tout perçu d'une oreille neuve, l'oreille de ce monde. Comment Eric pouvait-il chanter et jouer ce blues ? Que savait-il du vrai blues de la vie ?

Ce sentiment était nouveau et déroutant. Il révélait la face cachée de ses chansons, il montrait ce que recelait cette façon magistrale de jouer de la guitare. Chico n'a plus rien vu pendant un instant, aveuglé, cherchant son maître. Puis ce sentiment s'est éclipsé ;

il était de nouveau dans la voiture, Robin à ses côtés. C'était un grand soulagement, mais une idée avait fait son chemin.

Chico a réalisé qu'il commençait à douter d'Eric Clapton.

6

Le bâtiment bleu vif sur la plage était une espèce de mélange d'abri à barques, d'entrepôt, de café et de commerce de proximité, avec une longue série de portes et de fenêtres aux cadres blancs. Jan Nyman a choisi une bouteille de Dr Pepper dans le réfrigérateur de la boutique, il l'a réglée en liquide et s'est assis sur la vaste terrasse. La chaise lui a paru plus chaude que l'air.

Il était satisfait de son nouveau short. Marron foncé, il allait bien avec sa chemisette à carreaux rouge et blanc. Des sandales brun clair venaient parfaire la tenue d'été du professeur de mathématiques. La mer scintillait dans ses tons de l'après-midi. Elle n'avait plus la lueur de la mi-journée et pas encore ses petits miroirs dorés du soir. La lumière était fade, aussi loin que portaient l'œil et les voiles. À propos de voiles, Nyman a de nouveau consulté son portable d'un air sceptique.

C'était pourtant vrai.

« Tu es inscrit au cours de planche à voile pour débutants. Mardi à 9 heures. Présente-toi au *West End*. Oui, au *West End*. Tu le trouveras sûrement. »

Nyman a goûté son soda frais. Il a pensé que Muurla

avait oublié une chose essentielle : il ne pratiquait pas la planche à voile. Il se rendrait au *West End*, quoi que cela puisse signifier, il échangerait la planche à voile contre un sport collectif, du volley de plage s'il n'y avait pas d'autre choix. Les sports collectifs étaient la meilleure façon de faire connaissance avec les gens. Il avait un jour rejoint une équipe de floorball alors qu'il pistait un trafiquant d'hormones de croissance. Il n'avait pas mis la main sur l'homme soupçonné d'avoir causé des décès mais s'était fait beaucoup d'amis, même s'il n'avait pu ni leur révéler son vrai nom ni les revoir. Mais c'était une autre histoire.

Il a levé les yeux. *West End* se trouvait en face, à l'autre bout de la plage quasi déserte, à en croire l'enseigne immaculée aux lettres turquoise. À côté de celle-ci se dressait une construction rose à l'entrée flanquée de deux palmiers artificiels en plastique chatoyant.

Nyman s'est levé et a emprunté le chemin le plus direct : la plage. C'était une erreur. Le sable dans ses sandales s'est aussitôt mis à le gratter. S'il était aussi peu habitué à la vie à la plage, comment quelqu'un avait-il pu penser qu'il se mettrait à la planche à voile ? Il s'est arrêté, a retiré ses sandales et a été surpris par la douceur et la chaleur du sable en cette journée aussi fraîche. Cette sensation agréable l'a poussé à regarder autour de lui. Des bâtiments bigarrés, une grande enseigne dont il ne distinguait qu'une partie. Il est resté un moment sur place à profiter du sable entre ses orteils, de cette sensation relayée par le cerveau lors de puissantes sensations visuelles. L'instant a passé. Nyman a repris son chemin et, une seconde ou deux plus tard, a oublié ce qui l'avait stoppé.

Il est arrivé à la porte rose de la construction rose,

l'a ouverte et est entré en plissant les paupières. Il n'a d'abord distingué que des contours, mais ses yeux se sont vite habitués.

Et il n'a pas annulé son inscription. À cause de la femme derrière le comptoir.

De longs cheveux foncés, un long nez altier, une grande femme magnifique.

Olivia Koski.

— Je suis venu m'annoncer pour le cours de planche à voile pour débutants, a enchaîné Nyman après l'avoir saluée. Celui de demain, le groupe de 9 heures.

— Ça, c'est l'heure à laquelle on est dans l'eau. Avant, on apporte les planches sur la plage et on vérifie les voiles. Vous avez besoin d'une planche ou vous en avez déjà une ? Nous en vendons, aussi, neuves et d'occasion.

Ses yeux marron étaient bouleversants ; les photos ne lui rendaient pas justice. Sa voix était amicale, très agréable.

— Je ne suis que débutant, a prévenu Nyman. Je ne me suis jamais tenu sur une planche à voile. Qu'est-ce que vous me conseillez ?

Olivia Koski l'a regardé dans les yeux. Elle était à peu près à la même hauteur que lui. Il la dépassait d'un centimètre ou deux, mais il s'était penché – ou décontracté, comme il aurait peut-être préféré le dire –, et Olivia se trouvait un peu plus haut, le sol étant inégal. L'endroit était désert mis à part cette femme en maillot de bain. Nyman a pensé qu'il devait s'agir d'une règle. Peu de gens choisissaient d'aller au bureau en maillot une pièce.

— Commençons par vous trouver une planche adéquate, a suggéré Olivia Koski.

Les planches se trouvaient dans l'abri fermé à clé. Elle a ouvert ses larges portes côté mer. Nyman a observé ses épaules, ses bras, son dos : sport et soleil, ainsi qu'une longue cicatrice pâle qui s'étendait de l'arrière de l'épaule jusqu'au milieu du dos. Ils sont entrés. Nyman n'avait jamais vu autant de planches et de voiles de toute sa vie. Olivia Koski lui a jeté un coup d'œil afin de le jauger :

— 181 et 76.

— 182 et demi. Et 74.

— Un coureur de fond, a constaté la femme en tapotant une planche. Ce sera celle-ci.

— Vous faites de la planche à voile depuis combien de temps ? s'est intéressé Nyman, les yeux rivés sur la planche qui lui était destinée, d'une voix insouciante qui cherchait la conversation.

— Trente-neuf ans, a-t-elle répondu.

Nyman a levé les yeux.

— Mon papa, a-t-elle poursuivi, était constamment dans l'eau. D'une manière ou d'une autre. À nager, ramer, plonger, faire de la planche à voile. Je l'accompagnais avant même d'avoir l'âge d'enregistrer mes souvenirs.

— Vous êtes de la région ?

— À l'origine, a-t-elle précisé en quittant Nyman des yeux au profit de la mer. J'ai été longtemps absente et je suis revenue quand… Vous souhaitez acheter ou louer ? Excusez-moi, j'ai un peu la… la tête ailleurs.

Elle s'est raclé la gorge, a balayé du regard le visage de Nyman.

— Débutant, s'est-elle rappelé. C'est bien ça ?

— Complètement.

Elle l'a alors dévisagé. De l'avis de Nyman, c'était la toute première fois qu'elle lui prêtait attention.

— À votre place, je louerais celle-ci, a-t-elle avancé, comme si elle pesait ses mots. Pas pour une journée, mais pour plus longtemps, au cas où vous en viendriez à apprécier ce sport d'une manière générale. C'est une planche de qualité, et on fait des prix. Donc, si vous comptez passer un peu de temps ici…

— Au moins une semaine.

— Dans ce cas, louez-la donc pour une semaine. Et si, ou plutôt, *quand* vous aurez attrapé le virus de la planche à voile, vous pourrez l'acheter en fin de semaine.

— Parce qu'on peut attraper le virus de la planche à voile ?

Elle a souri puis s'est figée.

— Je ne suis peut-être pas fine psychologue, mais je m'y connais en planche à voile. Donc voilà.

Nyman a hoché la tête.

— Entendu. Je la prends pour la semaine.

Olivia a semblé attendre quelque chose. Nyman n'aurait su dire quoi.

— En général, les gens demandent une remise, a-t-elle fini par expliquer. Ou à défaut, au moins le prix.

Nyman a souri.

— On dirait que je suis complètement en vacances, a-t-il admis.

Elle semblait toujours le jauger.

— Nous proposons des tarifs à l'heure, à la journée, à la semaine. 30 euros l'heure, 90 la journée et 360 la semaine. Plus la location est longue, moins c'est cher de l'heure et de la journée. Ce qui vous fait la semaine…

— … au tarif de cinq jours.

Elle l'a regardé. Avec encore plus d'attention qu'un instant plus tôt.

— Quatre.

Nyman a revu son calcul, et il a souri.

— Quatre, évidemment, a-t-il acquiescé.

Olivia Koski a ajouté qu'il pouvait, s'il le souhaitait, emporter aussitôt la planche ou la laisser sur place et la récupérer le lendemain matin. Nyman a répondu que le lendemain lui convenait, car il était occupé le reste de la journée. Elle a constaté que c'était parfait et qu'il ne leur restait plus qu'à établir le contrat de location à l'intérieur. Elle a refermé les portes, elle a verrouillé le cadenas, puis ils sont retournés au local.

Elle a précédé Nyman, qui a essayé sans succès de ne pas regarder son derrière.

— Est-ce que je peux vous poser une question ? a-t-il dit en s'apercevant qu'il s'adressait à ses fesses.

Il a levé les yeux. Il ne voulait pas passer pour un homme « comme ça », même si tous les hommes étaient « comme ça ».

— Palm Beach Finland…, a-t-il commencé, sans pouvoir aller plus loin puisque la femme a pris la parole.

— C'est le nouveau nom, mais le lieu est ancien, a-t-elle relaté en jetant un coup d'œil derrière elle. Le nouveau propriétaire a repeint les murs, il a érigé une enseigne et rebaptisé l'endroit. Il veut une clientèle étrangère et une ambiance internationale.

— Comment ça se passe ?

Olivia s'est arrêtée. Ils se trouvaient dans l'escalier en bois du local, en route pour la terrasse. Elle s'est retournée et a regardé Nyman, qui était plus bas. Ses yeux marron brillaient.

— Le nom tient en trois mots, a-t-elle noté. Dont le dernier est « Finland ». Mais quand on réserve des vacances au soleil, est-ce que c'est l'endroit qu'on consulte en premier ?

Nyman a rempli le formulairc de location et réglé les arrhes, soit 90 euros. Enfin, c'est Jan Koivisto qui a rempli et réglé. Nyman, lui, a suivi les événements à la dérobée. Il songeait toujours à la façon dont Olivia Koski avait évoqué le nouveau nom, la réservation de vacances au soleil. Il a jeté un coup d'œil à son maillot de bain et à l'inscription qu'il portait. Puis il a regardé autour de lui.

— Est-ce que vous sauriez recommander un endroit où passer ses soirées ? Où est-ce qu'on peut rencontrer des gens, par ici ?

— Des gens ? a demandé Olivia. Ou bien des femmes ?

Nyman percevait-il quelque chose dans ses yeux ? Peut-être pas. Peut-être ne faisait-il que se l'imaginer.

— Un endroit sympa, pour boire et manger, ouvert tard, le lieu de prédilection de gens divers et variés.

— Vous êtes de Helsinki.

Ce n'était pas une question.

— J'y suis né, a déclaré Nyman, et j'y ai habité toute ma vie.

— Bienvenue à Comment-s'appelle-cet-endroit-en-ce-moment ? Il n'existe pas d'établissements avec tout ça dans le coin. Mais en combinant quelques lieux, vous trouverez peut-être ce que vous cherchez. Je vais vous montrer sur le plan.

La carte était au format A4, un imprimé bariolé surmonté de l'inscription « Palm Beach Finland ». Les proportions étaient à l'évidence faussées. Tubbs, son chalet vert, était aussi gros qu'un quartier entier de la ville, sur le bord inférieur. Et la limite dudit quartier semblait s'ouvrir sur le désert. Nyman a observé les mains d'Olivia Koski. Des croix sont apparues sur le papier, les lieux ont reçu des noms. Tout était accessible à pied. Quant à Olivia Koski, si on lui posait la question, elle n'était une habituée d'aucun de ces lieux.

— Vous travaillez quand même ici, lui a fait remarquer Nyman.

— Non, non, non, a-t-elle objecté. Je suis maître nageuse, comme ma tenue l'indique. Je remplace un collègue qui avait à faire ailleurs.

— Je veux dire ici, en général, a précisé Nyman en faisant un signe de tête vers la plage.

Olivia Koski a posé ses mains sur le comptoir et fixé Nyman.

— Bien obligée, a-t-elle reconnu.

7

Holma avait déjà pris la décision d'exécuter son GPS et la femme installée dedans, qui changeait sans cesse d'avis sur les routes secondaires, lorsqu'il a aperçu sur le mur d'une grange une publicité vantant les meilleures pizzas dans un rayon de cent kilomètres. Il n'avait pas envie de pizza, mais il se trouvait dans la bonne commune et la pizzeria se situait à onze kilomètres. Seul à bord de sa BMW 520 noire étincelante de propreté, il disposait dans la console centrale d'un Glock 17 non déclaré. Il aurait donc très bien pu faire taire définitivement le navigateur, mais il s'est contenté de l'éteindre.

Le silence était agréable. Holma a écouté ses pensées. Il les appréciait. Il avait entendu dire qu'il existait des gens qui ne se complaisaient pas dans leurs pensées. Mais lui n'en faisait pas partie, il aimait s'écouter.

Avec autant de sincérité que d'impartialité.

Il pensait souvent – et c'était là encore une notion qu'il avait lui-même développée et dont la pertinence lui plaisait – que, si les autres avaient eu d'aussi bonnes idées que lui, ils en auraient été eux-mêmes surpris. Ils auraient aussi mieux compris, appréhendé avec plus de lucidité et été capables d'avoir des vues comparables aux siennes. Mais ce n'était bien sûr pas le cas, et cela provoquait des malentendus. Même lorsqu'il essayait de rendre service. Il ne comprenait franchement pas pourquoi il en était ainsi.

Holma ne prodiguait de conseils que lorsqu'il le jugeait nécessaire. C'était bien sûr très souvent le cas, mais cela s'expliquait en grande partie par sa propre situation, à savoir ses pensées qui étaient, sans conteste et en toute objectivité, de vrais petits bijoux. Il n'était pas égoïste, il faisait de son mieux pour ravir et éclairer les gens de ses vues. Et que récoltait-il en contrepartie ? Des critiques. Cela l'attristait, même s'il ne le montrait pas. Lui aussi n'était qu'un être humain. Certes plus calé que les autres et, à défaut de terme plus approprié pour le décrire, meilleur que les autres, mais c'était toujours un être humain.

Il ne se considérait pas comme un génie, excepté dans quelques domaines et situations particulières, mais il pensait souffrir du même mal qu'une personne de la Renaissance : c'était un touche-à-tout. Précisément. Un touche-à-tout.

Ce n'était pas sa faute si tant d'activités humaines s'imbriquaient et se recoupaient dans son savoir-faire. Pourquoi aurait-il dû cacher ses capacités intellectuelles puisqu'il en avait ? Devait-il avoir honte de son excellence ? Pourquoi – et il allait une fois de plus trouver un aphorisme, un de ceux dont il avait déjà décidé de faire un guide pratique –, pourquoi tenir la chandelle sous la balance quand celle-ci brûle et réduit en cendres la sagesse qui est la vôtre – enfin, dans ce contexte, la sienne ? La tournure avait certes besoin d'être un peu peaufinée, mais il avait de ces adages à profusion et il les partagerait gratuitement, au prix d'un simple livre.

Il est arrivé à un carrefour en T. La route se poursuivait vers la gauche et vers la droite. Devant lui se dressaient des panneaux indiquant des lieux inconnus, qu'il a décidé de ne jamais découvrir. À gauche de ces pancartes se trouvait en revanche un écriteau qui lui a paru intéressant. Il n'avait pas entendu parler de cet endroit auparavant, mais le slogan en anglais, les couleurs vives et les palmiers ressemblaient précisément à ce qui aurait pu plaire à Antero.

Antero, son petit frère. Né d'une mère différente. Et d'un père différent.

C'était en effet un peu compliqué. Ils avaient été adoptés, leurs parents biologiques étaient différents, mais ils venaient de la même famille. Autant que faire se pouvait. Le père avait disparu lors d'une excursion tente et canoë effectuée en tête à tête avec Holma. Ce dernier n'avait pas vraiment fait connaissance avec son nouveau père, car il avait surgi dans l'entrée au moment où Holma déménageait. Par ailleurs, il n'avait plus ressenti la même attirance pour sa mère adoptive. Son sentiment s'était évanoui, ainsi que l'avait affirmé plus tard la psychiatre de la prison.

Antero était passé au second plan. À plusieurs titres. La plus belle chose jamais dite à son sujet était venue d'un enseignant en primaire, selon qui Antero était un chercheur. Mais c'était aussi un admirateur. Il vénérait Holma et voulait être comme lui. Sauf que personne ne le pouvait.

Holma a doublé des voitures plus lentes et a entendu quelques coups de klaxon derrière lui, comme chaque fois qu'il franchissait la ligne continue. Les gens ne comprenaient-ils donc pas qu'il était maître de la situation ?

Le paysage s'est mis à changer. Holma a senti la proximité de la mer et desserré sa cravate.

Il a pensé que, même si son voyage avait une note un peu mélancolique, il présentait un autre aspect. Les vacances. Il n'en avait pas pris depuis longtemps. Il pourrait combiner son enquête sur Antero à des bains de soleil, par exemple.

Peut-être rencontrerait-il une beauté locale sur la plage. Peut-être regarderaient-ils ensemble ces palmiers et écouteraient-ils, toujours ensemble, les pensées de Holma. Et peut-être feraient-ils connaissance. Holma aimait cela. Enfin, pas de faire connaissance avec les autres, non, mais que ceux-ci fassent connaissance avec lui.

Il avait tant à donner.

8

Olivia Koski était assise sur une chaise face à Jorma Leivo. Les fenêtres de part et d'autre de celui-ci semblaient en feu : le soleil tapait sur son 4 × 4 garé sur le parking et ricochait dessus pour s'immiscer à l'intérieur du local, rendant ainsi la voiture et le bureau plus neufs et plus propres qu'ils ne l'étaient en réalité.

— Ça va fort, a dit Olivia avant d'attendre.

Elle pensait vraiment ce qu'elle avait répondu à la question « Comment ça va ? », sauf qu'elle hésitait à ajouter « fort mal », mais elle s'est abstenue. Elle se sentait très mal à l'aise en maillot de bain et en baskets. Avant tout parce que l'homme derrière le bureau s'était retranché sous une chemise bleu vif, une veste blanche, une lumière à contre-jour, un ton mêlant le papa-gâteau et le démarcheur agressif.

— J'en suis ravi, a affirmé Leivo. Et merci de faire un saut ici, au siège du groupe.

Olivia a souri. Son sourire n'était pas tout à fait sincère, mais le « merci » de Jorma Leivo ne l'était pas plus.

— De rien.

— Nous n'avons pas trop eu le temps de discuter.

C'est dommage. Je suis surtout un meneur d'hommes, et je dirige en discutant.

Il a marqué une pause. Olivia ne savait pas quoi dire. Devait-elle discuter, dans ce cas ? Elle n'y tenait pas.

— C'est vraiment dingue ce qui s'est passé chez toi, a poursuivi Leivo. Et très triste. Un homme dangereux, je le dis franchement, un criminel, qui pénètre dans une maison. Ça fait réfléchir. Mais où va ce monde ? À qui faire confiance ? Où se trouver en sécurité ? Est-ce qu'on peut, d'une manière générale, se sentir protégé si on habite une zone éloignée, seul ? Et si en plus – je ne dis pas ça comme si c'était négatif, pas du tout – on est une femme seule ? Est-ce que ça vaut la peine d'habiter là et à quel prix ? En risquant sa vie à quel point ? Qu'adviendra-t-il de la valeur des lieux s'ils sont la proie de violeurs en série patentés ? Tu y as sans doute toi aussi réfléchi.

L'air de Leivo indiquait que, quoi qu'Olivia réponde, il poursuivrait.

— J'y ai un peu pensé, en effet, a-t-elle reconnu, ce qui était vrai.

— Je vais quand même résumer. Comme chacun sait, la valeur de nombreuses maisons isolées et en mauvais état n'est à l'heure actuelle que théorique, à vrai dire. Il existe un terme, la « valeur d'usage », mais c'est du jargon d'économiste que…

... que je ne comprends pas, puisque je suis une femme, a eu le temps de se dire Olivia.

— … que nous n'avons pas besoin d'employer ici, a enchaîné Leivo, vu que nous pouvons parler de l'affaire en tant que telle, de l'offre et de la situation, et de ce que nous avons la possibilité d'en faire.

Autrement dit, de ce qu'il y a de plus raisonnable et de plus sûr.

Jorma Leivo s'est penché en avant et a posé ses paumes sur le bureau avec prudence, comme s'il testait une cuisinière encore chaude.

— Je dois dire que c'est une chance que tu n'aies pas été chez toi quand cet homme est venu te violer, te torturer et te tuer, avec une telle brutalité, en profitant de ce que ta maison est reculée et sans valeur…

— Sans valeur ? a interrogé Olivia sur un ton neutre, pas vexée le moins du monde, mais intéressée.

Leivo a semblé étonné. Il était difficile de dire si cela venait de la question ou du fait d'avoir été interrompu.

— Je voulais juste dire que, maintenant que ce sadique, peut-être pas le premier dans le coin, mais sans doute pas le dernier non plus, a détruit ta maison…

— Il a mis le bazar dans la cuisine, a rectifié Olivia. Mais je l'ai déjà nettoyée.

— Tu n'as pas traîné, a commenté Leivo. Je trouverais ça admirable si les crimes sexuels extrêmement cruels, avec leurs attributs rituels, n'étaient pas légion à l'heure actuelle dans ce pays.

Olivia a pensé qu'elle n'avait pas à lui demander où il voulait en venir. Il passerait aux choses sérieuses quand cela lui conviendrait. Ou plutôt, quand il y parviendrait. Elle pouvait donc se concentrer sur sa manière d'être, ce qui était déjà un travail en soi.

La règle stipulant que seul l'uniforme devait être porté au travail – à savoir, pour la maître nageuse, le maillot de bain en tissu bon marché, avec son logo respirant les années 1980 – était incommode, pour au moins deux raisons. D'une part, le regard des autres, d'autre part, la météo – quelle qu'elle soit, à vrai dire. Il faisait froid la plupart du temps, et les hommes avaient les yeux rivés ailleurs que sur son visage la plupart du temps aussi.

Leivo a inspiré et a un peu penché la tête en arrière, sa cage thoracique s'est élargie. Il ressemblait à une créature extraite des profondeurs de l'océan qui reprenait son souffle.

— Je veux m'avancer à mi-chemin, a-t-il déclaré. Je vois ici un cas typique à la gagnant-gagnant. C'est une façon de dire, une expression du monde du business qui signifie que…

— Je sais ce qu'elle veut dire, l'a aidé Olivia, tout en remarquant à quel point il était en nage.

La lumière surgissant derrière lui révélait les grosses gouttes roulant sur ses joues. Olivia a noté qu'il passait l'affaire en revue dans sa tête avant de la formuler.

— Je veux acheter le terrain, a-t-il annoncé.

Olivia l'a regardé.

— Quel terrain ?

— Celui où se trouve la maison du crime sexuel, la tienne.

— Alors qu'elle est sans valeur ?

— C'est la maison qui est sans valeur, a affirmé Leivo dans un lent hochement de tête, comme si tous deux étaient en train de comprendre quelque chose en même temps. Mais le terrain…

— Pourquoi ?

Cette question l'a stoppé. Il a fixé Olivia.

— Pour le développement, a-t-il fait. Ça développera le…

Olivia a attendu, mais il n'en a pas dit plus.

— Je ne vois pas ce que vous voulez exprimer. En tout cas pas dans ce contexte.

— Nous nous agrandissons.

Elle a encore patienté.

— « Nous » ?

— Palm Beach Finland. Je te propose de te joindre à nous.

— Je l'ai déjà fait, dans un sens, a rappelé Olivia, en baissant la tête vers le logo. J'ai même abandonné presque tous mes vêtements. Comment est-ce que je pourrais être encore plus impliquée en vendant ma maison ?

— Ton terrain, a repris Leivo. Il faut voir plus loin dans cette affaire. Voir ce qui n'est pas encore. Dans trois ans, nous serons la plage préférée de tous les gens riches et célèbres. Des femmes magnifiques, tout comme toi, des hommes beaux, comme… Des quatre coins du monde, des voiliers, des yachts, tous plus longs les uns que les autres, aux voiles toujours plus grandes, aux quilles toujours plus profondes.

Olivia a commencé à comprendre où Leivo voulait en venir. Le terrain côtier dont elle avait hérité était la porte d'entrée de l'anse, son tirant d'eau naturel pouvait accueillir presque n'importe quel type de bateau. Son terrain comprenait une partie du cap et un lopin crucial de plage qui permettrait de rejoindre le port de plaisance. Pas de doute, elle possédait un beau bout de littoral, une belle pointe, mais l'essentiel devait cependant être le terrain que Leivo était en train d'explorer.

— Et nous aurons des bungalows. De style floridien, le meilleur, le plus grandiose, avec plage privée. Le luxe. Le yacht amarré à son propre quai. Pas des chalets, mais des villas.

— Il y a déjà une villa, là-bas, a signalé Olivia.

— Des modernes, a renchéri Leivo, ayant écouté Olivia ou non. Avec des fenêtres panoramiques, des terrasses, de l'architecture.

Olivia ne comptait pas lui demander ce qu'il entendait par ce dernier mot.

— Et de quelle manière je serais impliquée ?

— En vendant ton terrain, tu amasseras une fortune avec laquelle tu pourras acquérir des actions dans la future entreprise.

De toute évidence, Leivo avait répété son numéro.

— Et si je ne vends pas ? s'est enquise Olivia.

— Mais pourquoi tu ne vendrais pas ?

Même si Leivo faisait à l'évidence de son mieux, son ton s'était teinté d'une pointe d'insistance.

— Moi aussi, j'ai un rêve, a annoncé Olivia. Lié à ma villa centenaire. Je l'ai héritée de mon père. Je compte la retaper. Des fondations jusqu'à la petite girouette rouillée sur le toit. Puis j'ai l'intention de l'habiter.

Elle a préféré ne pas ajouter qu'elle avait fait assez de mauvais choix, toujours en suivant des hommes et leurs propositions liées à l'argent. Les hommes étaient comme des toboggans : c'était à l'arrivée, une fois en bas, que l'on s'apercevait qu'on avait perdu son portefeuille. Olivia avait déjà donné.

Elle avait du mal à discerner l'air de Leivo tout entier, car elle était leurrée par les rayons du soleil, ses cheveux, ses vêtements et les étranges murs aux couleurs vives. Mais, selon elle, cet air était désormais un peu plus sombre, plus figé.

— L'avenir…, a-t-il commencé, cherchant d'autres formules : … l'avenir approche.

Olivia ne savait pas vraiment si c'était la vision complète de Leivo quant au lendemain ou à l'année suivante, mais elle n'attendait pas de suite. Elle n'en avait que faire. Et à vrai dire, elle ne songeait même plus à sa tenue de travail, à ce déséquilibre entre les deux parties en pleine discussion. Voilà pourquoi elle a dit ce qu'elle pensait.

— Je vous suis reconnaissante pour mon emploi. Je vous souhaite bonne chance pour votre entreprise, autant actuelle que future. Mais je ne vends pas. Ni mon terrain ni ma maison. Ils sont à moi et ils le resteront. Si ça vous va, je retourne au poste de surveillance de la plage.

Leivo n'a rien dit un instant durant.

— Bien sûr, a-t-il ensuite acquiescé. Le travail avant tout.

Olivia s'est levée de sa chaise. Leivo en a fait autant. Ils se sont regardés. Olivia en maillot de bain et baskets et, derrière le bureau, l'homme corpulent en nage qui la payait et prédisait le pire avec sa voix de nounours. Mais la scène était, dans un sens, différente du début.

— Bye, a conclu Olivia.

— Bye, a répété Leivo.

Olivia s'était déjà retournée lorsqu'elle a entendu derrière elle :

— Sait-on jamais, tu changeras peut-être d'avis, a déclaré Leivo.

Olivia a pensé que son ton avait quelque chose d'une promesse. Il semblait étrange. Leivo a ajouté :

— Tu reviendras peut-être sur ta décision.

Le reste de la journée au poste de garde : trop de vent, trop peu d'événements, beaucoup trop de pensées.

Un solide amas de nuages s'est traîné devant le soleil gris à la vitesse d'un escargot, et il n'a pas tenu à se dissiper. Pourquoi ventait-il sur terre tandis que rien ne semblait se passer dans le ciel ? Olivia est allée chercher son sweat-shirt pour se couvrir et a mis la capuche sur sa tête.

Elle surveillait les rares clients et repensait à ce qu'elle avait dit à Leivo. Comme si elle savait ce qu'elle allait faire, et comment le faire. Doux Jésus. Elle qui ignorait comment s'organiser. S'il lui arrivait quelque chose. N'importe quoi. Elle avait consacré toutes ses économies aux travaux urgents. Son salaire mensuel suffisait pour la taxe foncière, la voirie, la collecte des ordures, les assurances, l'eau, l'électricité, le téléphone, Internet, la nourriture, les baskets… Mais pas pour le reste. Une maître nageuse n'était pas la mieux placée sur l'éventail des salaires. Et quant aux allusions de Jorma Leivo – meurtre, viol, torture, etc. –, Olivia ne pouvait prétendre que ses pensées nocturnes n'avaient pas pris ces derniers temps des tournures dignes de films d'horreur. *Sois rationnelle*, se disait-elle dans ces moments-là, *ce n'est qu'un hasard pur et simple*. Rien ne la menaçait. Et pourtant, un frisson l'a traversée de pied en cap. *Arrête*, s'est-elle ordonné, *il n'y a pas de gens comme ça qui traînent par ici*.

Il était 15 h 30. Chico est apparu au pied de la tour.

Olivia avait encore du mal à appeler Kari Korhonen « Chico ». Elle ne voyait que Kari. Un jeune rêveur portant une guitare, et qui avait vieilli. Ce Kari mature semblait toujours rêver et trimbaler une guitare. À quel moment était-il devenu Chico, et pour quelle raison ? Olivia l'ignorait. Sans doute était-ce mieux ainsi. Et peut-être avait-elle tout intérêt à l'appeler Chico. Cela lui allait bien : lunettes de soleil, short de bain, tatouage sur le bas-ventre avec au milieu un texte calligraphié, mais si petit et alambiqué que, pour le déchiffrer, il aurait fallu se pencher si près que la bouche se serait retrouvée…

Ce qu'Olivia ne comptait pas faire, et ce qui devait être pour Chico le but même de ce tatouage. Ils n'avaient pratiquement pas discuté depuis le retour d'Olivia. Du reste, ils n'avaient jamais été proches. Ils avaient beau travailler au même endroit, cela nécessitait à peine de communiquer. Le fait qu'Olivia et Kari Korhonen étaient collègues surprenait un peu, bien sûr, car, à l'âge de dix-huit ans, il avait décrété qu'il ne travaillerait jamais pour *« The Man »*. Tous avaient d'abord pensé que cet homme mystérieux était une entreprise à part, avec laquelle il avait peut-être eu des déboires, mais il avait révélé plus tard que *« The Man »* signifiait en réalité le système. Et pour l'heure, tous deux étaient à son service – en maillot de bain.

Olivia a descendu les marches et a remarqué que ses jambes s'étaient ankylosées, comme si elle avait dormi dans un endroit exigu. Chico agitait les mains, peut-être pour se réchauffer. Olivia n'a pas vu ses yeux barrés par des lunettes quasi noires. Il avait d'ailleurs la tête tournée vers la mer.

— Ça gaze ? s'est-elle intéressée, une fois arrivée en bas.

Chico balançait les bras. Il a semblé tressaillir. Les lunettes se sont vite tournées vers Olivia.

— Comment ça ? a-t-il demandé.

— Tu es à l'heure. C'est à peu près la première fois en deux semaines que tu attends déjà à la tour quand nous nous relayons.

— Je n'arrivais pas à dormir.

Olivia l'a dévisagé et s'est souvenue que les filles de la classe lui trouvaient une ressemblance avec

Patrick Swayze. Ils avaient en effet quelque chose en commun, si l'on prenait en compte le passage du temps et la couleur locale.

— Il est 4 heures de l'après-midi, a rappelé Olivia.

— Quoi ? Ah oui. J'ai veillé toute la nuit. Une fois de plus.

— Sans doute à cause du travail, a affirmé Olivia, réalisant aussitôt qu'elle se montrait peut-être trop sarcastique.

Mais la question de Chico a indiqué qu'il ne l'avait apparemment pas entendue.

— Comment vas-tu ? a-t-il interrogé. Olivia ?

Elle a été surprise. À double titre. D'une part, Chico ne lui avait jamais rien demandé de personnel, excepté les choses de rigueur après un retour : « Tu es en couple à l'heure actuelle ? », « Un ex ? », « La garde des enfants ? ». D'autre part, Chico semblait à l'évidence faire un effort. Son ton était sincère.

— Merci de me poser la question, Chico. Je vais très bien. Sauf que je ne m'habitue pas à ma tenue de travail. Mais je suis allée discuter aujourd'hui avec notre supérieur et j'ai quand même oublié de lui en parler. Soit ça signifie que j'apprécie inconsciemment ma tenue, soit je ne me rappelle plus que je la porte, vu que… je la porte.

Chico a tourné la tête :

— Avec le patron ? Avec Leivo ?

— Oui, Jorma Leivo. Le propriétaire.

Olivia a observé les lunettes de Chico. Il avait les cheveux humides, en bataille, sans doute à cause de la douche.

— Qu'est-ce qu'il a dit ? s'est-il renseigné.

— Il m'a parlé de ses projets, a relaté Olivia en décrivant une courbe de la main. Palm Beach Finland.

— De ses projets ?

— Il veut s'agrandir, a ajouté Olivia, pensant que leur discussion sur sa villa et son terrain ne regardait pas Chico. Mais ça, on le sait déjà.

Les bras de Chico se balançaient.

— Terrible, ce vent.

Olivia a scruté la mer. Des nuages noirs, des vagues lentes et lourdes. Elle s'est souvenue qu'elle devait encore faire les courses et passer à la quincaillerie.

— Je dois y aller, a-t-elle annoncé. Je suis en pleins travaux et…

— Comment ça se passe ? Les travaux ?

Elle a levé les épaules.

— Ce n'est pas donné.

Chico hochait la tête, mais pas au rythme des réponses d'Olivia. Le sien était tout autre, plus tendu.

— Ah ça, l'argent.

— On en a bien besoin, a constaté Olivia.

Chico a de nouveau hoché la tête. Puis il s'est arrêté.

— Tu te souviens quand on était tous ici, sur la plage, de nuit, qu'on jouait de la guitare et qu'on faisait des feux de camp ?

Olivia a essayé de voir ce qui se passait derrière ses lunettes de soleil. En vain.

— Ça remonte à vingt ans, a-t-elle noté. J'avais toujours froid, je n'attendais qu'une chose, c'était de pouvoir quitter ce village.

Chico n'a pas relevé. Il a grimpé dans la tour et s'y est installé.

*

Jan Nyman a sorti une chaise en plastique de la cuisine, il a essayé de s'asseoir un instant sur la terrasse de son chalet pour profiter du paysage, du parfum des pins et de l'air marin frais et salé, mais cela s'est révélé impossible. Au bout d'une minute ou deux, le vent avait rempli sa mission : traverser pour de bon le jean et la chemise en flanelle de Nyman. Il lui restait donc deux solutions, tandis que le soleil, à l'ouest, se couchait et faisait passer le ciel du rose au marron clair. Soit prendre son iPad et aller avec au restaurant de la plage. Soit lire, sur la petite table de la petite cuisine de son petit chalet, les informations qu'il avait demandées et qu'il venait de recevoir, et dîner seulement plus tard au restaurant, en ayant bonne conscience, ou au moins à moitié bonne.

Il a opté pour la seconde possibilité.

Ce qu'il a lu répondait *grosso modo* à ses attentes.

Les relevés de compte remontaient à dix jours. Tout le monde était fauché : Jorma Leivo, « Mister Surf », autrement dit Kari Korhonen, ainsi qu'Olivia Koski. Personne n'avait plus un rond. Nyman savait que c'était la vie.

Les finances du surfeur suivaient une ligne constante. À vrai dire, son compte affichait en permanence le pouls d'un homme mort. Nyman a prêté attention aux saisons. L'hiver, son revenu était payé par la Sécurité sociale, sous forme d'indemnité de chômage ; l'été, par le centre touristique, sous un nom ou un autre, c'était selon. L'homme au surf ne semblait disposer, à aucun moment, de beaucoup d'argent, et il ne l'utilisait pas pour se loger. Il le dépensait en… en quoi donc ? La majeure partie, soit la quasi-totalité, était retirée dans des distributeurs automatiques. Ce qui pouvait être un point intéressant – ou non. Il était apparemment interdit de crédit depuis des années, il ne voulait sans doute pas tout expliquer aux autorités sur sa façon de dépenser ses sous.

Jorma Leivo et son entreprise étaient un cas en soi. Son compte aurait pu voir apparaître des toiles d'araignées, tant il l'utilisait peu. En revanche, l'entreprise détenait plusieurs comptes, dans trois banques différentes, et les mouvements entre ceux-ci étaient plutôt turbulents. À tel point que Nyman a décidé d'envoyer ses relevés au complet à un enquêteur financier de sa connaissance pour qu'il les analyse, lui demandant par la même occasion autre chose : un suivi en temps réel.

Cette demande n'était pas tout à fait légale, car officiellement, Leivo n'était pas l'objet de l'enquête. Personne ne l'était. En tant que membre de la section des opérations secrètes, Nyman avait souvent fait face à de tels dilemmes. Ce qui signifiait la plupart du temps qu'il devait s'investir, en secret, dans plusieurs directions.

Il a écrit un e-mail dans lequel il a expliqué être conscient de demander une chose pour laquelle il n'était pas mandaté, mais qu'il en prenait l'initiative et la responsabilité complètes. Si l'enquêteur financier venait à être interrogé, il devrait affirmer que Nyman avait un mandat et que son supérieur lui avait laissé les mains libres. Ce qui était le cas, dans un sens. Muurla n'était pas sans savoir que la section des opérations secrètes employait tous les moyens pour arriver à leurs fins et que leurs méthodes étaient douteuses, mais il n'avait jamais accepté ouvertement cette façon cavalière de se procurer des informations. Pourtant, il ne cachait pas sa satisfaction lorsqu'il se voyait apporter des résultats, Nyman en savait quelque chose. Il a ajouté les pièces jointes et a appuyé sur entrée.

La situation d'Olivia Koski était la pire de toutes. Elle était pitoyable. Même le surfeur disposait de plus d'argent sur son compte. Enfin, il ne s'agissait que de quelques dizaines d'euros, mais tout de même. Les derniers sous d'Olivia Koski avaient servi à payer une assurance habitation assez élevée. Pour sa vieille maison en bois. Le montant a donné le frisson à Nyman. Avant ce règlement, son compte affichait quelques milliers d'euros. Mais tout s'était envolé au cours des deux derniers mois. Les paiements individuels les plus importants avaient été effectués dans des endroits connus, des quincailleries, l'une finlandaise, l'autre allemande.

Le solde du compte sur le dernier relevé : 8 euros et 3 centimes.

*

Tu viens d'acheter à crédit un gros pot de peinture blanche, s'est dit Olivia. *Voilà où tu en es.*

Elle a posé le pot par terre dans l'entrée et elle s'est tournée vers la cuisine. Elle n'avait pas allumé ; le soleil couchant faisait scintiller ses rayons horizontaux dans la maison, il changeait la couleur des murs, la taille des pièces, la profondeur des volumes. L'épaisseur des ombres.

Les allusions de Jorma Leivo reprenaient vie. Une menace. Le sentiment que quelque chose d'atroce pouvait se produire, à tout moment. Un danger la visant.

Je me fais des films, a-t-elle pensé. *Tout ça.*

Peut-être que ses craintes grandissantes venaient de

sa fatigue, du simple fait qu'elle avait recommencé à acheter à crédit. Même s'il ne s'agissait que d'une modique somme, cela lui rappelait de vieilles histoires, de tristes périodes. Et le crédit était une chose dont elle ne voulait plus.

Une parmi d'autres.

Les hommes malintentionnés, les décisions reportées, les rêves abandonnés, les solutions de fortune dues au manque d'argent. C'était sans doute pour toutes ces raisons que les peurs attisées par Leivo lui donnaient la chair de poule.

Quelqu'un avait pénétré dans sa maison. Mais dans quel but ? Pour la…

Olivia avait pensé d'instinct que l'homme était un cambrioleur qui s'était disputé avec un complice ou plusieurs, avant de trouver une fin désordonnée. Elle ne s'était pas demandé si c'était elle qu'ils cherchaient. Et si, en fin de compte, elle n'était pas du tout en sécurité dans cette maison où elle s'était toujours crue protégée ?

Elle n'avait aucune envie d'aller dans la cuisine préparer le dîner. Elle a tourné les yeux et vu le pot de peinture au milieu du plancher. Elle était en tout cas trop fatiguée pour peindre. Elle voulait…

Elle voulait…

Olivia a déplacé le pot près du mur, elle s'est déshabillée. Elle s'est abstenue de se regarder dans le grand miroir de l'entrée, puis elle est passée dans la salle de bains. Elle s'est installée dans la baignoire et a ouvert le robinet.

Mais rien n'en est sorti.

II

DES RÉALISATIONS

1

— Moi, je préfère ne plus tuer qui que ce soit, a prévenu Robin.

Chico a jeté un coup d'œil rapide autour de lui et a resserré sa prise sur sa bouteille de bière.

— Tais-toi, a-t-il soufflé.

Ils étaient dans une alcôve, tout au fond de leur bar de prédilection, à leurs places habituelles. À quelques mètres de là, le juke-box luisait de ses couleurs fluorescentes rose et bleu ciel, alimenté par les précieuses pièces de Chico. Enfin, en temps normal, mais pas aujourd'hui.

— Comment je peux te répondre si je me tais ? a rétorqué Robin.

— Réponds-moi de façon sensée, a exhorté Chico. Seulement quand tu auras réfléchi.

— J'y ai réfléchi. Je ne souhaite pas tuer de gens.

— OK. Mais ne me le balance quand même pas comme ça.

Robin a semblé respecter cette demande. Chico a respiré profondément.

L'événement auquel Robin faisait allusion provoquait chez Chico un mal-être indéfini, inédit, qui découlait de ses propres pensées. Cela ne lui était jamais arrivé. C'était si difficile de repenser à ce qui s'était passé. Pas parce qu'il aurait dû se remémorer quelque chose de compliqué, comme à l'école, mais parce qu'il ne se faisait vraiment pas à cette idée. Ou alors, celle-ci se tournait et se retournait dans sa tête, elle changeait de forme et de contours. Ainsi, lorsque les instants passés dans la maison d'Olivia lui sont revenus, il s'est mis à ruminer tout autre chose. Il faisait des listes en essayant d'oublier ses doutes. Les meilleurs solos de guitare. Les meilleurs solos de guitare d'Eric Clapton. Les meilleurs solos de guitare joués par Eric Clapton dans les années 1970. Les meilleurs solos de guitare joués par Eric Clapton durant les années 1970-1972.

« Layla », a pensé Chico en buvant sa bière.

Elle était bonne, même si la date limite de consommation était dépassée depuis longtemps. Chico connaissait le barman et avait une combine pour profiter à prix avantageux des bières étrangères de qualité. Tous y gagnaient, en dépit des arrogantes réglementations sur les denrées alimentaires – ou grâce à elles, Chico n'aurait su dire.

— On doit faire quelque chose, a-t-il déclaré lorsqu'il n'a plus supporté les guitares qui lui grinçaient dans la tête.

— Du moment qu'on ne…

— Bien sûr que non. Oublie ça un moment. C'était un accident. Je te l'ai déjà répété mille fois. Ça arrive. Hier, j'ai regardé un documentaire américain sur un homme à deux têtes.

Robin l'a fixé :

— Il avait tué quelqu'un ?

— Quoi ? Non, non, évidemment. Mais il avait deux têtes.

Chico a remarqué que Robin ne comprenait pas.

— C'est un coup du hasard, a expliqué Chico. Il arrive un truc bizarre.

— Un homme à deux têtes, a confirmé Robin. Un homme qui a deux têtes.

Chico a vu que Robin ne faisait pas le rapprochement. Cela dit, il n'avait peut-être pas besoin de tout comprendre. Chico regardait droit devant lui et réfléchissait. Il a gratté l'étiquette de sa bière. Elle était apparemment périmée depuis 2014. Avait-elle un arrière-goût curieux ? Il s'est tourné vers Robin.

— Deux semaines, a-t-il rappelé. Tu l'as toi-même entendu. Si on n'agit pas, Leivo ira nous dénoncer à la police.

— Et si on fait ce qu'il a demandé ?

— C'est ce que j'essaie de t'expliquer, là, a soupiré Chico.

— Ce qu'il a dit quand on s'est vus la première fois, dans son bureau ?

Chico a observé Robin d'un autre œil. Il ignorait si ce dernier était par moments secrètement intelligent ou si c'était un pauvre idiot, pur et simple. Mais peu importait, vu que parfois, par surprise, sans crier gare, il se souvenait d'une chose comme s'il l'avait enregistrée. Il la reprenait à voix haute et clarifiait ainsi les pensées de Chico, qui demeurait cependant le moteur.

— Robin, tu es un génie.

— Merci, a dit Robin, à l'évidence confus.

Chico a pensé que Robin n'avait pas dû entendre souvent un compliment pareil. Ses joues ont un peu rougi.

— Des fois, j'ai des idées qui me viennent à l'esprit, a reconnu Robin en toute modestie.

Chico a fait tinter sa bouteille contre celle de Robin, il a avalé une longue gorgée. La bière avait sans conteste un arrière-goût qui rappelait le fromage. Mais cette affaire-là aussi était entendue : si, dans une petite ville finlandaise, on voulait une bouteille de bière hollandaise de qualité à 1 euro, il fallait être prêt à faire des concessions. Chico étant lui-même un homme d'affaires, il comprenait comment fonctionnait le capitalisme. Ou bien s'agissait-il au final du socialisme ? Quoi qu'il en soit, la bière contenait du vieux fromage poisseux, mais elle ne coûtait que 1 euro. Et à ce prix-là, Chico pouvait fréquenter son bar favori en étant pour ainsi dire fauché – capitalisme ou socialisme – et réfléchir à la manière dont il pourrait palper de plus grosses sommes.

Pour l'heure, une nouvelle chance semblait se présenter.

— Ce soir, a commencé Chico. Nous réglons l'affaire ce soir.

Robin a paru surpris. Le sourire engendré par les compliments de Chico s'est éclipsé de son visage en une fraction de seconde. Il a scruté sa bouteille devant lui.

— Je ne peux pas.

— Pourquoi ?

— Je ne suis pas libre.

— Robin, l'a interpellé Chico. Pourquoi ?

Une brève pause, meublée par les claquements secs des boules de billard de l'autre côté de la salle.

— Le concours « Talent Night », a avoué Robin tout bas.

Chico s'est appuyé en arrière, contre le mur de l'alcôve. Il a songé un instant à deux choses. La première était « Talent Night », la seconde, Robin.

— Qu'est-ce que tu me fais ? a-t-il interrogé, remarquant que sa voix recelait une certaine peur. Je veux dire, c'est quoi ton talent que tu… qui te…

— Je veux aller voir, a chuchoté Robin en tournant la tête. Je compte y assister.

— Voir quoi ?

Robin l'a observé et il a ravalé sa salive.

— Neea sera sur scène.

Chico cogitait toujours.

— Qu'est-ce qu'elle présente ?

— Je ne sais pas vraiment. Elle passe à dix heures et demie.

— Elle t'a invité ? Personnellement ?

Robin a baissé les yeux. Il a parlé plus bas.

— J'ai vu son post sur Facebook.

— Vous êtes amis sur Facebook ?

— Je lui ai envoyé une invitation.

— Quand ?

— En décembre.

Chico a regardé Robin et patienté un instant. Celui-ci n'en a pas dit plus. Chico a décollé son dos du coussin moelleux de l'alcôve, il s'est penché en avant. *Laisse tomber*, a-t-il pensé, *c'est sans importance.*

Il allait reprendre une gorgée de bière lorsqu'il a remarqué un flocon jaunâtre dans la boisson. Celui-ci donnait l'impression d'être vivant, de s'agiter. Chico a repoussé sa bouteille. Il avait vraiment besoin d'argent. Il était fatigué de tout cela, las de boire ces satanées bières à la fondue, de jouer sur une réplique de guitare minable. Il voulait des boissons de première fraîcheur et une vraie Les Paul personnalisée.

Il savait désormais comment obtenir les deux.

— On a le temps avant « Talent Night », a-t-il annoncé. Je vais demander des allumettes au comptoir.

2

Jan Nyman a remarqué du mouvement dans le chalet voisin. Il était assis à sa table miniature lorsqu'il a réalisé que son dos s'était raidi. Il s'est levé. Il avait lu pendant plusieurs heures, il était temps de bouger.

Il a bu deux verres d'eau, a mis sa chemise en flanelle la plus légère, celle à carreaux vert et bleu pâle, et enfilé son jean foncé. Puis il a glissé son iPhone dans sa poche droite, son portefeuille de la taille d'une carte bancaire dans la gauche, et il a noué les lacets rouges de ses Converse All Stars. Il s'est regardé dans le miroir, s'est arrangé les cheveux, il a hésité à se raser puis a aussitôt décrété que le moment n'était pas encore venu : le professeur de mathématiques était en vacances. Il tenait à ce que non seulement cela se sente, mais aussi se voie.

Il est sorti.

Comme auparavant, le vent bousculait tout, mais la soirée était belle, voire magnifique. Le soleil se couchait lentement. De son tendre pinceau, il dorait autant le ciel que la mer. L'air était frais, il avait le parfum d'un grand bain de sel. Nyman a regardé vers le chalet voisin et a aperçu derrière celui-ci le coffre brillant d'une voiture noire, un nouveau modèle de chez BMW, peut-être la 520. Une serviette aux rayures donnant la migraine était déjà posée sur la balustrade, comme un signe que les lieux étaient investis. Nyman a fermé son chalet à clé, il s'est retourné et a entendu la porte voisine s'ouvrir.

Il a vu un homme en slip de bain sur la terrasse. Il était blond, et son apparence était quelque peu difficile à décrire. Son visage semblait se fondre à la lumière du soir, les tons et les formes se rejoignaient de manière étrange. L'homme devait avoir une quarantaine d'années, sans doute un an ou deux de plus que Nyman. Le haut de son corps était musclé mais ses jambes étaient drôlement maigres, comme s'il avait fréquenté une salle de musculation avec assiduité et repoussé le travail des cuisses jusqu'au dernier moment. Le détail le plus étrange : des cheveux blonds d'enfant de chœur, qui auraient donné un air pimpant à un garçon de douze ans mais qui dégageaient chez ce quadragénaire une légère impression d'être tombé de la dernière pluie. L'homme a remarqué Nyman.

— Bonsoir, a salué Nyman. Vous nagez à cette heure-ci ?

L'homme n'a rien dit. Il s'est contenté de regarder Nyman et s'est tourné un peu plus vers lui. Son slip de bain noir était petit et serré. Trop petit, trop serré. Puis il a demandé :

— Comment ça ?

Vu que tu portes un slip de bain pour enfant.

— Le soir est un moment magnifique pour nager, a répondu Nyman. Le soleil chauffe encore un peu.

L'homme a levé les yeux vers le ciel. *Très bien*, s'est dit Nyman, *tu peux soit continuer ce manège, soit aller où tu devais aller.*

L'homme n'a cependant observé le ciel qu'une seconde ou deux.

— Vous êtes ici depuis longtemps ? s'est-il intéressé.

Sa voix était étonnamment amicale.

— Un jour, a précisé Nyman.

— En vacances ?

— Complètement.

— Moi aussi, a confié l'homme. Des congés bien mérités.

Nyman a décidé de profiter de l'occasion. Il a fait quelques pas vers la terrasse de l'homme et lui a tendu la main par-dessus la balustrade. C'était un des moyens les plus efficaces jamais inventés pour glaner des informations : se présenter par surprise, ou au moins en vitesse.

— Jan Kaunisto, a déclaré Nyman.

L'homme a tendu la main en souriant.

— Esa Koljonen.

Ils se sont serré la main. Au vu de ce qui s'est passé dans ses yeux et autour de ceux-ci, mais aussi dans sa voix, ses mouvements et sa poignée de main, Nyman a déduit que son nom était peut-être Esa Koljonen, mais peut-être pas.

Ils ont encore échangé quelques mots sur la météo et les étés en général. Puis, lorsque l'homme a semblé s'enthousiasmer pour la conversation et surtout pour sa propre voix, Nyman lui a souhaité une bonne soirée et l'a laissé sur sa terrasse. Il s'est dirigé à pied vers la ville et est vite arrivé sur une espèce de boulevard côtier dont le nom officiel était cependant Rantakatu, rue du Rivage. Une fois sur cette voie, Nyman a encore hésité, mais il a fini par choisir un endroit en fonction de son nom. Si le village-vacances s'appelait

Palm Beach Finland, pourquoi le bar ne pouvait-il pas être baptisé *Hawaï* ? Le programme de la soirée au *Hawaï* était « Talent Night ».

Le bar était à moitié vide et agréable, même si sans doute peu adapté aux claustrophobes. Le plafond était bas, le comptoir long, et le bambou constituait l'élément principal de décoration. À gauche se trouvaient les alcôves, à l'intimité garantie par de petits toits en rameaux qui réduisaient encore davantage l'espace. Au fond du bar rayonnaient les lumières d'un juke-box et d'une machine à sous clignotant dans des tons exotiques. L'estrade se trouvait juste à côté de l'entrée.

La petite pancarte sur le comptoir informait que « Talent Night » commencerait dans une heure et quart. Nyman a commandé une bouteille de bière à la serveuse qui faisait là à l'évidence un job d'été, car ses mains cherchaient tout, partout. Il allait entamer sa boisson lorsqu'il a aperçu dans le miroir un profil qu'il connaissait : de longs cheveux marron foncé, un long nez un peu altier.

Olivia Koski était seule.

De la musique soul, un vieux standard, un homme à la voix douce qui demandait un « remède sexuel ». Nyman a d'abord pensé attendre la fin de la chanson, car, au pire, la femme aurait pu croire qu'il avait sélectionné ce titre dans le juke-box et que, fort de son choix, il venait quémander lui aussi son « remède ». Il avait vu des hommes en faire des tonnes : trop c'était trop. La bonne chanson, les bonnes fleurs, la bonne position des planètes. L'homme idéal, la marche nuptiale, des jumeaux, l'impuissance, une tombe commune. Il avait bien sûr aussi remarqué des hommes qui patrouillaient comme en zone ennemie, tiraient sur-le-champ avec rage, mitraillaient des « On baise ?! Pourquoi pas, salope ?! », et qui finissaient par se consoler entre eux, larmoyants : « Jukka, tu es un ami fidèle. »

Nyman a donc goûté sa bière, il a encore jeté un coup d'œil dans le miroir. Olivia Koski ne prêtait aucune attention à ce qui se passait autour d'elle. L'homme à la voix douce a continué sa chanson. Voilà pourquoi Nyman a pris sa bouteille et s'est dirigé vers l'alcôve d'Olivia Koski. Elle avait devant elle un verre de vin blanc presque vide.

— Bonjour, a commencé Nyman, avant de tendre la main en voyant qu'Olivia ne le reconnaissait pas. Jan Kaunisto, c'est moi qui ai loué aujourd'hui la planche du coureur de fond. Est-ce que je peux vous offrir un verre ou me joindre à vous ?

Olivia a semblé réfléchir puis elle a tendu la main.

— Peut-être. Olivia. Je veux dire « peut-être » pour le verre. On verra quand j'aurai fini celui-ci.

Puis elle a indiqué l'autre bout de la table :

— Je vous en prie.

Nyman s'est glissé sur le siège et a regardé la femme assise de l'autre côté de la table en bois sombre. Ses cheveux étaient mouillés et sentaient le shampoing aux fleurs. Le toit de l'alcôve était bas, l'applique diffusait une lumière douce et fragile. Nyman a eu l'impression qu'ils étaient assis dans une cabane ou une niche.

— « Talent Night », a-t-il constaté. Vous êtes ici comme spectatrice ou participante ?

Olivia lui a jeté un coup d'œil, d'un air peut-être un peu amusé.

— Je prends ma douche ici, a-t-elle expliqué en

désignant le comptoir d'un signe de tête. Est-ce que par hasard vous vous y connaissez en travaux d'assainissement de maisons ?

— Ma seule expérience en la matière, c'était dans un immeuble, a relaté Nyman en secouant la tête. Ça a duré plus longtemps que prévu et ça a coûté plus cher que prévu.

— Super. Ça me remonte le moral.

— Je dois avouer que je ne me suis pas trop impliqué dans l'affaire. J'étais en poste ailleurs juste à ce moment-là. Vous êtes en travaux ?

— Si seulement, a souhaité Olivia, avant de secouer la tête à son tour. Peut-être. Je ne sais pas.

Nyman a patienté. Olivia fixait son verre devant elle, puis elle a levé les yeux.

— Vous ne vous y connaissez pas en assainissement, vous ne pratiquez pas la planche à voile. Alors qu'est-ce que vous faites ?

— Professeur de mathématiques.

— De longues vacances.

— C'est ce que tout le monde me dit.

— N'est-ce pas le cas ? a interrogé Olivia avant de boire une gorgée.

Nyman a pris une gorgée de bière.

— Qu'est-ce qu'elle a, votre tuyauterie ?

— Elle a cent ans, et elle m'a lâchée pour de bon tout à l'heure. Il faut la refaire. Je n'ai pas…

Nyman a attendu.

— Parlons d'autre chose, a incité Olivia en repoussant son verre sur la table et en levant les yeux vers ceux de Nyman. Qu'est-ce qui vous amène ici ?

Nyman a regardé Olivia, ses yeux marron. En traitant avec des criminels, il mentait, bien sûr, automatiquement et systématiquement, sans même se poser de question. Mais là, son mensonge avait pris une tournure qui le dérangeait. Il a décidé de poursuivre avec un minimum de vérité. Peut-être cela le soulagerait-il.

— Une connaissance m'a parlé de votre village-vacances comme étant intéressant.

— Est-ce que cette personne vous a dit pourquoi ? s'est enquise Olivia.

— Oh, je suppose que c'était plus ou moins lié à l'emplacement en bord de mer. Je ne suis pas sûr. Et elle m'a surtout recommandé la planche à voile, ce que je n'ai jamais essayé.

— Elle ne vous a pas fait état d'une chose étrange qui s'est produite ici voilà deux semaines ?

Nyman a essayé de prendre un air interrogateur. Peut-être y est-il parvenu.

— En tout cas, j'ai l'impression que tout le monde est au courant, a affirmé Olivia.

Nyman avait toujours sa mine interrogative, il faisait vraiment de son mieux. Olivia a fini par lui faire lâcher du lest.

— Quoi qu'il en soit, vous en entendrez parler tôt ou tard. Un homme a été retrouvé mort chez moi.

— Comme ça ? a demandé Nyman, en toute sincérité.

— Oh, je ne sais pas si ça s'est fait *comme ça*.

Nyman écoutait son ton avec intérêt, essayant de cerner comment elle évoquait l'affaire, sur quoi elle mettait l'accent, ce qu'elle mentionnait et omettait.

— Des fenêtres ont été brisées. Il y a eu une bagarre dans la cuisine. Ou tout au moins de l'agitation. Puis, d'une manière ou d'une autre, cet homme est mort là. Je suis rentrée un soir et je l'ai trouvé. La police doit soupçonner qu'il a été assassiné. Ils enquêtent là-dessus. J'ignore sur quels résultats ils ont débouché, vu qu'on ne me dit pas grand-chose. Je ne sais pas pourquoi. On pourrait croire qu'il faut peut-être tenir la propriétaire au courant, mais apparemment non.

Mouais, s'est dit Nyman, *impossible de tirer de conclusion de ses dires*.

Olivia lui a jeté un coup d'œil.

— Vous n'avez pas l'air bouleversé, a-t-elle constaté.

— Ça doit faire drôle de rentrer chez soi dans ces circonstances.

— C'est atroce, a-t-elle affirmé sur un ton neutre. Et là, je viens de penser à une chose que je n'ai racontée à personne.

Nyman a goûté sa bière, il a patienté.

— C'est un peu embarrassant, a prévenu Olivia.

Nyman lui a fait signe qu'elle pouvait lui parler sans crainte. C'était le cas, du moment qu'elle n'était pas impliquée dans un crime. « Allez-y », lui a-t-il fait comprendre par ses gestes.

— Je ne sais pas vraiment pourquoi je vous en parle. Ça concerne mon père et mon grand-père. Il se peut que le voleur ait emporté le grattoir accroché au mur entre le hall et la cuisine.

— Un grattoir ? a interrogé Nyman.

— Mon grand-père était pêcheur. Il portait des caleçons longs du début du mois d'août jusqu'à la Saint-Jean. Toute l'année, à vrai dire. Il n'en avait pas beaucoup, des caleçons longs. Un seul, je pense. Alors bien sûr, au cours de l'hiver, ça ne tardait pas à le gratter à certains endroits. Il s'est procuré une espèce de grattoir, qu'il accrochait entre le hall et la cuisine, et avec lequel il réglait le problème, en quelque sorte. Il l'a utilisé pendant des dizaines d'années. Après sa mort, c'est mon père qui l'a utilisé. Pourquoi quelqu'un emporterait un objet pareil ?

— Vous êtes sûre qu'il a disparu ?

— J'ai fait plusieurs fois le ménage de fond en comble. Et je ne sais pas pourquoi je vous raconte ça.

— Parler fait parfois du bien, a déclaré Nyman.

Olivia a appuyé sa tête un peu en arrière et a scruté Nyman, comme un peu de haut.

— Mais vous étiez déjà au courant. Sur ce qui s'est passé chez moi, je veux dire. Je remarque toujours quand les gens le savent. Ils me regardent d'un autre œil. Je ne pense pas qu'ils le font exprès, mais quand même. « C'est elle qui a eu un cadavre dans sa maison. » Ou quelque chose dans le genre.

Nyman a hoché la tête, mais sans trop de zèle.

— J'ai dû en entendre parler, a-t-il admis, satisfait de pouvoir dire une chose vraie.

— Je m'en doutais. La seconde possibilité, bien sûr, c'est qu'en tant que prof de maths, vous avez déjà vu tellement de cruautés que les cadavres dans la cuisine de quiconque ne vous choquent pas.

— Ça choque toujours, a assuré Nyman.

Et lorsque Olivia Koski s'est à son tour montrée interrogative, Nyman lui a expliqué ce qu'il voulait dire. Il lui a parlé de ses détachements en Afghanistan, de ses deux missions à Mazâr-e Charîf en tant que Casque bleu. Sans entrer dans le détail. Cela lui faisait cependant du bien de parler de lui. Il s'est bien sûr abstenu de mentionner ses années passées à la section des crimes violents, avec tous les Helsinkiens assassinés de manières diverses et variées au fil des années.

— Et ensuite ? a demandé Olivia.

— Après l'Afghanistan ? Je suis rentré chez moi, j'ai repris mes études, j'ai rencontré une femme.

Tout cela était vrai. D'une certaine manière.

— Et vous partez seul en vacances ?

Nyman n'a pas perçu la moindre tentative de flirt dans sa question. C'était une simple question.

— Divorcé, a révélé Nyman. Une femme très bien. Rien à redire. Mais rien en commun non plus. En y repensant avec le recul, on a dû se rencontrer à un moment où on aspirait tous les deux au mariage. Et on s'est mariés.

— Ça a l'air mieux que mes relations. Mariée une fois, fiancée une fois. J'allais dire que ces relations-là non plus n'avaient rien en commun, mais pour ma défense, je peux affirmer que ces hommes avaient beaucoup de points communs. Par exemple le fait que je les entretenais tous les deux.

— C'est de notre époque, a constaté Nyman.

Olivia a souri un peu.

— Ça remonte à loin, a-t-elle repris. Je suis rentrée ici il y a quelques mois. Mon père est mort…

— Toutes mes condoléances.

— Merci, a dit Olivia, avant de marquer une pause d'une demi-seconde et de poursuivre. J'ai hérité de la villa, dont les canalisations viennent de lâcher définitivement. D'ailleurs, elle a besoin d'être retapée. J'ai fait toutes sortes de bricolages, mais j'attends de gagner au Loto pour les plus gros travaux.

— Vous y jouez ?

Olivia a secoué la tête.

— Non. Je n'y crois pas.

— Au hasard ?

— Le Loto n'est pas un hasard. C'est une calamité. Le hasard, c'est quand on trouve un homme bien, mais on ne le choisit pas comme les numéros du Loto, parmi tous les hommes de la planète, soit trois milliards et demi. On le dégote dans un groupe incroyablement petit que l'on fréquente de près, et je n'entends pas forcément par là quelque chose d'intime. Disons par exemple sept hommes. Parmi eux, deux sont des cas désespérés, dont je me suis fait une spécialité. Ensuite, il y en a un qui sait se tenir, mais il ne fait pas l'affaire parce que tout ce dont il est capable, c'est de se tenir, et il n'a pas vraiment de personnalité. Ensuite, il y a un cas intéressant, avec qui tout marche comme sur des roulettes, mais qui n'appelle plus. Ensuite, il y a le prince charmant qui, quand on l'embrasse, se transforme en crapaud. Ce phénomène n'a toujours pas d'explication physiologique rationnelle. Ensuite il y a… un instant.

— Il vous en reste encore trois.

Olivia a secoué la tête.

— Deux, a-t-elle rectifié. L'un est un produit de l'imagination, dans le sens où c'est le premier homme qu'on ait jamais embrassé. Il avait quatorze ans à ce moment-là. On ne l'a plus revu depuis, et il ne ressemble plus à Brad Pitt. Avec son double menton, il doit attendre sur son sofa ses sandwichs… et la mort.

— Plus qu'un.

— C'est le hasard.

Nyman a regardé Olivia Koski. Elle faisait bouger son verre sur la table.

— Il est vide, maintenant, a noté Nyman.

Olivia a observé son verre.

— Ça, ce n'est pas un hasard.

3

Chico a remarqué une tondeuse très ancienne. Elle se trouvait tout de suite après la porte qu'ils avaient défoncée. Il a senti l'herbe coupée qui s'y était accrochée et l'essence. Robin était derrière lui, à l'entrée de la petite dépendance.

Ils avaient emprunté des chemins différents, comme la fois précédente. Ils avaient attendu sous les arbres, ils avaient vu Olivia sortir de la maison, prendre sa bicyclette et s'en aller. Cela n'avait duré que quelques secondes, Olivia ayant été si prompte et déterminée dans ses gestes.

Ils avaient encore patienté presque une demi-heure, même si la villa était restée plongée dans le noir depuis le départ d'Olivia. On n'était jamais trop sûr, Chico l'avait appris. Selon lui, le risque qu'un cambrioleur cinglé s'agite de nouveau à l'intérieur était faible, mais la prudence était de mise. Et il fallait éviter les interférences, c'était là une des pierres angulaires de la réussite en affaires. Chico ne savait pas ce que cela signifiait au juste, mais il l'avait entendu dans la bouche d'un homme en costume lors d'une vente de vitamines.

Il s'est mis de côté, et Robin a pu entrer. Chico a braqué la lampe de poche sur la tondeuse.

— Là, a-t-il indiqué.

Robin n'a pas relevé.

Chico a expliqué : la tondeuse au milieu de la cour, une allumette dans le réservoir, et la fuite. Le message serait clair et, qui mieux est, un avertissement. Pas de grosse catastrophe comme une cuisine mise à sac et un hippie liquidé. Juste un message explicite. Et l'argent sur leurs comptes. Enfin, pas sur leurs comptes ; Chico ne tenait pas à expliquer à l'employée futée de la Sécurité sociale la raison du virement. En effet, cet organisme éprouvait sans cesse un intérêt maladif pour ses affaires d'argent, avec des méthodes toujours plus tordues les unes que les autres. Et ce, uniquement parce qu'il…

Chico a coupé court à ses pensées, qui s'étaient une fois de plus emballées.

Dans un sens, cet emballement venait toujours lorsque l'argent était proche, qu'il allait en palper, qu'il s'en était vu promettre ou qu'il y en avait à l'horizon. Son cœur s'est mis à battre fort. Chico transpirait de tout son corps, son crâne et son visage ont commencé à le brûler.

Il a respiré profondément. Il a senti l'odeur âcre de l'annexe – moisissures, vieilleries et autres objets – puis il s'est aussitôt souvenu de la néphrite épidémique qui s'attrapait justement dans les remises en inhalant les déjections des souris… Non, pas les déjections, pas les déjections physiques, mais leurs… leurs quoi déjà ? Pas leur odeur, mais une particule qu'elles véhiculaient, qui flottait dans l'air. Quel pouvait bien être le nom de cet élément ou organisme ? Un atome fécal ?…

Chico devait se ressaisir, se remettre les idées en place.

— Tu comprends ? a-t-il demandé, pas seulement à Robin, mais aussi à lui-même.

— Bonne idée, a acquiescé Robin.

— Merci, a fait Chico.

Il en pensait autant, maintenant qu'il avait de nouveau une vision limpide des choses. Il a balayé l'endroit avec la lampe de poche. Une remise avec toutes sortes d'objets, du canoë à la brouette, des râteaux à la luge, des affaires accumulées au fil des décennies. Il a ramené le faisceau de la lampe sur la tondeuse. Il s'est penché, a dévissé le bouchon du réservoir et secoué l'appareil du pied. Parfait, il contenait de l'essence en suffisance. Chico avait le bouchon dans la main gauche, la lampe dans la droite.

— OK, a-t-il annoncé à Robin en scrutant toujours autour de lui, à la lumière de la lampe.

Il essayait de repérer, parmi les recoins sombres et les montagnes d'affaires, de potentiels rongeurs et leurs crottes.

— Sors les allumettes de la poche de mon jean, a-t-il ordonné.

Quoi qu'il se soit passé ensuite, cela s'est fait si vite que Chico n'a eu le temps que d'ouvrir la bouche. Les doigts de Robin se sont affairés comme ceux d'un pianiste. Ils se sont glissés dans la poche avant, en ont extrait une boîte d'allumettes, le tout dans un seul et même mouvement fluide, rapide comme l'éclair – pourquoi précisément maintenant, Robin ? –, ont ouvert la boîte, ont allumé une allumette et l'ont jetée dans le réservoir. Avec une telle agilité que, même si Chico a tout vu se produire du coin de l'œil, il n'a pas pu prononcer le moindre mot.

Durant un instant furtif, il a vu tout le matériel de la remise avec limpidité. Il en a fait l'inventaire, ce qui était compréhensible, car ses pieds étaient collés sur place. Il a pensé que ce qu'il voyait était la dernière chose qu'il verrait jamais. La chaleur était insupportable.

Il a enfin bougé.

Le monde crépitait.

Son visage le brûlait vraiment lorsqu'il s'est affalé dans la cour. Le gazon tout juste tondu, court et dense, était frais contre sa peau, d'une fraîcheur merveilleuse ! Il ne s'est pas préoccupé de la quantité de déjections de rongeurs absorbées par ses poumons, rien ne pouvait être pire que…

Il s'est retourné sur le dos dès qu'il l'a pu.

Il se pouvait qu'il ait entre-temps perdu connaissance.

La dépendance tout entière flambait. Du point de vue de Chico, la scène donnait l'impression que c'était une construction plus grande qui brûlait. Mais l'annexe n'avait que la taille d'une petite maison, ce qui était vraiment dommage. Les flammes montaient très haut dans le ciel.

4

— Un rêve, a affirmé Olivia. À un moment donné, c'est plus éprouvant que de faire quoi que ce soit.

Nyman lui avait demandé ce qui l'avait poussée à rester ici, à se charger des travaux d'une ancienne villa en mauvais état. Et comme il s'en était douté, ce n'était bien sûr pas seulement la maison et sa tuyauterie.

— Un rêve où tout serait possible, où ce serait juste une question de temps avant qu'un miracle ne se produise ou qu'une chose ne change d'elle-même, a expliqué Olivia en secouant la tête. Où on dispose de temps, et où toutes les portes sont encore ouvertes. Mais non.

— Je vois.

— Vous avez quel âge ?

— Trente-neuf ans.

— D'accord.

Nyman ne comptait pas lui retourner la question. Il savait qu'elle aussi avait trente-neuf ans. Trois mois de moins que lui, pour être précis. En revanche, il lui a demandé ce qu'elle voulait dire par là.

— Soit vous savez de quoi je parle, soit vous ne saurez jamais, a-t-elle déclaré. En y réfléchissant bien, combien de fois peut-on recommencer depuis le début ? Combien de fois peut-on avoir une nouvelle chance ? Je ne veux pas être pessimiste ou cynique, mais pas beaucoup de fois. Et pour être franche, qu'est-ce que je sais de vous ? Je ne parle que de moi. Si vous êtes un prof de maths divorcé et heureux, n'ayant plus que la planche à voile à apprendre, alors vous avez déjà tout. Mais ce n'est pas mon cas. Quand je pense à la vitesse à laquelle j'en suis arrivée là après la vingtaine. Au rythme où vont les choses, j'ai plutôt intérêt à les prendre en main.

Elle a goûté son vin. Les standards de la soul s'enchaînaient : le même homme chantait comment il voulait mettre « ça » en route. Durant ces titres, Nyman ressentait un certain degré d'embarras en regardant les yeux marron et profonds d'Olivia Koski. Les passages où l'artiste interprétait d'une voix de velours une chose du style « Comprends-moi, chérie, mettons ça en route » incitaient Nyman à éviter les regards directs. Pas seulement parce que Olivia Koski était naturelle et charmante d'une manière désinvolte, comme si elle était chez elle ici ou n'importe où. *C'est ça*, a pensé Nyman, *elle respire la vie, le fait de vivre. Exact. Et à plus forte raison, il se trouve que...*

— Encore un sujet un peu lourd, a ensuite noté Olivia. Peut-être que c'est de notre époque, l'influence de ces derniers temps...

Nyman a hoché la tête.

— Je pourrais vous écouter pendant des heures, a-t-il annoncé sincèrement. Et je ne peux pas prétendre que je n'ai pas réfléchi aux mêmes choses.

— Est-ce que vous voulez faire autre chose que prof de maths ?

— Sans aucun doute.

— Quoi, alors ? Vous aussi, vous devez bien avoir des rêves. Des espérances.

— Est-ce que je peux vous raconter une histoire sur mon ex-femme ?

— Je vous en prie, a répondu Olivia avec un sourire.

— On allait se marier le lendemain ou le surlendemain. Elle a dit une chose du genre « Un rêve est en train de se réaliser, et tant d'autres tout aussi merveilleux sont à venir », quelque chose comme ça. Puis elle m'a demandé quel était mon rêve. J'ai réfléchi un instant, et je lui ai avoué que je n'en avais pas. Elle m'a répondu qu'elle n'avait jamais rien entendu de plus déprimant. On aurait presque pu signer les papiers du divorce sur-le-champ. Comme ça, d'avance. Sauf que je ne voulais rien dire de triste, je ne trouvais même pas cette idée déprimante, pas du tout. Bien au contraire, à vrai dire.

Nyman a pris une gorgée de bière. Olivia Koski l'a observé, peut-être intéressée par ses propos.

— Je venais de rentrer d'Afghanistan, a-t-il alors poursuivi. J'étais conscient d'être blanc de peau, d'avoir deux mains, deux jambes et une espèce de tête, d'être né et d'habiter en Finlande. Je ne parlais que de moi et du point où j'en étais, mais j'étais incapable de rêver de quoi que ce soit à ce moment-là. Je pensais qu'en ce qui me concernait, il n'était question que d'actes. J'ai essayé de lui expliquer cette différence, de lui dire que, dans mon cas, les rêves ne faisaient que repousser les choses ou trouver des prétextes, et que, si je voulais vraiment quelque chose, je devais travailler dessus à la seconde même.

— Qu'est-ce que votre femme a dit ?

— Ma future femme, a rectifié Nyman. Elle a dit

qu'elle ne me connaissait peut-être pas aussi bien qu'elle le croyait. Et elle m'a demandé si je pourrais partir aussitôt pour une île paradisiaque du Pacifique et m'allonger sur une plage de sable blanc.

— Et vous lui avez répondu quoi ?

— Je venais juste d'ôter de mes yeux les derniers grains de sable d'Afghanistan. Je lui ai dit que je ne voulais plus en voir un seul et qu'en tant que citoyen libre à la peau blanche, je ne pouvais considérer l'idée de s'allonger sur le dos comme faisant particulièrement rêver, encore moins comme un but ambitieux, et que je ne comptais plus me coucher sur le sable, qu'il soit blanc, marron ou roux, sauf pour éviter des tirs d'armes à feu. Ma femme, enfin, ma future ex-femme, m'a alors dit qu'on aurait peut-être dû avoir cette discussion plus tôt.

Olivia a regardé Nyman dans les yeux. Il n'aurait su interpréter son air.

— Vous aviez dit ce que vous pensiez.

— J'ignore si ça en valait la peine. Mais c'est vrai.

Olivia a pris du vin, elle a reposé son verre sur la table.

— Est-ce que vous dites toujours la vérité ?

Nyman allait répondre, il ne savait pas encore quoi, mais il était sur le point d'ouvrir la bouche lorsque le portable d'Olivia Koski a sonné, faisant vibrer la table. Elle l'a saisi et a répondu. Nyman a tourné la tête vers le bar afin de laisser de la place à la conversation téléphonique.

— Oui, c'est moi, a-t-il entendu Olivia dire. Oui… Quoi ?… Excusez-moi, quoi ?… Tout de suite… Bien sûr, tout de suite !

L'appel s'est achevé, Nyman l'a senti même s'il n'avait pas entendu d'au revoir. Il s'est tourné vers

Olivia, mais elle se dirigeait déjà vers le comptoir. Elle a dit quelque chose à la serveuse, celle-ci a hoché la tête. Olivia a rejoint la table, semblant autant en émoi que perdue dans ses pensées.

— J'ai appelé un taxi. Il y a le feu.

Dix secondes plus tard, tous deux se trouvaient devant le bar à attendre le taxi, sans dire un mot. Une fois assis sur la banquette arrière du véhicule, tandis que la course était suffisamment avancée, Nyman a osé parler.

— Où est-ce qu'il y a le feu ?

— Chez moi. Dans la cour.

Nyman savait que des machines à laver et des sèche-linge avaient réduit en cendres des dizaines de salles de bains rien que dans la région de la capitale.

— Est-ce que vous vous souvenez avoir laissé un appareil en marche ?

Olivia a secoué la tête. Nyman s'est rappelé la photo de la maison et de son jardin.

— Et le sauna ? a-t-il demandé. Vous l'avez laissé chauffer ?

Nyman a aussitôt réalisé son erreur. *C'est ça*, a-t-il pensé, *comment est-ce que je sais qu'elle a un sauna dans sa cour ?*

Olivia s'est légèrement tournée. Le soleil du soir lui éclairait une moitié du visage, l'autre restant dans l'ombre. Nyman n'en a pas dit davantage. Il était persuadé de sentir le regard d'Olivia sur lui.

Ils sont arrivés au bout du chemin menant à la cour, le taxi a ralenti.

Un camion de pompiers était garé en travers, le taxi s'est arrêté à quelques dizaines de mètres. Olivia s'est hâtée d'en descendre en laissant la portière ouverte, elle a disparu derrière le camion. Nyman est resté régler le taxi. Le chauffeur a dit quelque chose sur les détecteurs de fumée, Nyman a refermé la portière. Il a contourné le véhicule des pompiers, a vu au passage la voiture de la police locale et deux hommes au milieu de la cour en tee-shirts et casquettes de police.

Les policiers observaient à la lumière des projecteurs du camion les ruines fumantes et les quelques pompiers à l'œuvre. L'air était âcre, comme si un millier de feux couvaient en même temps sous la cendre.

Les pompiers ont isolé la zone, se sont assurés que plus rien ne couvait nulle part et que le feu ne se propagerait pas à la forêt voisine, ni à la maison que Nyman voyait ici pour la première fois autrement qu'en photos. Elle était vraiment belle, mais dans un état déplorable.

Olivia s'entretenait déjà avec le chef des pompiers. Celui-ci a indiqué de la main le point central des ruines. Nyman savait des images que, selon toute probabilité, se trouvait à cet endroit seulement un instant plus tôt une annexe rectangulaire en bois rouge avec, d'après l'imposante cheminée en brique, un sauna familial. Il souhaitait parler avec le chef des pompiers.

Il aurait voulu éviter les policiers, mais c'était déjà trop tard. L'un d'eux – barbe grise, lunettes à monture métallique, yeux bleus, la cinquantaine – l'avait déjà remarqué. Il venait vers lui, doucement mais sûrement.

— Est-ce que vous voyez quelque chose d'intéressant ?

Nyman lui a jeté un coup d'œil. *Fais le bête*, s'est-il dit.

— Il y a eu un incendie ici ? a-t-il interrogé.

L'homme n'a pas répondu.

— Vous avez vos papiers sur vous ?

Nyman a sorti son passeport de sa poche arrière et le lui a tendu. Le policier a regardé Nyman, a ouvert le document et demandé :

— Est-ce que je peux le prendre en photo ?

— Bien sûr, a fait Nyman, avant que le policier ne photographie avec son portable le passeport tout neuf de Jan Kaunisto.

— À part vous, je connais tout le monde, ici, a-t-il déclaré en lui rendant son bien.

— Je l'accompagne, a précisé Nyman en faisant un signe de tête vers Olivia.

Le policier s'est tu un instant.

— En vacances, a-t-il affirmé ensuite.

Nyman a pris cela comme une question.

— Oui, je suis arrivé hier.

— Seul.

— Oui.

— Et vous avez tout de suite rencontré une femme.

— Oui.

— Dont la maison a brûlé presque aussitôt.

Nyman s'est tourné vers la droite :

— La maison ne semble heureusement pas touchée.

— C'est l'impression que vous avez ?

Nyman pensait comprendre cet homme. Des agents locaux qui n'avaient pas réussi à élucider l'homicide survenu dans la villa. Ce qui avait engendré sa propre affectation dans le but de clarifier l'affaire. Aussi se retrouvait-il dans la cour de ladite maison, interrogé par la police locale, sans pouvoir dire qu'il s'agissait somme toute d'un hasard incroyable.

— On dirait qu'elle a besoin d'être retapée, c'est sûr, a admis Nyman.

— Ça oui, a renchéri le policier.

— Je peux m'en aller ? a demandé Nyman, en faisant déjà un pas vers l'avant.

— Vous résidez où ?

— Au Palm Bea…

— Au village-vacances, a enchaîné le policier. Si on venait à avoir quelques questions, on vous trouvera donc là-bas ?

— Si je ne suis pas en train de faire de la planche à voile.

L'homme l'a jaugé :

— Un véliplanchiste.

Là encore, c'était une question.

— Pas vraiment, a nuancé Nyman. Débutant.

— Et en matière de pyromanie ? Débutant ou confirmé ?

Nous y voilà.

— J'étais avec elle, a rebondi Nyman en hochant une fois de plus la tête en direction d'Olivia.

Puis il a repensé à son voisin de villégiature dans son slip de bain microscopique.

— J'ai aussi un témoin pour les heures précédant la soirée.

— Un témoin ?

— Ça ne s'appelle pas comme ça ?

— Quand on soupçonne un crime, c'est bien le terme qui est employé à un moment donné.

Nyman n'a pas relevé. Le policier l'a encore fixé un instant, puis il a tourné la tête, ce que Nyman a pris comme la permission de se retirer.

La section des crimes violents de la police de Helsinki enquêtait aussi sur les incendies. Et parfois, les rapports sur leurs causes allaient dans le même sens que ses enquêtes pour homicides. Cela remontait à loin, mais le feu restait le feu, et Nyman avait aussi accumulé expérience et points de vue sur les différents types d'incendies.

Le chef des pompiers était un homme brun aux joues rondes, aux jambes et bras courts et forts. Il ressemblait à un jeune lutteur dynamique. Nyman s'est posté à ses côtés. Ils se tenaient à peu près au milieu de la cour, tournés vers la mer, la maison derrière eux, les ruines fumant çà et là sous leurs yeux, noires et brillantes d'humidité.

Nyman a encore regardé autour de lui.

Olivia entrait dans la villa, les agents se tenaient près de leur voiture, à l'extrémité de la cour. Le policier âgé ne lâchait pas Nyman des yeux. Celui-ci a observé le chef des pompiers. C'était à l'évidence un homme d'action. Nyman a pensé qu'il pouvait lui parler franchement.

— On dirait que ça a bien brûlé, a-t-il constaté. Si le sauna n'était pas allumé, la raison de l'incendie doit se trouver ailleurs. Est-ce que cette annexe avait l'électricité ?

Le chef a hoché la tête avec fermeté.

— Le courant était dans le vestiaire du sauna, là-bas, a-t-il relaté en indiquant le côté droit des fondations. Mais l'électricité ne prend pas feu toute seule. Il faut un appareil. Et il n'y en avait pas, sinon on le verrait parmi les restes fondus. Là, au milieu, il y a une épave de moteur, ce qui renvoie potentiellement à de l'essence. Mais l'essence non plus ne prend pas feu toute seule. Sans compter la vitesse à laquelle ça s'est propagé.

Nyman savait ce que cela signifiait.

— Ça n'a pas couvé pendant des heures, comme une cuisinière ou une cafetière qui font tout surchauffer d'une manière constante, et fatale.

Le chef a secoué la tête.

— C'était plutôt une explosion, a-t-il avancé. Et précisément là-bas, au milieu, là où il n'y a pas plus de fourneau de sauna que de courant. C'est spécial.

— Comment ça ?

Le chef a regardé Nyman.

— Il y a deux millions d'annexes en Finlande. Vous en avez déjà vu combien exploser ? Tout à coup et toute seule ?

5

Holma était sincèrement déconcerté, voire un peu nerveux. Il a siroté sa bière, a relu les règles sur la petite pancarte du comptoir, puis il a levé la main. La serveuse l'a remarqué et l'a rejoint au bout du zinc. Il l'a regardée approcher puis a affiché un large sourire quand elle est arrivée face à lui.

— « Talent Night », a-t-il constaté avant de faire pivoter l'écriteau vers la serveuse.

Elle a regardé Holma, et non l'affichette, puis a sorti un stylo de sa poche arrière.

— Oui, bien sûr. Vous souhaitez participer ?

— Non.

— On vous ressert à boire ?

Holma a vérifié sa chope. Il n'en avait bu qu'un tiers. Il a secoué la tête. L'employée l'a fixé. Il n'aurait su dire si elle avait l'air interrogateur. Peut-être était-ce juste l'expression normale de son visage.

— J'ai lu les règles, a-t-il déclaré. Il y a une erreur.

— Une erreur ?

Il a pointé du doigt le haut du texte, le premier point.

— Ici, c'est écrit « un seul talent par participant ».

La serveuse a tourné les yeux vers l'écriteau.

— En effet, a-t-elle constaté d'une voix un peu incertaine. Je ne les ai pas lues. Elles ont été établies par Lasse.

— Qui est ce Lasse ?

— Le propriétaire.

— Il est là ?

— Non.

— Il est où ?

— Je ne sais pas.

— Il vient quand ?

— Il sera de retour mardi.

Holma l'a regardée. Il a pensé que, dans d'autres circonstances, il accélérerait la discussion. Cela requérait en général un peu d'intimité, ainsi qu'un objet tranchant ou assez lourd.

— À qui est-ce que je peux signaler cette erreur dans le règlement ?

La femme avait toujours son stylo à bille à la main, elle faisait rentrer et sortir la mine. Elle a jeté un coup d'œil derrière elle puis s'est retournée vers Holma.

— À moi, je suppose.

Holma a hoché la tête, un bref sourire aux lèvres.

— Je veux que vous préveniez aussi Lasse, vous me suivez ?

Elle a hoché la tête à son tour.

— Certainement.

— Il y a des gens, a commencé Holma en voulant faire simple, qui ont plus qu'un seul talent.

Elle n'a pas relevé.

— Il y a des gens, a-t-il poursuivi, qui ont *plusieurs* talents.

Elle n'a toujours pas réagi, mais elle semblait écouter.

— Et il y a des gens, a ajouté Holma, qui ont

tellement de talents qu'ils pourraient se produire toute la soirée rien qu'en passant d'un talent à l'autre.

La serveuse l'a observé.

— Donc, a résumé Holma, je veux que vous disiez mardi à Lasse qu'il faut changer les règles.

La femme a acquiescé du chef :

— Je lui dirai.

— Merci.

Elle s'est retirée non sans jeter encore un coup d'œil à Holma par-dessus son épaule. Celui-ci a affiché son sourire le plus large.

Il ne la croyait pas. Elle ne rapporterait rien de ce qu'il lui avait dit au dénommé Lasse. Holma avait mille fois assisté à ce phénomène. Les gens n'étaient pas fiables. Derrière son sourire, il était en colère. Il a essayé de se calmer en pensant à ce qu'il avait fait quelques semaines plus tôt à une femme qui s'était révélée être un indic. Il lui avait scotché la bouche et les mains, lié les pieds, puis l'avait pendue à une barre de tractions. Il avait ensuite refermé la porte derrière lui, sans bien sûr demander si quelqu'un allait venir à un moment ou un autre, ou avait les clés de l'appartement.

Cela lui a allégé l'esprit.

La force de la pensée positive, s'est-il rappelé.

Il a siroté sa bière, s'est tourné vers l'estrade, et a vu…

Personal Fitness & Super Dancing by Neea.

Holma a relu plusieurs fois la pancarte rose et noir, pas certain de saisir. Quoi qu'il en soit, une certaine Neea – ce point était facile à comprendre – a amorcé sur scène une espèce de cours de gymnastique. La musique était de la *dance*, moderne et rythmée. L'interprète scandait des paroles sur un gros serpent, un anaconda, elle soupirait et haletait, chantait en parlant ou parlait en chantant. La voix n'était que gazouillis, roucoulades et nasillements. *« Oh my gosh, look at her butt. »* Holma savait ce que signifiaient les paroles (« Quel cul ! »), le refrain le répétait cent fois. Il trouvait que cette chanson était un excellent choix.

Neea portait une sorte de tenue de lutteuse contenant autant de tissu que le sous-verre de Holma contenait de carton. Elle était souple et avait le sens du rythme : elle sautait, poussait, appuyait, moulinait, trépignait, se trémoussait, se balançait et s'étirait. Elle souriait sans cesse, ses dents blanches brillaient comme une rampe de petits projecteurs.

Holma s'est rappelé Pamela Anderson et une musicienne finlandaise jouant du violon accroupie dans une tenue en cuir. Toutes deux se sont mélangées dans son esprit pour finir par se rejoindre dans une vision où Pamela courait sur une plage du Pacifique, violon à la main.

Neea ressemblait à l'une ou à l'autre, ou aux deux, mais elle était un peu plus bronzée. À vrai dire, beaucoup plus bronzée. Elle était très brune. C'était la personne blanche la plus brune de peau que Holma ait jamais vue. Il a pris une gorgée de sa bière, son pied cherchait spontanément le rythme. Il avait rêvé de rencontrer une beauté locale : ce rêve-là aussi semblait se réaliser.

Selon toute apparence, Neea acceptait la règle d'un seul talent par participant. Lorsque la chanson s'est achevée, elle a salué si bas qu'elle a disparu de sa vue un instant. Puis elle a reparu et souri, si bien que la moitié du bar s'est retrouvée éblouie. Holma a applaudi à tout rompre et n'a pas cessé de le faire en se dirigeant vers la gagnante incontestable de « Talent Night ». *Oh my gosh, look at her butt !*

— Vous avez pris des photos ? a demandé Neea, créature brune à moitié nue tant convoitée.

Ils s'étaient installés à une table et Holma lui avait annoncé avoir commandé du champagne. Neea lui avait répondu qu'elle venait de perdre des sels minéraux et qu'elle aurait préféré boire un super smoothie rétablissant l'équilibre en protéines et contenant aussi du zinc, bénéfique pour la peau. Holma a réfléchi un instant à tout ce qu'il entendait, puis il a secoué la tête (il n'avait pas pris de photos) et a souri. Neea l'a regardé de ses yeux bleu vif, qui animaient son visage brun et brillant tels des poissons tropicaux dans les eaux peu profondes d'un bord de plage.

— Je les aurais mises sur Insta, a expliqué Neea.

Holma ignorait de quoi elle parlait.

— Vous êtes sûre de gagner, a-t-il affirmé. Vous ne voulez vraiment pas de champagne ?

— J'ai des carences en magnésium, a-t-elle expliqué. Je n'arrive pas à l'absorber. Et l'alcool, c'est la cata pour les vitamines B et D, ça affaiblit les défenses immunitaires et l'équilibre en fer. Sans compter que c'est l'heure des protéines, trente grammes toutes les deux heures et demie, donc là, papaye, soja, lactosérum et acides aminés.

Holma souriait toujours sans capter un traître mot. Neea se versait dans la bouche un liquide vert et épais sortant d'un récipient en plastique à bec verseur. Elle l'avalait par longues gorgées laborieuses. Holma a bu de la bière, ça descendait mieux.

— Je m'appelle Sampo, s'est-il présenté après avoir reposé sa chope sur la table.

Ce n'était bien sûr pas son nom, mais « Sampo » semblait convenir au contexte. Neea l'a regardé tendre la main, puis elle en a fait autant. Ses ongles étaient longs et brillants.

— Neea.

Ils se sont serré la main. Holma ne voulait pas la lâcher, mais il s'y est malgré tout résigné.

— Je suis en vacances, a-t-il annoncé.

— Ici ?

Il a réfléchi un instant.

— Oui, ici.

— Je vais partir d'ici.

— Tout de suite ?

— Oh, pas tout de suite, a nuancé Neea en faisant rouler ses yeux bleus. Mais bientôt.

— Pourquoi ?

— *Come on !* Vous avez bien vu mon numéro.

— C'était le meilleur de la soirée.

— Vous n'avez pas encore vu tous les autres.

Holma a jeté un coup d'œil vers la scène. Le participant suivant était un barbu d'âge moyen. Il s'affairait autour d'un haut guéridon de bar, collant des allumettes à une vitesse folle : il construisait quelque chose. La femme assise juste devant l'estrade était la seule, parmi la douzaine de clients, à suivre son numéro, mais elle le faisait avec d'autant plus d'ardeur. Elle s'est aussitôt mise à lui donner des conseils. « Ça sèche, ça sèche ! » criait-elle comme si elle soutenait une compétition de ski. « Trempe-la, Trempe-la ! Place-la, place-la ! »

Holma a encore souri à Neea.

— Où est-ce que vous allez partir ?

Elle a haussé les épaules. Holma a observé les

mouvements de ses membres dénudés. Seconde après seconde, il appréciait de plus en plus ce qu'il voyait.

— Quelque part, a lancé Neea. Où je trouverai un tout petit peu plus d'estime.

Holma a essayé de réfléchir à un endroit où trouver de l'estime, mais il n'en a pas trouvé.

— Qu'est-ce qui vous empêche de partir ?

Neea l'a regardé. Il a eu l'impression qu'elle le jaugeait.

— L'argent.

Parfois les bonnes idées venaient d'elles-mêmes, parfois elles requéraient une muse. Dans le cas présent, ces deux éléments se rejoignaient.

— Combien ? a interrogé Holma.

— Combien quoi ?

— Selon vous, combien vous faudrait-il pour pouvoir quitter cette ville ?

Neea a jeté un coup d'œil à droite, un autre à gauche. Elle a mis de côté sa bouteille en plastique vide qui, aux yeux de Holma, ressemblait plus à un Tupperware ou un petit seau qu'à une bouteille. Elle a posé ses coudes sur la table. Holma avait du mal à regarder ailleurs qu'en bas, là où sa tenue de lutteuse s'entrouvrait sous la pression de ses seins. Il s'est forcé à observer les poissons d'aquarium qu'étaient ses yeux.

— Vachement beaucoup.

Ils se sont tus un instant.

— Ce qui signifierait, en termes de chiffres ? a demandé Holma.

— Dans les… Je ne sais pas…, a-t-elle tergiversé en faisant osciller sa tête. Au moins…

Elle a encore dodeliné du chef un moment, puis s'est arrêtée. Elle semblait arrivée au but.

— 10 000.

La femme devant la scène applaudissait à tout rompre. L'homme a présenté sa maquette en allumettes. Holma trouvait qu'elle ressemblait à une banane. Sans doute était-ce une gondole. Ou la tour Eiffel. Holma s'est penché en avant :

— Est-ce que je peux vous parler en toute confidentialité ?

— Vous voulez me confier un secret ?

— Ça peut être un secret. Le nôtre.

Neea a attendu qu'il aille plus loin.

— Il y a quelque temps, une mort tragique est survenue ici. Un homme était entré par effraction dans une maison et…

— Je sais, a coupé court Neea. Une sorte de Hannibal Lecter, un type cinglé. Il voulait violer.

Holma a pensé à Antero. S'il y avait quelqu'un qui ne s'apparentait pas à Hannibal Lecter, c'était bien Antero.

— Et cet homme est mort sur placc, a-t-il poursuivi.

— Je suis sa collègue. Pas à lui, mais à la femme qui possède la villa.

— D'accord. Je suis avocat et je représente la famille du défunt. Nous sommes prêts à payer 10 000 euros pour des informations qui nous aideraient à élucider l'affaire et trouver le coupable.

— 10 000 balles, a répété Neea.

Elle a réfléchi un instant, le regard lointain, puis elle a ajouté :

— Waouh !

Sur scène, une femme rousse et mince tendait une corde blanche entre deux rondins verticaux. Sans doute comptait-elle marcher dessus et faire des acrobaties.

Son état d'ébriété avancé indiquait que son numéro promettait d'être des plus passionnants.

— Ne venez-vous pas de dire que c'était le montant dont vous aviez besoin ? a repris Holma, tout sourires.

— Je ne sais pas…

— Mais si vous veniez à apprendre quoi que ce soit ? À découvrir quelque chose ?

Neea s'est redressée. Holma a vu les muscles de ses épaules glisser, se tendre sous sa peau. Un félin se préparant à bondir.

— Aah, a-t-elle soupiré.

— Votre sac de sport semble si gros, si lourd, a fait remarquer Holma dans un nouveau sourire.

Il apercevait du coin de l'œil la femme qui avait grimpé sur la corde battre des mains avec ferveur. Puis elle a aussitôt disparu de son champ de vision. Holma a entendu un fracas.

— Si vous le souhaitez, je peux vous raccompagner chez vous. Ma nouvelle BMW noire est là, juste devant.

6

Froid, froid, froid.

Jan Nyman, plongé dans l'eau de mer à la froideur matinale, écoutait les instructions. Ce n'était pas facile, pour plusieurs raisons. Malgré sa combinaison, il avait froid. L'eau dans laquelle il chancelait doucement jusqu'à la taille le cernait comme de la compote glacée : sa combinaison semblait transformer l'eau en une tout autre matière, et Nyman n'était pas sûr d'apprécier.

Le soleil ne diffusait aucune chaleur. Les nuages traînassaient, répartis sur deux couches : en bas, un voile à la taille de la voûte céleste, en haut, une chape haute et épaisse d'apparence assez compacte. En plissant les yeux et en regardant par-delà les cimes des arbres, Nyman aurait pu sans peine s'imaginer en plein mois d'octobre.

Cette journée ressemblait à tant d'autres où le ciel avait mis un veto à ses projets. Il s'est souvenu du jour de ses noces, qui aurait dû être printanier. Le ciel d'avril avait projeté des grêlons lourds et coupants, comme autant de petits canifs sur leurs joues, tandis qu'ils essayaient de poser pour le photographe.

Les événements de la veille aussi le déconcentraient.

Il avait longtemps patienté pour pouvoir parler avec Olivia Koski, mais elle ne lui en avait pas donné l'occasion. Elle était sortie de chez elle, avait encore discuté avec le chef des pompiers dans la cour – Nyman n'avait pas perçu le moindre mot de leur conversation –, puis elle s'était contentée de lui souhaiter une bonne nuit, de le remercier pour le taxi et d'ajouter qu'ils se verraient peut-être sur la plage.

Nyman avait su lire entre les mots. Il avait donc obéi à sa demande discrète de se retirer, avait marché dans la nuit jusqu'au centre de la petite ville, puis rejoint le village-vacances.

Il s'était réveillé le matin dans son chalet Tubbs vert fluorescent, le nez bouché. Il soupçonnait que cela venait des moisissures.

La troisième source de froid était ce qu'il savait d'une manière générale, en particulier sur Olivia Koski. Elle était sans le sou. Elle avait réglé avec ses derniers euros une assurance importante qui couvrait aussi les dépendances. Peu après ce paiement, la tuyauterie de sa vieille villa l'avait lâchée, Olivia le lui avait elle-même relaté. Puis, un instant plus tard – de l'ordre de quelques heures –, l'annexe assurée avec le sauna et ses biens avaient brûlé. Et Olivia Koski comme de juste, se trouvait ailleurs à ce moment-là, c'était facile à prouver.

Nyman savait que, même s'il était prouvé que l'incendie était volontaire, il serait impossible de prouver qu'Olivia l'avait déclenché. Le timing ne collait pas, la conflagration avait été trop rapide. Selon les premières estimations du chef des pompiers, le feu s'était déclaré et propagé sur le mode de l'explosion depuis un endroit sans appareil électrique ni source de chaleur, comme un fourneau de sauna, une cheminée, un four ou une machine à laver. Et d'après l'expérience de Nyman, un tel incendie ne pouvait être que volontaire et allumé sur place.

Par ailleurs, l'aspect volontaire du sinistre ne révélait pas si Olivia était ou non au courant. Dans des circonstances un peu différentes, Nyman aurait pensé que cela pouvait arriver : un sauna qui s'enflammait, l'annexe qui explosait. Les Finlandais exprimaient rarement leurs sentiments, mais quand ils le faisaient, ils allaient jusqu'au bout. Nyman aurait pu tout aussi bien se dire qu'Olivia Koski avait eu la malchance d'être l'objet d'une blague, de vandalisme, d'un renvoi d'ascenseur ou de la vengeance d'un amant urbain, jaloux et désemparé.

Mais il s'agissait de la propriété où un homme avait été assassiné seulement deux semaines auparavant. Et voilà qu'un incendie explosif y faisait rage. La distance entre les deux scènes de crime n'était que de trente-cinq mètres. Quelle était la probabilité pour que ce genre de choses se produisent dans la maison et le jardin sans que le propriétaire en sache rien ? Assez faible.

Si Olivia Koski était étrangère à ces deux incidents, elle devait être pour le moins déconcertée. Mais elle n'en avait pas l'air. En revanche, si elle avait des informations, c'est qu'elle était en contact avec les gens qui… avaient mis un accord à exécution ? Ce qui aurait voulu dire qu'elle dirigeait les opérations, dans le but de… de quoi ?

Nyman se cramponnait à sa planche et observait le dos de ses mains. Elles étaient comme ce jour de novembre où il avait oublié ses gants : rouges et un peu contractées. Il essayait ensuite de sentir ses autres membres et s'est alors rappelé un proverbe impliquant une crevette souffrant de conjonctivite, ou quelque chose dans le genre, mais cette pensée était aussitôt oubliée.

Jan Nyman n'était pas un véliplanchiste né. Il ne voyait d'ailleurs pas qui aurait pu l'être. La planche était un pavé de presque trois mètres sorti tout droit de l'enfer. Elle était à la fois légère et malléable comme un bouchon en liège, et raide et immobile comme un monolithe de même longueur. Le vent était toujours du mauvais côté de la voile rouge et blanche, peu importait comment Nyman la plaçait, et il se penchait à tous les coups dans la mauvaise direction. Soit il tombait sur la voile, soit il se retrouvait dessous. Il s'est avoué qu'il ferait mieux d'écouter l'instructeur plutôt que de réfléchir à ses affaires, à son travail.

Celui-ci était un jeune homme sympathique qui n'a pas hésité à le saisir par les fesses et à y enfoncer ses pouces nettement plus loin que, de l'avis de Nyman, cela aurait été nécessaire pour lui faire retrouver l'équilibre. Il l'a guidé jusqu'à ce que tous deux constatent que le premier cours était déjà terminé. Ils ont regardé la grande horloge noir et blanc sur le mur bleu pastel de la réserve et, épuisés, se sont fait un signe de tête.

Nyman n'est pas parvenu à le remercier, incapable de formuler un mot. Il avait le visage congelé et le derrière douloureux. La planche à voile était un sport extrêmement physique et très complet.

Il a rapporté la planche dans la réserve. Tremblant de froid, il a scruté la mer.

Une étendue gris-bleu, quelques Optimist et leurs petites voiles blanches telles des illusions d'optique, une baigneuse bonnet sur la tête qui nageait calmement la brasse. Nyman éprouvait toujours la même sensation durant cette phase-là : il n'arrivait à rien. C'était invariablement le cas dans toutes les affaires, les premiers jours semblaient vains. Et pourtant, ils étaient inévitables. Ils engendraient souvent des choses qui, plus tard, se révéleraient significatives, expliqueraient sous un autre angle un point auparavant obscur. Et là, tout au moins pour le moment, Nyman avait l'impression qu'Olivia Koski pouvait très bien tirer toutes les ficelles, ainsi que Muurla l'avait avancé. Ce qui signifiait que Nyman devait l'approcher une fois de plus.

Il a remis en ordre ses cheveux mouillés avec ses doigts.

Il voulait être sincère envers lui-même.

Nyman aurait approché Olivia Koski dans tous les cas.

7

Olivia Koski a essayé d'empêcher sa tête d'exploser. Elle sentait la mèche s'enflammer. Elle écoutait.

— Au final, a conclu une voix de femme, il est question de la durée du contrat, des revenus actuels et des garanties. Et, pour être tout à fait sincère, aucune de ces conditions n'est ici remplie. Voilà pourquoi la demande de prêt est rejetée. Et cela n'a rien de personnel.

— Alors du contrat de qui, des revenus de qui et des garanties de qui il s'agit ici ?

— Pardon ?

Olivia savait que c'était inutile. Tout comme la discussion qu'elle venait d'avoir avec le représentant des assurances : « Nous ne dédommageons pas ce type d'incendies avant d'avoir reçu le rapport définitif de la police sur ses causes, ce qui prend en général environ six mois. »

— Vous venez de me dire que ça n'a rien de personnel. Et pourtant, vous me refusez le prêt parce que j'ai pris un travail minable, avec un salaire ridicule, et que cette maison qui est la mienne, ma garantie, est au bord de l'écroulement et qu'il n'y a plus d'eau dans la salle de bains.

— Je suis désolée, a déclaré la femme, avant de demander avec prudence : Plus d'eau du tout ?

— On peut encore tirer la chasse, mais prendre une douche n'est plus qu'un vieux rêve.

— Tant que les égouts évacuent, il y a de l'espoir.

Olivia a regardé dehors. Une voiture était-elle entrée dans la cour ? Elle a ôté son portable de son oreille et a écouté un instant. Rien. Elle est revenue à la conversation téléphonique.

— C'est ça, le point de vue de la banque ? Que tant que les égouts évacuent, il y a de l'espoir ? Et qu'est-ce qui se passera quand l'eau stagnera et que ça sentira la merde ? Je me jetterai par la fenêtre ?

Oui, dans la cour se trouvait bien un véhicule, de couleur noire et d'apparence coûteuse. Olivia est passée de l'entrée à la cuisine afin de mieux voir. La voiture semblait neuve, ou en tout cas tout juste lavée. Un homme blond qu'Olivia ne connaissait pas en est sorti. Elle a réalisé qu'elle était en petite culotte et tee-shirt.

— La banque n'a bien sûr pas de…

— … pas de point de vue en soi sur les selles, a interrompu Olivia. À moins qu'elles ne soient, par nature, porteuses d'espoir.

— Comment faire la différence entre…

L'homme observait la maison, tournant la tête. À l'évidence, il inspectait aussi la cour. Olivia s'est retournée et s'est dirigée vers la salle de bains.

— Merci de votre aide, a-t-elle dit au téléphone. J'essaierai, après mon café du matin, d'aboutir à une chose pleine d'espoir, et je vous l'enverrai pour que vous l'examiniez.

Elle a vite enfilé son peignoir puis s'est aussitôt sentie nue et exposée. D'un côté, il lui semblait inutile de trop se préoccuper de cela, mais un inconnu se trouvait à la porte : quelles avaient été ses expériences avec les inconnus ces derniers temps ? Elle a resserré son peignoir autour d'elle.

Cet habit semblait faire partie des seules choses auxquelles elle faisait encore confiance : grand, dense, doux, un ami chaud qu'elle s'était offert lorsque Kristian avait une dernière fois oublié son anniversaire. *Ciel*, a-t-elle soupiré, *voilà où j'en suis*. Elle a laissé tomber son portable dans sa poche profonde, a noué la ceinture, pensant qu'elle ferait mieux de s'habiller puis se demandant ensuite pourquoi elle aurait à faire quoi que ce soit.

Elle s'est dirigée vers la porte et a vu l'homme blond déjà en train de monter les marches.

Drôles de traits, a-t-elle aussitôt noté, avant de penser une seconde plus tard : *Finalement non, pas drôles du tout, mais très banals*. Et ils l'étaient, de manière étrange et froide. Elle a fini par n'accorder d'attention qu'à ses cheveux, à sa coupe qui avait été à la mode dans les années… en y réfléchissant bien, jamais. Alors seulement, elle a remarqué que le visage affichait un sourire puissant, relevant plus d'un exercice musculaire que d'une véritable expression.

— Olivia Koski ?

Elle a observé l'homme. Pas un massacreur à la tronçonneuse, en tout cas pas en apparence. Costume noir, chemise blanche immaculée sans cravate, chaussures brillantes.

— C'est moi, a confirmé Olivia.

— Parfait. Mon nom est Wilenius, avocat de la famille dont le membre a trouvé une fin tragique dans cette maison.

Olivia est restée sur le seuil.

— Vous voulez m'attaquer en justice ?

L'avocat a semblé réfléchir à sa question.

— Pourquoi donc ?

— Je n'en sais rien, a fait Olivia. Mais ça serait dans la logique de cette journée.

L'homme a posé son pied droit sur la marche suivante.

— Je ne veux attaquer personne en justice. À vrai dire, je pense que cette affaire sera réglée sans procès.

— Quelle affaire ?

Olivia a remarqué qu'elle posait cette question alors qu'elle n'était pas du tout sûre de vouloir poursuivre cette discussion ou n'importe quelle autre à l'heure actuelle.

— Cet événement tragique. Sa résolution.

— Je ne sais rien de tout ça.

L'homme l'a regardée. Elle n'arrivait pas à cerner son regard auquel il était difficile de répondre, pas parce qu'il la dévisageait, mais plutôt parce qu'il y manquait quelque chose. *C'est un avocat*, s'est dit Olivia, *bien sûr qu'il lui manque quelque chose.*

— Nous nous apercevons parfois, en bonne compagnie ou en posant les bonnes questions, que nous avons en effet les réponses. J'ai beaucoup d'expériences à ce propos. De bonnes expériences. Carrément fantastiques. Qu'est-ce que vous en dites ?

Olivia a appuyé son épaule contre le montant de la porte et elle a demandé en toute sincérité :

— De quoi ?

L'homme a souri. Là encore, il s'agissait davantage d'une performance sportive que d'une joie émanant du plus profond de son être.

— De ce que je vous propose.

— Je ne vois pas vraiment ce que c'est.

— Que nous discutions.

— Ça n'en vaut pas la peine. Je vous l'ai dit.

— Ça peut en valoir la peine, a assuré l'homme en jetant un coup d'œil à sa voiture. (Son regard et son sourire sont revenus en force.) Nous sommes prêts à payer 10 000 euros pour des informations qui nous aideront à trouver le coupable.

Olivia a senti le vent matinal sur son visage et dans ses cheveux. Elle a regardé dans les yeux l'homme qui se tenait plus bas mais qui, à l'évidence, cherchait à monter.

— Est-ce que vous avez une carte de visite ou quelque chose ?

— Bien sûr, a déclaré l'homme en glissant sa main droite dans sa poche intérieure.

Il en a sorti un étui à cartes de visite en acier. Il l'a ouvert, a extrait une carte et l'a tendue à Olivia. Elle était imprimée sur du papier de qualité, avec les lettres et les chiffres en relief. Le nom de famille que l'homme avait énoncé était l'un des trois mentionnés sur la carte qui, en bas à gauche, arborait un logo doré.

— J'allais faire du café. Est-ce que je peux vous en offrir une tasse ?

La cafetière a émis ses sons habituels : bourdonnements, bouillonnements, puis sifflements lorsqu'elle n'a plus eu d'eau et qu'elle a aspiré de l'air, travaillé à vide. L'avocat était assis à table, le dos remarquablement droit, la main droite sur le plateau, la gauche quelque part en dessous. Il regardait autour de lui en tournant lentement la tête.

Derrière lui, la lumière grisâtre a commencé à prendre des couleurs : une pointe de bleu mais aussi une touche plus claire, peut-être un nuage traversé çà et là par le soleil.

Olivia a sorti des tasses du buffet et les a posées sur la table. Elle est revenue vers la cafetière, s'est retournée et a regardé l'homme. Il a détourné les yeux de la cuisinière pour la regarder, elle.

— Vous êtes rentrée chez vous et vous l'avez trouvé mort ?

— Là, a-t-elle précisé.

Elle a désigné le sol devant l'embrasure côté véranda en ressentant un frisson, un mélange de dégoût, de peur, d'embarras et d'exaspération.

— J'ignorais bien sûr qu'il était mort.

L'homme a observé l'endroit pointé du doigt par Olivia.

— Tragique, a-t-il constaté.

Elle attendait que l'avocat poursuive, mais il s'est tu. Elle a pris la cafetière, a rempli les tasses. Elle était hésitante, mal à l'aise dans son peignoir – l'homme à l'autre bout de la table était tout de même en costume sombre –, puis elle a pensé que c'était beaucoup plus confortable que de se retrouver en maillot de bain face à Jorma Leivo.

Mais quand donc sa vie avait-elle changé au point qu'elle n'avait plus que ces deux solutions, le maillot de bain ou le peignoir ? C'était pourtant ce qui se passait. Il en était ainsi. Olivia a compris autre chose au même instant. Elle a réalisé avec une lucidité incontestable qu'elle était désespérée, qu'elle devait vraiment trouver quelque chose. *N'importe quoi.*

Elle s'est assise à table et a écouté les questions auxquelles elle a répondu comme elle l'avait déjà fait plusieurs fois. Elle a prêté attention à la manière dont l'homme s'exprimait. L'avocat rappelait beaucoup les policiers. Ce qui était sans doute normal. Elle a réfléchi un instant. La lucidité qui lui était venue tel un don était toujours là. Elle se rattachait, dans un sens, au vent matinal qu'elle avait senti sur son visage. À sa fraîcheur et à sa clarté. Elle ne s'était pas du tout éclipsée.

N'importe quoi.

Voilà ce à quoi elle venait de penser.

Une fois que l'homme a eu ses réponses, Olivia s'est enquise :

— L'information qui vous aidera à trouver le coupable, vous la définissez comment ? Est-ce qu'il faut que ce soit la personne, son nom ?

— De préférence.

— Et l'argent ?

L'homme l'a regardée, il a souri. Olivia n'était pas certaine que ce sourire lui plaisait. Dans un sens, il n'allait pas avec le reste de son visage.

— 10 000 euros.

— Vous l'avez déjà dit. Mais comment on les touche ? En liquide, sur le compte, avant ou après ?

L'avocat n'a pas répondu aussitôt.

— Est-ce que cela signifie que vous savez qui a tué An… cet homme ?

Olivia a secoué la tête.

— Je pensais juste que, si je l'apprends et que je vous le dis, à vous, représentant de la famille, je n'ai aucune garantie d'être payée. Parce que vous aurez le coupable, et puis ce sera tout. Pourquoi vous paieriez à ce moment-là ?

— Nous sommes… Je représente une famille honorable.

— Moi de même. Et pourtant, je ne suis pas en

mesure de refaire la tuyauterie. Je n'ai pas d'eau. Je peux bien être aussi noble et vertueuse que je veux.

Elle a fait un signe de tête vers le plan de travail, au milieu duquel se trouvait une bouteille d'eau minérale d'un litre et demi.

— J'ai dû faire le café avec l'eau de cette bouteille.

L'homme s'est contenté de regarder Olivia.

— Je veux dire que la parole d'honneur n'est peut-être pas tout.

— Je vous écoute, a dit l'homme.

Olivia s'est dit qu'il paraissait sincère. Elle a posé ses coudes sur la table. Fermement emmitouflée dans son peignoir, elle pouvait bouger ainsi, elle pouvait agir ainsi : la lucidité de tout à l'heure lui avait remis en tête chaque euro misé sur les hommes qui lui avaient remboursé en tout et pour tout zéro centime. Les hommes l'avaient toujours plumée. Et si la chance tournait ? Ou plutôt, et si c'était elle qui la faisait tourner une bonne fois pour toutes ?

— Je vous explique, a-t-elle commencé. J'ai habité cette petite ville durant toute mon enfance, toute ma jeunesse. Je suis rentrée voilà deux mois. Rien n'a changé. Mis à part le fait que le village-vacances s'appelle aujourd'hui Palm Beach Finland, qu'un homme a été retrouvé mort dans ma cuisine et que mon annexe a explosé. Mais sinon, tout est comme avant. Je connais tout le monde. Si je consacre mon temps et mon énergie à cette affaire, je suis sûre de trouver quelque chose. Et quand je trouve quelque chose, je trouve aussi le reste. En plus, je suis fiable, a-t-elle ajouté en faisant de nouveau un signe de tête vers la bouteille d'eau minérale. Si je ne trouve pas ce qui s'est passé, je n'aurai pas d'eau.

L'avocat l'a regardée. Puis il a souri.

Non, cela ne lui convient pas.

Olivia a patienté.

— Vous voulez voir l'argent, a affirmé l'homme.

Olivia a secoué la tête. Elle avait les yeux rivés sur ceux de l'avocat.

— Vous ne voulez pas voir l'argent ? a-t-il demandé.

Il y a deux hommes en lui, a pensé Olivia. *L'un est entré, élégant, en costume noir, avec ses cartes de visite dorées, et il a souhaité discuter. L'autre a eu peur des négociations et a voulu se rétracter d'une manière ou d'une autre.* Cela dit, ce type de comportement concernait en général et en particulier environ 98 % des hommes, en tout cas parmi ceux qu'elle avait rencontrés en trente-neuf ans.

— J'ai une proposition, a avancé Olivia. À prendre ou à laisser. Je vous ai expliqué ma situation. J'ai besoin d'argent. Vous le voyez bien.

Le regard de l'avocat a cherché la bouteille d'eau minérale sur le plan de travail. *Parfait*, s'est dit Olivia.

— J'habite ici, je ne m'en vais nulle part, vous me trouverez toujours là.

L'homme a reporté son attention sur elle.

— 10 000 euros, d'avance, et je vous cherche le coupable.

— Vous voulez l'argent.

— En liquide.

Je traite avec des gens du bâtiment, s'est-elle abstenue d'ajouter. Ce qu'elle allait faire de l'argent ne regardait pas cette famille honorable.

— C'est une grosse somme, a constaté l'homme.

— Demain. Je peux vous assurer que personne ne

connaît cette ville aussi bien que moi, a affirmé Olivia en pesant ses mots.

C'était assez vrai. L'avocat ne connaissait personne, Olivia connaissait… beaucoup de monde. Il a décollé ses mains de la table, a ouvert ses poings. Olivia a essayé de déceler ce qui se passait sur son visage, mais ses traits se sont encore fondus dans le décor, dans le matin bleu prudent qui se levait derrière lui. Puis il s'est enquis :

— Et qu'est-ce qui se passera si vous ne trouvez pas le coupable ?

— Je vendrai la maison. J'ai une offre. Je vous rembourserai alors l'argent. Est-ce que nous nous voyons demain ?

8

Tomber amoureux, a pensé Jan Nyman, son derrière toujours sensible sur la selle de la bicyclette, *n'est en aucun cas permis. Tomber amoureux, c'est... c'est... c'est... à négocier. C'est à négocier, parce que ça peut même être bénéfique pour la mission à accomplir. Et si en plus, ça se fait naturellement, alors ce n'est que mieux.* C'était bien sûr ce qui l'attendait, ce à quoi il essayait d'éviter de penser. La vérité, la trahison, le démasquage, le vide, la solitude, la prochaine affectation. Tout cela ensemble, à tous les niveaux, tout le tralala. Et d'un seul coup.

Si Nyman avait été un peu malmené, avait des bleus, et se sentait par ailleurs quelque peu usé, le vélo de location n'était pas non plus de première jeunesse. Il disposait de cinq vitesses, d'un guidon de course et d'un cadre éraflé anthracite. Il avait été refait de manière exemplaire, mais ses commandes et ses proportions étaient plutôt revêches, comme une entrave voulue à sa progression. Ce qui…

Tu changes de sujet, là.

C'étaient les mots de Tuula.

Nyman est arrivé à destination. Il a bondi de sa selle, a sorti la béquille d'un coup de pied et a laissé la bicyclette debout. La station-service était vert clair, basse et tout en longueur, elle datait sans doute des années 1970 et était bien entretenue. La peinture était impeccable, la moitié inférieure des fenêtres de la cafétéria était agrémentée de rideaux parsemés de violettes bleues. Nyman est entré, a vu la personne qu'il cherchait et oublié Olivia Koski un instant.

En tenue d'été, Muurla était assis à une table près de la fenêtre, visage tourné vers la salle. La vue donnait sur la station de lavage et les saules ondoyant derrière. Nyman a ouvert sa limonade, a versé la boisson gazeuse dans son verre et cherché à s'asseoir dans une position plus confortable. Le siège était dur. Tous les sièges l'étaient, aujourd'hui. Muurla ressemblait à un pêcheur, jusqu'aux appâts dépassant de sa poche de poitrine.

Nyman a jeté un coup d'œil autour de lui.

— J'ai fait huit kilomètres à vélo.

— Pas de portables ici, tu le sais bien.

Nyman a préféré ne pas ajouter « Pas plus que de rendez-vous en public ». Il a goûté sa boisson citronnée et réalisé à quel point il avait soif. Huit kilomètres le long de la route nationale grise et très sèche se faisaient sentir aussi sur son palais et dans sa gorge. Muurla a pris la pochette en plastique à côté de lui sur la banquette, une liasse de papiers blancs et de photos. Il l'a poussée vers Nyman.

— Le type de la cuisine. Il a été identifié.

Son casier judiciaire était comme le journal du jour, aussi long et riche en événements et incidents tous plus étranges les uns que les autres. Il était difficile de croire que leur auteur était un seul et même homme. L'insignifiance de ses délits plaidait en sa faveur : ils faisaient l'objet d'inscriptions au casier, mais pas de peines de prison. Tout aussi notable était sa manie de se faire prendre pour ainsi dire à chaque coup. L'homme n'avait apparemment pas réussi un seul de ses projets, pas même le braquage d'un supermarché, sans parler de crimes plus importants.

Il n'avait fait de la prison qu'une fois, après avoir entrepris d'émettre de la fausse monnaie sur une imprimante laser de haute qualité achetée avec une carte bancaire volée. Ses billets affichaient une valeur de 10 euros au recto et de 20 euros au verso. Avec ceux-ci, il a essayé de s'offrir un voyage au soleil, réservé avec le passeport de sa compagne d'alors – avec qui, admettons-le, il avait en commun les cheveux foncés, le visage long et les lunettes, mais tout de même.

Nyman a parcouru les autres pages.

Tentative de vol : un anorak fourré dans son jogging.

Délit mineur pour trafic de drogue : vente de cannabis de piètre qualité à deux enquêteurs de la brigade des stups qui prenaient leur déjeuner.

Tentative de recel après vol de matériel de construction un peu simpliste : 300 marteaux mis en vente sur eBay, tous listés séparément, mais sous le même pseudo.

Tentative de braquage : menaces sur un chauffeur de taxi avec crosse de hockey et vol de sa sacoche avant de héler le même taxi trente secondes plus tard pour prendre la fuite.

Et ainsi de suite.

Nyman lui a attribué des points pour son activité, son esprit d'initiative et son énergie. Il s'est penché en arrière pour réfléchir. La cafétéria de la station-service sentait les œufs au plat. Elle était déserte, mis à part eux deux. L'homme debout derrière la caisse un instant plus tôt, avec son polo et son épaisse gourmette dorée, avait disparu. Des haut-parleurs diffusaient une voix de plastique, un hit de base ; une chanteuse promettait que la vie allait bientôt devenir une fête, à tout moment.

Nyman a encore une fois regardé la photo et le nom de cet individu. Antero Väänänen ne lui disait rien. Il a remis la pile de papiers dans la pochette en plastique et l'a fait glisser vers Muurla. Nyman allait dire ce qu'il pensait lorsque son chef s'est exprimé.

— La première année a été dure. J'ai fait une espèce de croisière pour célibataires. Il y avait une tombola, où tu déposes ton badge nominatif dans une urne. Ensuite, ils associent les badges et ils offrent aux couples un cocktail et une table à la boîte de nuit. Je me retrouve avec une certaine Teija. Pleine d'allure et timide à la fois, elle parlait en murmurant. Ce qui est compliqué quand tu es en boîte. Tu perds la moitié de la conversation, mais par chance, Teija garde ses lèvres collées tout contre mon oreille. D'ailleurs, elle est assez preste dans ses gestes. On boit des anges bleus et on discute. Et voilà qu'elle me saute déjà dessus. Donc on doit rejoindre sa cabine. Je lui propose une promenade au clair de lune, vu qu'il y a la mer et la lune. Là-bas, sur le pont, on s'embrasse, on reste dans l'ombre. Elle m'emmène. La nuit est chaude. Teija a des bras musclés. « Je joue au tennis », qu'elle me chuchote. On va dans sa cabine et je fais de mon mieux vu les circonstances – les cabines étant exiguës et obscures. Teija me sort alors qu'elle veut dormir seule, car elle est incapable de faire ça avec qui que ce soit depuis son divorce. Je comprends et je m'en vais. Le lendemain, je me réveille tôt, j'admire le paysage à la IKEA, je repense à elle. Au bien que ça m'a fait. Je me rends à la boutique hors taxes et j'achète des chocolats. Je retourne à la cabine de Teija – je me souviens du numéro, je n'ai pas abusé des anges bleus, et ils sont si doux que je ne suis même pas sûr qu'ils contiennent une goutte d'alcool fort. La porte est ouverte, Teija a déjà fait sa valise, qui se trouve devant le miroir – une Samsonite anguleuse et cabossée des années 1990. La porte de la salle de bains est entrouverte. Teija est là, elle a les cheveux en brosse, elle pisse debout. Je laisse la boîte de chocolats sur la table et je pars découvrir Gamla stan, le vieux Stockholm. Un endroit charmant, de l'histoire et de la bonne bouffe. Voilà comment ça a commencé. C'était un bon départ, cette croisière. C'est un truc comme ça que je te recommande, à toi aussi.

Nyman a observé les saules ployer. Puis il a reporté son regard sur Muurla.

— Ce type n'a rien d'un pro, a-t-il constaté en frappant la table à l'endroit où les papiers se trouvaient un instant plus tôt. Mais ça suscite quand même des questions.

Muurla s'est raclé la gorge ; peut-être était-il en train de passer du vieux Stockholm à l'été finlandais, à cette table.

— Quel genre ?

— Le type a été si occupé que, de toute sa vie, ou au moins sa vie d'adulte, il n'a apparemment jamais rencontré de civils. Ses contacts humains se sont limités à des vigiles, à des policiers, aux autorités. Quand on lit ça, on remarque autre chose. Quelqu'un le protège.

— Autrement dit ?

— Un professionnel ne se trouve pas très loin. À côté, derrière, devant, que sais-je ? Qui le tire toujours d'affaire.

— Un pro n'approcherait jamais un génie pareil, a affirmé Muurla. C'est un aller simple qui est proposé ici.

— Mais si, a soutenu Nyman. S'il y est obligé.

— Ce qui signifie ?

— Je ne sais pas encore. Les personnes intéressantes ne sont pas légion, ici. J'ai des avancées avec toutes. Mais lentes, comme toujours. Il faut attendre l'atome crochu, l'occasion spontanée. C'est Jorma Leivo qui m'interpelle, à présent.

— Et la femme, Olivia Koski ?

Nyman s'est encore tourné vers les saules, leur manière de bouger dans le vent.

— Intéressante, a-t-il répondu en revenant vers Muurla. Jorma Leivo a baptisé le lieu Palm Beach Finland. Tu sais pourquoi ?

Muurla a secoué la tête.

— Moi non plus, a avoué Nyman. Je compte l'élucider. La plage est froide comme un sorbet. Les chalets et quelques autres endroits ressemblent à une discothèque des années 1980. Le mien s'appelle Tubbs. Jorma Leivo prétend que Nice devra bientôt se contenter de la seconde place. Moi, j'ai la très nette impression qu'il n'a pas tout compris.

Muurla s'est tu un instant avant de demander :

— Quand est-ce qu'on en saura davantage ?

— Dans quelques jours, ou quelques semaines, s'est empressé de répondre Nyman, réalisant soudain deux choses.

D'une part, son estimation n'était que pure fantaisie. D'autre part, il avait des sentiments concernant

Olivia Koski, et certains l'avaient retenu de raconter à Muurla ce qui s'était passé. Par exemple qu'elle venait peut-être de faire exploser son annexe.

En se remémorant les pensées qu'il avait eues en arrivant et le combat intérieur qu'il avait mené, Nyman a aussi réfléchi à la différence entre s'engouer et tomber amoureux. La frontière entre les deux pouvait être nette, ou floue, ou encore mince. Et si elle était franchie, le retour de l'autre côté était-il toujours possible ?

Nyman a testé cette idée dans sa tête : Olivia Koski prépare l'incendie de sa dépendance, elle y répand un liquide inflammable et jette une allumette, puis, une demi-heure plus tard, elle est assise en face de lui à une table du bar et sirote son vin, souriante. Nyman a revu ses yeux marron, il a réentendu son rire, sans se préoccuper de la remise en flammes à l'arrière-plan. *Pourquoi est-ce que ça ne me dérange pas ?* s'est-il étonné.

Nyman a remercié Muurla et lui a souhaité une bonne pêche avant de rejoindre sa bicyclette.

9

Les femmes sont partout, a pensé Chico.

Ce point, qui avait si longtemps engendré chez lui au minimum de la joie, mais la plupart du temps une démangeaison aiguë, était devenu pesant, voire harassant. Les femmes étaient en effet partout dans sa vie, et chacune d'elles avait toujours une surprise pour lui, sous une forme ou une autre.

La surprise du matin avait été concoctée par Marjukka, qui lui avait annoncé qu'il devait déménager. Comment quelqu'un pouvait-il se permettre une chose pareille au bout d'une petite semaine ? Même pour les emplois, à ce qu'il en savait, il y avait une période d'essai de plusieurs mois. Il en avait parlé à Marjukka, qui s'était aussitôt emportée et lui avait dit : « Ah parce que tu travailles ici maintenant ? Ça n'en a pas l'air, en tout cas ! Tu ne mets pas la main à la pâte, tu passes ton temps à lézarder sur la plage, au point que tu en as le visage brûlé ! Tu rentres la nuit en puant l'essence, tu dois rouler sur une putain de moto et t'amuser avec une motarde ! »

Chico ne pouvait lui expliquer qu'il n'était pas du tout question de moto. Ni que Robin et lui avaient fait exploser une tondeuse et brûlé un bâtiment tout entier.

Ni même que Marjukka elle-même était parfois un travail en soi. Comme Chico était un négociateur, il avait essayé de changer le cours de la discussion en proposant un dîner aux chandelles au restaurant de la plage – si Marjukka lui prêtait les fonds nécessaires, vu qu'il souffrait aussi d'une crise de liquidités aiguë. Mais cela ne l'avait pas apaisée, au contraire. Elle s'était mise à balancer ses affaires d'abord dans l'entrée, puis par la porte, et pour finir depuis le balcon. Ce dernier point avait poussé Chico à courir dehors, car ses slips Lidl ne collaient pas à l'image qu'il souhaitait donner de lui.

Pour l'heure, il était planté sous un pin, son sac de sport à ses pieds, l'étui de sa guitare appuyé contre le tronc.

Il était trop habillé. La journée n'avait pas été des plus chaudes, le vent avait soufflé depuis la mer et Chico n'était pas loin de l'eau, mais il portait un sweat-shirt et une veste en jean, les vêtements qui ne rentraient pas dans son sac. Il a regardé la mer. Il s'est dit que les rêves étaient peut-être comme les vagues, parfois au sommet, parfois en lambeaux, au calme plat.

Une trentaine de mètres le séparait de la porte de service du restaurant de la plage. Il l'a vue s'ouvrir. Robin l'a remarqué et s'est dirigé vers lui. Il a fait quelques pas calmes, a observé les alentours puis a accéléré, ce qui l'a fait trébucher. Le sol était bosselé, les racines des pins surgissaient du sable. Robin semblait peiner à avancer. Quand il l'a rejoint, Chico a noté son agitation.

— Neea arrive ! a lancé Robin. Elle a quelque chose à nous dire.

Chico ne pouvait s'empêcher de ressasser ses pensées sur les femmes, sur le fait qu'elles déferlaient partout.

— Quoi ?

— Elle ne m'a pas dit. Sauf qu'elle voulait nous voir, vu qu'on connaît du monde.

— On connaît qui ? a demandé Chico. Tu connais qui, Robin ?

Robin a dévisagé Chico. Celui-ci a réalisé qu'il lui avait parlé sur un ton méchant, frustré. Il savait que cela l'effrayait.

— Marjukka m'a mis dehors, a-t-il annoncé. Je suis un peu à cran.

— Tu peux habiter chez moi, a proposé Robin.

Robin lui avait déjà offert cette possibilité, mais Chico avait dû décliner. Pour de nombreuses raisons. L'une d'elles était que Robin était un peu trop spontané. Pour Chico, il était anormal que deux hommes regardent la télévision côte à côte sur le sofa si l'un d'eux était en slip. Mais Robin avait tendance à se déshabiller quand il avait trop chaud.

— Merci, Robin. Je vais me débrouiller. Est-ce que Neea t'a appelé ?

— Oui, a répondu Robin, tout sourires.

— Pourquoi ?

— Elle veut nous voir, parce qu'on co…

— Robin, a interrompu Chico. Pourquoi elle t'a téléphoné tout à coup ? Tu ne lui as rien dit, hein ? Sur ce qui s'est passé dernièrement.

Robin a secoué la tête. Chico a essayé de deviner à quoi il pensait, mais c'était difficile. Il savait résoudre les problèmes, sauf que parfois, ceux-ci étaient… difficiles.

— Voilà Neea, allons la voir, a enjoint Robin.

Chico s'est tourné vers le parking. L'habit le plus

couvrant de Neea était ses lunettes de soleil, aujourd'hui un modèle d'aviateur dont les miroirs répercutaient le soleil sur les deux hommes. Ses cuisses brunes luisaient. Chico a entendu Robin émettre un son grave et guttural et faire de petits baisers avec sa bouche. Chico allait devoir lui en parler un jour. Mais à cet instant, il s'est contenté de demander :

— Où est-ce qu'on va avec elle ?

Ils ont dépassé une fois de plus l'enseigne Palm Beach Finland avec ses couleurs vives et lumineuses. Chico a noté que Neea allait à merveille avec la pancarte. Les surfaces laquées – la peau luisante de Neea et le revêtement chimique de la pancarte – semblaient s'être fondues un instant, comme si les couleurs et les tons s'étaient renforcés les uns les autres, tel un feu d'artifice en plein jour, un vidéoclip. Ils ont tourné, ont traversé le parc, ont encore franchi une route et suivi la piste cyclable en pente douce, jusqu'à déboucher sur un étroit chemin de gravier.

Chico s'est dit qu'il avait bien fait de remiser sa guitare et son sac de vêtements dans le vestiaire du restaurant de la plage. Tout porter jusqu'ici aurait été tout simplement impossible. L'instrument et le bagage pesaient un poids qui ne se comptait même pas en kilos. En plus de ce fardeau, Chico était aujourd'hui accablé par le sentiment triste et indéfinissable que les gens remarquaient son état, d'une manière ou d'une autre. S'ils l'avaient questionné à ce propos, il n'aurait su quoi répondre.

— Qu'est-ce qui vous est arrivé au visage, à tous les deux ? a demandé Neea lorsqu'ils ont fini par longer le cimetière.

Chico a donné un coup dans les côtes de Robin en s'assurant que sa main restait bien cachée derrière lui.

— Rien, rien, s'est empressé de répliquer Chico. Il ne nous est rien arrivé.

Il avait déjà oublié l'affaire, malgré la chaleur et les pulsations sur sa peau. D'une part, le vent et le matin lui avaient rafraîchi le visage. D'autre part, une tempête déferlait en lui, et elle requérait toute son attention. Leurs visages avaient vraiment brûlé. Ou, s'ils n'avaient pas tout à fait brûlé, ils avaient en tout cas un peu flambé. C'était le terme que Robin avait employé. Chico n'était pas certain que cela valait la peine d'en parler à qui que ce soit. Cela ne semblait pas très cool. « Ah, mon visage ? Il a flambé. »

— Tu as dit à Robin que tu voulais nous voir, a fait remarquer Chico.

Les lunettes de Neea brillaient, ses lèvres pulpeuses brillaient, son visage brillait.

— Il y a deux semaines, le type qui a clamecé dans la bicoque d'Olivia, a-t-elle commencé, tandis que Chico comprenait qu'elle pesait ses mots. Je me demandais si vous saviez quelque chose là-dessus.

Chico a de nouveau frappé Robin dans les côtes.

— Pourquoi est-ce qu'on saurait quelque chose ? s'est étonné Chico. Autre chose que les autres ? Tout le monde en a parlé. Mais on n'en parle plus trop. Presque plus personne n'en parle. Vu que ça n'a pas été élucidé. Et personne ne sait rien, personne n'en parle plus. De rien.

Chico s'est arrêté. *Ça suffit*, s'est-il dit. Neea l'a regardé.

— Je me disais juste que vous fréquentiez quand même ce milieu.

— Quel milieu ?

— Comment on dit, déjà ? s'est enquise Neea.

Elle a levé les bras et rassemblé ses cheveux au-dessus de sa tête. Chico a aperçu ses seins en entier sous son haut fin. Ils étaient plus gros que dans son souvenir, mais aussi plus ronds.

— Le milieu du rock, a-t-elle repris. De l'underground.

Chico ne comptait pas préciser qu'il avait cherché l'underground de ce village pendant trente-neuf ans sans trouver autre chose qu'un ami pour la vie. Lequel reluquait de ses yeux marron une femme à moitié nue aux côtés de laquelle les stèles montaient et descendaient, les défunts défilaient.

— Non, je n'ai rien entendu, ni de l'underground ni du milieu du rock. Pourquoi tu nous demandes ça ? Tu as appris quelque chose, toi ?

Neea réfléchissait, Chico le voyait bien. Elle avait réuni ses cheveux puis les a laissés retomber en même temps que ses mains. Elle a retiré ses lunettes.

— Je cherche le tueur.

— Il est mort, le tueur, a rappelé Chico. Tu l'as dit.

— Le tueur du tueur. Le tueur qui est mort n'a pas eu le temps de tuer. Ce n'est pas dur à comprendre.

Chico a dû cogiter un instant. Par chance, Robin se contentait de lorgner.

— Je ne savais pas que tu t'intéressais à cette affaire. Qu'est-ce que tu as à le chercher comme ça, tout à coup ?

— Pourquoi je n'aurais pas le droit de le chercher ? a interrogé Neea en se tournant vers eux, tandis que les bouleaux du cimetière oscillaient. Pourquoi, chaque fois que je fais quelque chose, tout le monde est sceptique ? *Idem* quand j'ai ouvert ma boutique de compléments alimentaires. Tous me demandaient

« Qui va y aller ? » Eh bien Robin est venu et, tous les jours, il m'a acheté un gros sac de protéines, de vitamines et d'oligoéléments. Et puis il a arrêté, et j'ai fait faillite. Mais ça ne veut rien dire.

Chico a secoué la tête. Robin regardait le sol devant lui. Chico s'est souvenu qu'il savait régler les problèmes.

— Je ne suis pas sceptique, a-t-il déclaré, espérant avoir choisi les bons mots. Je me demandais juste si tu avais eu cette idée toute seule. Est-ce que les policiers t'ont interrogée ? Ou est-ce que tu as été en contact avec eux ?

Neea l'a regardé d'un air interrogateur.

Heureusement qu'elle n'est pas de la police, a pensé Chico. *Il est ici question d'autre chose, mais de quoi ?*

Neea a repris son chemin.

— On sait peut-être quelque chose, a avancé Chico.

Neea s'est arrêtée et s'est retournée. Elle l'a regardé, bras croisés sur la poitrine : pression, poussée, présentation. Cette série de mouvements ne laissait pas de choix à Chico. Il a observé ses seins.

— Je suis prête à payer…

La pause était longue. Chico est parvenu à détacher ses yeux de sa poitrine. Il a regardé derrière elle, les tombes l'ont soulagé. Il était difficile de penser en même temps à ses seins brillants et aux défunts voisins.

— … 100 euros, a annoncé Neea.

Si elle avait intérêt à payer pour élucider l'affaire, cela voulait dire… qu'elle pourrait en tirer profit. Peut-être d'un point de vue financier ? L'argent. L'argent intéressait toujours. Mais il y avait un problème majeur : Chico et Robin étaient les personnes qu'elle recherchait.

— 500, a-t-il lancé, réalisant que c'était aussi le meilleur moyen d'orienter les soupçons vers n'importe qui, sauf vers eux. Par tête. 1 000 au total. 1 000 divisé par deux.

Neea a poussé un gémissement, a passé la pointe de sa langue sur ses lèvres brillantes puis a levé les yeux vers le ciel. Chico a eu l'impression de comprendre quelque chose d'essentiel.

— OK. Je vous écoute.

Elle a glissé ses mains dans les poches de son petit short en jean. Elles sont ressorties par en dessous, la doublure blanche tendue par ses doigts comme des souris pointant sur ses cuisses brunes.

— Où est l'argent ? s'est enquis Chico.

Ces mots lui sont venus spontanément, ce qui était une sensation agréable. Il était à nouveau lui-même.

— Je vous paierai, a promis Neea. Mais je n'ai pas encore l'argent. Je vous paierai plus tard.

Chico a regardé Neea, puis Robin, et encore Neea. *Je suis ici le seul qui a toute sa tête*, a-t-il pensé, ce qui lui a procuré une certaine satisfaction. Celle-ci s'entendait peut-être aussi dans sa voix lorsqu'il a ajouté :

— On te dira quand tu nous auras payés.

10

Nous sommes nombreux. Je ne suis pas le seul. Et quand le bruit court...

Jorma Leivo a regardé la température sur le thermomètre puis a hoché la tête avec fermeté. Pour lui-même, bien sûr. Il était seul dans son bureau, mais cela s'adressait aussi à la personne qui régissait le temps ou à l'organisme qui en était en charge. *Bon travail.* Le thermomètre affichait 13,5 degrés Celsius, l'horloge approchait les deux heures et demie, le moment le plus chaud de la journée. Merveilleux. Excellent. L'été finlandais. À qui faire confiance si ce n'était à cela ?

Leivo est allé chercher une boisson énergisante dans le réfrigérateur du coin cuisine. Il l'a ouverte et a bu la moitié du breuvage au goût d'ananas tout en retournant à son bureau à petits pas prudents. Il a observé les papiers qui l'attendaient et a vidé sa canette. Une canette vide dans la main, des factures devant lui. Son humeur menaçait de passer du triomphe à l'exaspération, il n'y pouvait rien.

Il avait besoin d'une assistante, d'une secrétaire, d'une aide. De préférence des trois, c'était évident. Mais pas encore. L'argent ne rentrait pas assez dans les caisses. Cela arriverait cependant sans tarder, le vent était en train de tourner.

Leivo s'est assis dans son fauteuil et s'est orienté vers la fenêtre afin de voir une partie de la plage. Elle serait bientôt remplie de gens comme lui qui auraient compris son potentiel et y cherchaient des vacances optimales. Il a tendu le cou vers la tour de garde. Elle était déserte. Il s'est retourné, il a cherché sur son bureau le planning des tours de service et a laissé son doigt trouver le bon jour et la bonne heure. *Tiens donc*, a-t-il constaté, *c'est Korhonen qui devrait être de garde*. Mais il n'était pas là.

Ils ont brûlé l'annexe, a pensé Leivo. *Il y a du progrès*. Il avait reçu le message sur le téléphone qu'il appelait « portable des opérations ». Il ne savait quoi penser de Korhonen et de son – quel était le mot exact ? – partenaire, compagnon, petit ami, amant, mais du moment qu'ils faisaient le travail, plus rien ne s'opposerait à l'avancement de ses projets.

Leivo a observé un instant la tour vide. Il était peu probable que quelqu'un se noie. Personne ne nageait.

11

Olivia Koski a prudemment posé sa main sur le bord du fourneau du sauna. Il était chaud. Elle l'a retournée, elle était noire de suie. Elle a regardé autour d'elle. Elle avait à vrai dire songé à passer une de ses journées de congé de cet été à nettoyer et vider l'annexe, à se séparer des vieilleries, peut-être pour ensuite mieux utiliser la bâtisse. Affaire résolue : c'était son jour de congé, et la dépendance avait pris un nouveau visage.

Ce n'était pas très agréable.

Olivia avançait avec prudence, regardant où elle mettait les pieds. Ses bottes de caoutchouc avaient des semelles épaisses, mais des clous et des arêtes coupantes étaient cachés sous les décombres et sous les déchets répandus dans la cour. Chaque pas était accompagné d'un grincement, d'un craquement ou d'un chuintement.

Quelqu'un avait mis le feu à son annexe. Avant cela, quelqu'un était entré par effraction dans sa villa et y avait été assassiné. Chaque fois qu'elle réfléchissait à tout ça et qu'elle essayait de comprendre ce qui arrivait soudain dans sa chienne de vie, elle se retrouvait face à un sac de nœuds. Et plus elle y songeait, plus les nœuds se serraient.

La veille, après avoir souhaité une bonne nuit à Jan Kaunisto, sympathique et avenant mais aussi encombrant à ce moment-là, elle avait tenté d'expliquer aux policiers qu'elle ne comprenait plus rien à ce qui se passait et qu'elle avait peur. Elle leur avait demandé franchement si elle devait requérir une protection policière, si elle était en danger.

Olivia n'avait cependant pas suggéré ce qu'elle avait déjà vu dans des films. Comment cela s'appelait-il ? Des témoins de crimes recevaient une nouvelle identité et étaient exfiltrés dans une petite ville où ils finissaient toujours par être reconnus. Ils devaient alors lutter pour leur vie et, dans la scène finale, tandis que les maisons brûlaient et que le sang coulait, ils tiraient sur le méchant qui les avait contraints à quitter leur domicile. Alors seulement, ils pouvaient s'étreindre, malgré leurs blessures, et tout reconstruire sans crainte.

Olivia n'était pas si bête. De son propre avis, en tout cas.

Mais apparemment, la police pensait qu'elle était folle. C'était l'impression qu'elle avait eue assez vite.

Ils avaient commencé à la questionner. D'où connaissez-vous ce M. Kaunisto ? Pensez-vous que le récent homicide et cet incendie puissent être liés ? Avez-vous eu récemment des relations difficiles avec des hommes ? Avez-vous hébergé quelqu'un ici ? Connaissez-vous tous vos invités ? Avez-vous des activités impliquant le feu, le danger, des inconnus ?

Ouais, s'était dit Olivia, *parfois, il faut absolument que je baise avec un pyromane inconnu.*

« Mon Dieu, toutes ces questions ! s'était-elle étonnée. Moi, je veux savoir si je suis en danger, et vous, vous me demandez si ça m'excite de voir mon annexe brûler. »

Elle avait perdu patience. Pas complètement, mais assez pour que son organisme se mette à produire de l'adrénaline, lui construise une carapace et lui donne la force de réagir. La discussion s'était poursuivie un certain temps.

Lorsque les policiers s'étaient excusés, ajoutant que ce n'était pas exactement ce qu'ils voulaient dire, il était déjà trop tard. Ils ne pouvaient rien faire pour elle, elle l'avait compris. Elle en avait assez. Et cela se sentait encore ce matin. Cela lui avait ouvert les yeux sur sa situation et l'avait poussée à agir lorsque maître Wilenius s'était présenté et lui avait fait une offre.

Si cet homme lui donnait vraiment les 10 000 euros dont elle avait besoin pour ses travaux d'assainissement, elle éluciderait l'affaire. La putain d'affaire. Elle n'avait pas le choix. Et elle avait une autre raison de le faire. La veille, elle avait saisi pour de bon que les policiers la considéraient comme plus ou moins suspecte, voire coupable.

Cela l'a mise de nouveau en colère. Elle a rassemblé toutes ses déceptions, tous les moments où elle avait agi à contrecœur : « OK, je m'en charge, je comprends, tu dois avoir raison, je le fais ce coup-ci. »

Je vous emmerde.

Ce qui lui a ramené à l'esprit ce qu'elle devait faire avant tout.

Olivia a passé les quatre heures et demie suivantes dans les vieilles commodités et leurs alentours immédiats. C'était un travail lourd, sale et exténuant.

Elles n'avaient pas été utilisées depuis des années. Par chance, le lieu était à l'origine de bonne facture, construit par quelqu'un d'autre que son père ou son grand-père. Malgré tout le respect et l'amour qu'elle leur portait, leurs toilettes se seraient écroulées au premier essuyage. Dans tous les sens du terme.

La petite construction avait fait office de réserve. Elle regorgeait d'un tel fourbi qu'Olivia s'est pris un instant à souhaiter que quiconque ayant incendié son sauna aurait dû brûler ces toilettes à la place. Enfin non, pas maintenant qu'elle n'avait plus d'eau. Et que savait-elle de ce qui se passait dans la tête d'un pyromane ? C'étaient des malades qui trouvaient peut-être, ainsi que le policier moustachu l'avait insinué, une satisfaction sexuelle à déclencher des incendies. Et si le sauna lui avait procuré une satisfaction plus grande que ces commodités ?

Olivia a vidé le fond de la fosse à la pelle. C'était un étrange mélange en décomposition : de la matière déjà changée en terre, des feuilles mortes accumulées au fil des années (Olivia n'a pas compris ni comment ni pourquoi elles avaient pu atterrir là) et même de petits objets divers et variés. Elle a réussi à vider le fond, est allée chercher une cuvette au coin de la maison, l'y a déposée et y a mis un peu de terre et des feuilles mortes. Ce n'était qu'un début. Elle est allée chercher de l'eau de mer pour laver les surfaces intérieures des commodités et a récuré avec soin. Au bout du compte, elle a eu au fond de sa cour des toilettes extérieures en état de marche.

Elle y était assise, porte ouverte – l'odeur du détergent était très forte et Olivia n'attendait vraiment personne –, lorsque Jan Kaunisto est entré dans la cour sur sa vieille bicyclette Helkama à guidon de course. Il a regardé Olivia dans les yeux depuis les ruines du sauna avant de scruter ses propres pieds, ne sachant pas comment se conduire ni quoi faire du vélo. Il tenait donc toujours le guidon lorsqu'Olivia s'est levée du siège et s'est avancée dans le jardin. Après tout, elle n'avait fait que se reposer, regarder autour d'elle et savourer le travail accompli.

— Ça ne presse pas, a-t-elle déclaré. C'est le cas de le dire.

Jan Kaunisto a souri, prenant cela comme un signe. Il est descendu de son vélo et l'a laissé debout sur sa béquille.

*

Jan Nyman a regardé la femme au seau rouge. Ses cheveux étaient attachés en queue-de-cheval lâche, son tee-shirt collait un peu à sa peau, elle portait un short informe. Ses genoux ressortaient au-dessus de ses bottes en caoutchouc noires. Nyman s'est efforcé de ne pas montrer à quel point il était ravi de la revoir. Si on peut dire « ravi »... Il n'avait pas pris le temps de s'arrêter, encore moins de repasser par son chalet. Il était venu ici aussitôt après son rendez-vous avec Muurla. Ses jambes tremblaient – trop d'acide lactique.

— Je suis allé faire du vélo, a-t-il annoncé en désignant sa bicyclette. Et je passais par là par hasard.

— Par une impasse qui ne mène qu'à un seul endroit ?

Droit au but, a pensé Nyman. *Elle a quelque chose de différent, et ce n'est pas lié à ce seau ou à la porte des toilettes ouverte derrière elle.*

— En effet, a reconnu Nyman, avant de balayer

les décombres. Je pensais venir voir comment vous vous en sortiez.

— Le sauna et l'annexe ont brûlé. Quelqu'un est mort dans ma cuisine. Je viens de remettre en service les toilettes extérieures. La routine.

Nyman marchait sur des œufs, et il en était conscient. Il n'avait jamais été doué pour ce genre de situations, déjà avec Tuula. Celle-ci disait qu'il ne savait pas venir au-devant des choses, qu'il ne savait pas faire face. Peut-être cela était-il dû avant tout au fait qu'il n'avait jamais compris le sens de ces expressions.

— J'en suis désolé, a-t-il assuré. Sauf bien sûr pour les toilettes extérieures. Heureusement que vous les avez.

Olivia l'a regardé, ni hostile ni chaleureuse.

— Comment ça s'est passé, avec la planche à voile ? s'est-elle cependant enquise.

— Avec froideur. Je crois que je me suis fait un nouvel ami en la personne de l'instructeur. Des doigts prestes.

Olivia a semblé réfléchir.

— Quand est-ce que vous êtes arrivé ici, déjà, au village-vacances ?

La demande était directe et il a entrevu deux solutions. La première était que lui, Nyman, était devenu suspect d'une manière ou d'une autre aux yeux d'Olivia Koski, ce qui signifiait qu'elle n'avait rien à voir avec l'incendie. La seconde était bien sûr qu'elle lui posait cette question pour d'autres raisons.

— Je n'ai rien à voir avec ça, a-t-il affirmé en désignant les décombres du menton. Je suis arrivé hier matin. J'ai passé la soirée dans mon chalet, j'ai discuté avec mon nouveau voisin, puis je suis allé au bar, où je vous ai vue. Pour être franc, si je brûlais un seul de vos biens, ce serait cette barque, à l'autre bout de la cour, car elle n'a plus de fond.

— C'est un souvenir.

— Alors je ne la brûlerais pas non plus.

Olivia l'a regardé.

— Et pourquoi vous êtes venu ici ?

— Je suis venu m'assurer que le feu était bien éteint, et, dans le cas contraire, vous aider à l'éteindre.

Olivia Koski a jeté un coup d'œil en direction des décombres. Elle a agité son seau et reporté son regard sur Nyman.

— Le feu est éteint. Mais le café doit être encore chaud.

Ils se sont assis dehors. Olivia était pieds nus, Nyman a vu ses orteils se dresser et s'abaisser dans le gazon court. Une fin d'après-midi en bord de mer, la lueur douce du soleil couchant à l'ouest, une pointe de fraîcheur dans l'air, les parfums de la nature : la mer, les arbres, les plantes, les fleurs, l'herbe verte.

— Vous avez fait du café, a constaté Nyman. Vous avez de nouveau de l'eau ?

— De l'eau minérale, du supermarché. Le plombier m'a fait une offre. 10 000 euros.

Nyman a tourné la tête pour voir la maison. À la lumière mordorée du soleil, elle semblait avoir encore plus besoin de réfection. 10 000 euros ne suffiraient sans doute qu'à une rustine.

— J'ai cru comprendre au bar que vous n'aviez pas d'argent pour les travaux. Vous en avez, alors ?

— Pas encore.

Nyman a noté qu'elle s'était empressée de lui répondre, d'une voix sûre. Il ignorait s'il devait quérir une réponse plus complète ou patienter. Il n'a eu le temps de faire ni l'un ni l'autre.

— Avez-vous déjà pris de gros risques, Jan ?

Olivia l'a regardé avant de se tourner vers la mer. Nyman aimait ses yeux, mais aussi son profil. S'il prenait des risques ? C'était son travail.

— Qu'est-ce que vous entendez par « de gros risques » ?

— Risquer d'échouer dans ce qui vous tient le plus à cœur.

— C'est un sacré risque.

— Vous en avez déjà pris un comment ça ?

Olivia a reporté son regard sur Nyman. Il a secoué la tête.

— J'essaie d'éviter les risques inutiles.

C'était vrai, dans un sens, une fois de plus. Mais il a vu à son air qu'elle en attendait davantage.

— C'est sans doute parce que je pense que la vie est à la base une entreprise plutôt hasardeuse. Je n'ai jamais compris le saut à l'élastique ou l'alpinisme, par exemple. Pourquoi augmenter les risques quand ils sont déjà élevés ? Tous les aliments sont toxiques d'une manière ou d'une autre, à en croire les journaux. La circulation est mortelle, tous les jours, des cancers sont diagnostiqués chez des milliers de gens. Le simple fait de partir travailler le matin peut être fatal. Quant au travail, ça dépend bien sûr de quoi il s'agit, mais il peut se révéler très nuisible à la santé.

— La vie d'un prof de maths doit être plus dangereuse que ce que je m'étais imaginé, a déclaré Olivia.

— Je veux dire par là que la vie est un risque.

— Donc, selon vous, ce n'est pas la peine de prendre des risques ?

— Je n'irais pas jusque-là, a-t-il nuancé – cela devenait intéressant, autant le sujet que le fait qu'Olivia l'ait abordé. L'essentiel est de savoir quel genre de risques on prend. En étant conscient des conséquences possibles. Si on est prêt à perdre ce qui compte, c'est OK, bien sûr. Est-ce que vous y êtes prête ?

Elle n'a pas répondu aussitôt.

— Et si on n'a pas le choix ? a-t-elle ensuite interrogé.

Nyman avait envie de la regarder de plus près, de scruter ses réactions. Mais il se retenait.

— Dans ce cas, ce n'est plus un risque, a-t-il considéré. C'est juste une chose qu'il faut accomplir. Sans connaître le résultat. C'est de ça qu'il est question ici ?

Il a remarqué qu'elle le dévisageait. Ou alors c'était lui qui se faisait des idées. Non. Olivia était bel et bien en train de le jauger, de l'évaluer.

— Mais est-ce que vous le feriez ? s'est-elle enquise. Vous n'avez pas répondu à ma question.

Nyman s'est détaché de ses yeux marron. Il sentait toujours son regard sur son visage, il en était convaincu.

— Si j'y étais obligé, oui.

Olivia a changé de position et s'est appuyée en arrière dans son fauteuil. Elle a balayé la mer des yeux un instant, Nyman en a fait autant. Une hirondelle a fendu le ciel en deux. Nyman récapitulait la conversation dans sa tête lorsqu'il a remarqué du coin de l'œil qu'Olivia se tournait vers lui.

— Comment s'est passé votre divorce ?

Il n'aurait su dire si son ton était juste curieux ou peut-être un peu suspicieux. S'il relevait de la suspicion, Nyman a pensé que c'était lié à son histoire. Cela lui semblait… extrêmement désagréable.

— Rentable du point de vue financier, a-t-il fini par dire. Mon épouse a vendu notre appartement à bon prix. Elle me l'a annoncé tout en me glissant sous les yeux les papiers du divorce à signer. On était dans une pizzeria, les pizzas venaient d'être servies, elles fumaient encore sur la table. Je me souviendrai toujours de la garniture : noix, tomates cerises, gorgonzola, roquette. Ça devait être la spéciale de la semaine.

— Et ?

— J'ai mangé ma pizza. Je ne suis pas sûr de pouvoir la recommander.

— Je veux dire, qu'est-ce qui vous est arrivé ensuite, à vous ?

— Ah. J'ai demandé à ma femme – enfin, elle était peut-être déjà mon ex-femme à ce moment-là – si j'avais fait quelque chose de mal. Elle a dit « oui » et m'a demandé de lui passer l'origan. J'ai mis mon nom sur les papiers, et l'argent a été crédité sur mon compte.

— Et votre femme, votre ex-femme, ne vous a jamais dit ce que vous aviez fait de mal ?

— Si. Plusieurs fois. Plusieurs choses. Je n'écoutais pas, je n'étais pas présent, je ne me consacrais qu'à mon travail, je ne prêtais pas attention, je ne la rencontrais pas en tant que personne.

Olivia a dû sourire. Ou bien c'était la lumière qui adoucissait ses traits.

— Et ensuite ?

— J'ai reconnu que c'était sûrement le cas, car je me demandais bien comment j'aurais pu la rencontrer vu que, selon moi, je l'avais déjà rencontrée dans un bar quelques années plus tôt. Elle a affirmé que c'était justement ce qu'elle voulait dire. J'ai réglé les pizzas, puis j'ai loué le studio où j'habite.

— Où ça ?

— Dans le quartier de Kallio, sur Pengerkatu.

Nyman n'aurait su décrire avec précision l'air d'Olivia Koski. Quelque chose se produisait dans ses yeux marron.

— C'est un coin sympa, a-t-elle commenté.

— Très, a confirmé Nyman avant de goûter son café.

Il était tiède, mais il l'a bu.

— Est-ce que vous allez parfois au resto thaïlandais sur Kolmas linja ?

— Il y en a plusieurs, non ? a interrogé Nyman.

— Celui que tout le monde connaît, a précisé Olivia.

Nyman a noté son regard aux aguets alors qu'elle était assise en toute décontraction.

— *Lemon Grass*, a-t-il déclaré en réponse à son regard.

— Exact. C'est ce nom-là. Ici, il n'y a de bons thaïlandais nulle part. Ça me fait penser que je dois aller faire les courses. Si vous voulez, on peut faire le chemin ensemble à vélo. Je vais juste me changer.

Nyman l'a suivie des yeux tandis qu'elle montait les marches. Sur le pas de la porte, elle a jeté un coup d'œil vers la cour. Nyman a saisi son regard, même s'il était très bref. Olivia Koski le regardait comme si elle évaluait ou calculait quelque chose.

12

De retour à Helsinki, Holma a laissé sa voiture sur Viherniemenkatu dans le quartier de Hakaniemi, devant la boucherie halal, sous les arbres verdoyants. À côté se trouvait un bureau de tabac. Il y a acheté des préservatifs texturés ainsi qu'un ticket de Keno – il faut toujours espérer le meilleur, dans la vie – et une bouteille de Fanta Zéro. Il a glissé les contraceptifs et le jeu de hasard dans sa poche intérieure, a ouvert le Fanta et regardé autour de lui. Le bureau de tabac était plus grand à l'intérieur qu'il n'en donnait l'impression depuis l'extérieur. Il comprenait une cafétéria, une librairie d'occasion et un coin dédié aux paris. Au mur, un écran annonçait les résultats des différents jeux et compétitions. Deux hommes le fixaient, étonnamment chauves de la même manière, la tête penchée en arrière, tickets de jeu en main. Holma a pensé à Antero. Celui-ci avait toujours joué. À des jeux où il ne pouvait gagner. Holma a bu du Fanta en observant les deux quidams. L'un d'eux n'a pas tardé à fulminer, il s'est retourné et a déchiré son ticket. Il a remarqué Holma, qui lui a souri.

— Pourquoi vous jouez ? s'est enquis Holma.

L'autre l'a fixé comme s'il n'avait pas compris sa question. Un visage de quinquagénaire qui avait cédé aux lois de la gravité, une chemisette à carreaux rouge et blanc provoquant une illusion d'optique au niveau du ventre, des yeux bleus qui cherchaient quelque chose de familier chez Holma.

— Qui êtes-vous ?

Holma a encore souri.

— Pourquoi vous jouez ? a-t-il réitéré.

— Qu'est-ce que ça peut vous faire ?

— Mon frère jouait. Ça m'intéresse.

L'homme l'a regardé, il a haussé les épaules.

— Je pense qu'on joue pour gagner.

— Mais vous n'avez pas gagné.

L'homme s'est tourné vers le vendeur, puis de nouveau vers Holma.

— Pas cette fois.

— Et la dernière fois ?

L'homme a secoué la tête.

— Et celle d'avant ? Quand pour la dernière fois ?

L'homme a commencé à s'énerver.

Holma l'a vu passer d'une jambe sur l'autre avec nervosité, puis il a encore secoué la tête. Ses traits se sont durcis.

— C'est quoi, ce truc ?

— J'essaie de comprendre pourquoi quelqu'un cherche à perdre son argent. Vous savez que vous ne pouvez pas gagner, mais vous jouez.

— Je n'en sais rien.

— C'est votre réponse ? Que vous n'en savez rien ?

— Vous non plus, vous n'en savez rien.

— Je sais quelque chose, moi. Avec une certitude complète.

L'homme a regardé Holma. Quelque chose passa dans ses yeux, une étincelle.

— Vous savez qui va gagner ?

— Je sais qui ne va *pas* gagner.

— Qui ?

Holma a pris une gorgée de Fanta. Il était d'un naturel serviable, mais parfois, il n'y avait rien à faire. Il a jeté un coup d'œil sur l'écran, sur les jeux à venir.

— Bayer Leverkusen, a-t-il affirmé.

L'homme s'est retourné. Lentement mais sûrement. Holma s'est rapproché de quelques pas. Tous deux suivaient les lignes défilant sur l'écran.

— Ils jouent à l'extérieur ? a demandé l'homme.

— Tout à fait, a répliqué Holma, sentant l'odeur de l'individu à ses côtés – transpiration, tension, déception, soif de victoire. Je miserais gros, à votre place.

*

L'après-midi était venteux, presque froid. Le bleu du ciel, sa profondeur se renforçaient. Holma est entré dans l'enceinte du pâté de maisons où les murs sombres des immeubles se dressaient de tous côtés. Côté sud, une voie étroite destinée aux voitures traversait le bloc. Holma marchait sur la gauche de cette voie, lunettes de soleil sur le nez. Il a dépassé l'appartement qu'il voulait rejoindre et a balayé des yeux la cour intérieure, les véhicules garés là et les fenêtres des immeubles d'en face.

Une étudiante descendait les poubelles, la porte du local a claqué, la cour a résonné. Un homme en peignoir fumait devant la cage d'escalier. À l'entrée de service du restaurant, le chauffeur d'une camionnette maraîchère déchargeait sa livraison, transportant des cagettes à l'intérieur en passant par une petite porte.

Personne n'avait l'air d'être flic, pas même un flic déguisé en civil. Holma était convaincu d'être toujours capable de distinguer un policier d'un simple individu. Le seul risque quant à l'appartement du rez-de-chaussée semblait se trouver au premier étage d'en face. Il comprenait deux fenêtres, et Holma avait remarqué un homme derrière chacune d'elles. Ce pouvait être un hasard, mais connaissant les méthodes de la brigade des stups, cette probabilité était quasi nulle.

Très bien, a pensé Holma, *c'est peut-être mieux pour ce que je suis en train de faire*. Si tout se passe comme prévu, ce sera considéré comme une histoire de drogue. Il a traversé le pâté de maisons jusqu'à la rue, l'a contourné puis a scruté les tours de Merihaka. De là, il ne pouvait pas voir l'immeuble où il avait reçu le coup de téléphone qui, dans un sens, l'avait conduit ici.

Les vacances font du bien, s'est-il dit. Il se sentait libre, presque comme à l'époque où il travaillait en free lance, sans chef, sans carte de pointage ni routine hebdomadaire. Il marchait d'un pas léger, sans se préoccuper du vent d'été qui traversait son costume en soie. Il comprenait soudain pourquoi les gens prenaient des congés : de nouvelles idées, de bonnes pensées bien fraîches lui venaient à l'esprit. Il a noté que le canif était à sa place, sur ses reins, caché par sa veste.

Il est passé de l'autre côté de la rue. Au moment où il allait entrer dans une épicerie chinoise, il a réalisé qu'il n'avait pas du tout besoin de produits asiatiques. Il a donc fait demi-tour dans le petit escalier et est resté sur le trottoir, devant le magasin. Au milieu de la chaussée, entre les voies, se trouvait l'entrée d'un parking souterrain. Il avalait les voitures à la surface et les recrachait dans la rue. Holma a gardé les yeux rivés sur la porte d'entrée de l'immeuble jaune pâle situé de l'autre côté de la vaste place.

Il savait quelque chose qu'il n'aurait pas dû savoir. Il soupçonnait donc que beaucoup d'autres savaient aussi, peut-être même la police. Tel était le trafic de drogue : tout le monde finissait par tout savoir. Par chance, le dealer serait le dernier à le comprendre. L'argent se trouverait dans l'appartement.

Holma s'est remémoré sa discussion. Il avait d'abord été surpris, presque outré, par la demande d'Olivia Koski. Il ne pensait pas que quelqu'un prendrait son offre au pied de la lettre et exigerait en plus de l'argent frais. 10 000 euros. Puis il avait pensé que cela serait amusant – le but des vacances n'était-il pas précisément de s'amuser ? Voilà pourquoi il était convenu avec cette Mlle Koski – ce n'était pas une dame, Holma l'avait vérifié – qu'il reviendrait le lendemain matin et déposerait sur sa table les 10 000 euros en liquide. Il saurait en contrepartie qui avait tué son demeuré de frère. Holma laisserait Mlle Koski garder l'argent le temps nécessaire pour chercher et trouver les assassins d'Antero. Après quoi il reviendrait prendre ce qui lui appartenait et, en fonction de l'attitude de Mlle Koski, soit il utiliserait les préservatifs texturés, soit il réglerait l'affaire sans eux.

Il a réfléchi un instant. Le vendeur le connaissait. Le seul risque était la police. S'ils surveillaient l'appartement, ils le verraient. Si l'endroit n'était pas sous surveillance, alors il n'était pas de problème qui ne puisse être résolu avec un couteau. Holma a traversé la route sur le passage piétons puis il a sonné. Il a patienté, a appuyé de nouveau sur le bouton, et a fini par entendre la voix de l'homme :

— Quoi ?

— J'ai quelque chose à te dire.

— C'est qui ?

Holma a expliqué pour qui il travaillait.

— Je ne lui dois rien.

— C'est une autre affaire. Beaucoup plus importante. Elle te concerne.

— Quoi ?

— Allez vas-y, je suis dans la rue. Ouvre.

Un silence. Holma espérait que la paranoïa et la cupidité l'emporteraient. Le tire-suisse n'a pas tardé à s'actionner. Une fois de plus, les instincts les plus bas avaient eu le dessus.

Holma a tendu un instant l'oreille dans la cage d'escalier. Il en a profité pour inspirer l'air du lieu. Il n'a rien entendu, n'a pas senti de parfum, de tabac, d'odeurs de cuisine, ni rien d'autre. Pas de mouvements, personne. Arrivé à la porte de l'appartement, il a rajusté sa veste et sonné avec le plus de douceur possible. La porte s'est ouverte.

L'homme avait le même âge que lui. Il était large d'épaules et sale sous son veston en cuir de pseudo-motard. D'un geste vif, Holma l'a fait reculer à l'intérieur, est entré et lui a enfoncé son canif dans le cou. Il l'a retiré puis lui a tranché la gorge et la carotide. Il a fait un pas en arrière et a regardé l'homme chanceler dans l'entrée étroite, pisser le sang et se cogner contre les murs. Puis il est tombé à genoux et il est mort par terre.

Le logement était un deux pièces cuisine. Toutes les affaires se trouvaient sous la même couche de crasse que son habitant. Les stores étaient tous baissés.

Le sofa du séjour était une telle décharge qu'il aurait fallu payer Holma pour qu'il s'y assoie. Il a sorti ses gants en latex de la poche de sa veste et il s'est mis au travail, en commençant par inspecter la chambre. Au vu des tas de linge amassés sur le sol, une femme habitait – ou venait – ici. Il a retourné les matelas et vidé les armoires, cherchant une boîte, une paroi amovible ou autre chose de ce genre. En vain.

L'évier de la cuisine était rempli de vaisselle remontant à des siècles. L'odeur rappelait celle d'une cave. Holma a ouvert les tiroirs et les placards, il a tout vidé par terre. Il a trouvé des coquillettes datant de Gorbatchev, mais pas ce qu'il cherchait. Il a exploré les buffets et les structures de la cuisine, a tâté les endroits qu'il ne pouvait voir.

Il est revenu dans le séjour. Le seul équipement neuf et propre de la pièce était l'immense écran plat. Typique des junkies. Ils regardaient des films d'action et de gangsters, s'imaginaient être des hommes d'action et des gangsters, ils se conduisaient comme tels, et ils se retrouvaient en prison ou se prenaient un coup de couteau dans la gorge. Puis Holma s'est intéressé au sofa.

Se pouvait-il que ce soit aussi simple ? Il l'avait laissé pour la fin tant il était repoussant. Holma aussi avait ses faiblesses. Il s'en est approché, a soulevé un coussin de l'assise, l'a jeté sur le côté et a découvert une pizza bolognaise. Ou plutôt, une masse organique qui s'y apparentait. Il a pris un autre coussin, plus lourd et bosselé que le précédent. Dès qu'il l'a soulevé, il a compris qu'il avait tapé dans le mille.

Il a transféré l'argent dans un sac en toile sorti de la poche droite de sa veste. Il y avait facilement plus de 20 000 euros. C'était beaucoup, mais cela ne faisait de cet aspirant motard qu'un vendeur moyen. C'était pour cela aussi que Holma l'avait choisi pour son retrait d'argent. Quant aux gélules, pilules et à la poudre, il les a laissées à l'intérieur du coussin.

Une fois dans l'entrée, Holma s'est assuré qu'il avait bien tout sur lui : le canif dans un sachet en plastique refermable, dans la poche de son pantalon, et l'argent dans le sac en toile. Il a ouvert et refermé la porte de sa main droite encore gantée de latex.

13

Olivia Koski s'est assurée que Jan Kaunisto poursuivait vraiment son chemin. Il a enfourché son Helkama de location devant le supermarché et filé entre les voitures jusqu'à l'autre bout du parking avant de descendre la côte vers la route, en pédalant à contresens sur une rampe à sens unique. Olivia l'a observé sans vraiment le fixer, en s'affairant autour de son vélo. Elle a sorti son sac à provisions du panier placé sur le porte-bagages, tout en regardant du coin de l'œil la chemise en flanelle vert et bleu disparaître entre les maisons.

Professeur de mathématiques, beau, attentionné, ne se prend pas au sérieux. Et dans un sens, un peu ailleurs. Son ex-femme avait sans doute eu raison en parlant de « présence » et de « rencontre ». Peut-être qu'il ne savait pas…

Si tant est que son histoire soit vraie, a songé Olivia. Lors de leur conversation, elle avait senti grandir son intérêt pour Jan Kaunisto, lui avait même tendu un petit piège lorsque l'occasion s'en était présentée. Olivia n'avait jamais pu oublier le poulet à la coriandre du *Lemon Grass*. Et lui non plus.

Elle est restée encore un instant près de sa bicyclette, puis elle a remis son sac dans le panier, est remontée en selle et a emprunté la même direction que Jan Kaunisto un instant plus tôt.

Le fait était qu'elle connaissait toujours des gens dans cette ville. Elle n'y avait pas pensé, et il se pouvait même qu'elle n'y tienne pas. Tous ses souvenirs n'étaient pas bons, et les plus mauvais étaient liés à la manière dont sa mère avait été traitée.

Sa mère avait été en avance sur son temps, comme on dit. Une artiste maniaco-dépressive qui essayait de revivre le Paris des années 1920 dans une petite ville du littoral finlandais. À l'inverse de ses pénibles sautes d'humeur, son art était sans ambiguïté. Elle peignait rarement, et quand elle le faisait, c'était sans pinceau. Disons, pour faire joli, qu'elle utilisait à la place des parties de son corps. Le père d'Olivia était l'acheteur principal de ses tableaux, un admirateur anonyme dont elle parlait, rêveuse, en regardant la mer, un verre de vin rouge à la main. Après les avoir acquis, il les envoyait aux quatre coins du monde sans mentionner l'expéditeur ni aucune autre explication, la plupart du temps à des gens qui lui avaient glissé de force leur carte de visite dans la main. Olivia l'avait appris un peu avant ses dix ans. Son père, qui avait sans doute aimé sa mère plus que tout au monde, lui a demandé de garder le secret. Elle l'avait fait pendant un an et demi. Puis sa mère était décédée. Olivia n'avait jamais su exactement de quoi. D'une crise, avait dit le père. D'un accident, avait dit la famille. D'une chose étrange, avait dit une connaissance qui leur rendait visite de temps à autre.

Cette dernière avait été pour sa mère ce qui se rapprochait le plus d'une amie lorsqu'elle habitait ici. Après avoir quitté la ville, Olivia n'avait gardé aucun contact avec Mlle Simola. Elle ne connaissait même pas, ou ne se rappelait pas, son prénom. Mais elle connaissait sa maison, parmi les dernières, tout en haut de Hiekkala.

Le quartier résidentiel de Hiekkala se trouvait sur un coteau escarpé qui montait de manière abrupte. Vus d'en bas, les rez-de-chaussée des maisons passaient pour leurs étages supérieurs. La maison de Mlle Simola était presque au sommet de la colline. Derrière elle débutait une forêt sauvage dont tout le monde parlait comme d'un site protégé, même si ce n'était pas officiellement le cas. *Tant de choses sont louches, dans cette ville*, a pensé Olivia. *Pas étonnant que quelqu'un ait surgi de nulle part pour rebaptiser le village-vacances « Palm Beach Finland » sans crier gare.* Ce nom ne l'étonnait même plus, ce qui en disait long sur la nature des événements récents.

Les rues de Hiekkala n'étaient que montées et descentes. Quand on s'y rendait à vélo, il s'agissait bien sûr de côtes. De côtes raides. Olivia a pédalé jusqu'à mi-chemin puis, essoufflée, est descendue de sa bicyclette et l'a poussée. Comment Mlle Simola faisait-elle pour venir ici ? Elle devait avoir plus de soixante-dix ans, elle devait être…

Elle ressemblait à la Miss Marple de la télévision, à tel point qu'Olivia s'attendait à ce qu'elle s'exprime dans un anglais posé. Mais elle ne l'a pas fait. Ses bottines marron à lacets, sa jupe en tweed et son chemisier blanc en dentelle étaient impeccables, ses cheveux étaient tout gris. Ses boucles n'avaient pas changé, peut-être son front était-il un peu plus haut, mais sa crinière à la Elvis semblait défier le temps. Olivia aurait reconnu ses yeux à tout moment : ils étaient d'un brun profond, telles des amandes humides.

Mlle Simola a serré Olivia dans ses bras, lui a demandé de ses nouvelles – en finnois – sans écouter sa réponse, puis elle lui a annoncé que si elle était venue parler de sa mère, elle y était prête. Elle avait compris Liisa, et *vice versa* ; dans un endroit pareil, à l'époque, les amies étaient rares et d'autant plus précieuses. Mlle Simola a souligné qu'elle était prête à parler de tout et de n'importe quoi, au sens littéral. De nos jours, on pouvait désormais parler de tout, et elle était heureuse de le faire. Même de l'amour entre femmes.

— Mais Liisa ne comprenait rien aux chattes, a-t-elle asséné comme si elle parlait de l'arrosage des fleurs ou du changement des rideaux. Même si elles étaient bonnes. Je ne lui en tiens pas rigueur.

Olivia a précisé qu'elle n'était pas venue exactement à ce propos.

Mlle Simola a posé un bras léger sur Olivia pour la guider vers la terrasse. Olivia a trouvé cela gênant, mais pour une seule raison : le bras de la demoiselle était dans sa totalité à peine plus long que son avant-bras à elle. Mlle Simola mesurait à peine un mètre cinquante, elle était si légère à côté d'Olivia que celle-ci a eu l'impression d'être conduite par une poupée ou un bibelot.

Le jardin était petit et touffu, comme si tous les buissons, les fleurs et les différents arbres luxuriants d'un grand jardin avaient été entassés dans un petit cube secoué puis ouvert d'un seul côté, à savoir celui du ciel. Olivia a dû lever les yeux pour s'assurer qu'elle se trouvait toujours dans le même monde.

Elles se sont assises sur les chaises blanches en fer de la terrasse. Olivia a senti sur sa peau qu'à l'intérieur de ce jardinet protégé du vent, il faisait plus chaud qu'ailleurs en ville. Elle y a presque vu une promesse – ou tout au moins une pointe – de climat tropical. Elle s'est prise à espérer que Jorma Leivo ne trouverait jamais cet endroit. Il le rebaptiserait sans doute *Everglades* et introduirait des alligators dans les buissons.

— Je pensais bien que tu allais venir, a déclaré Mlle Simola.

— J'aurais dû passer vous dire bonjour quand je suis revenue.

— Je comprends tout à fait. Tu n'as peut-être pas de si bons souvenirs de cet endroit.

— Mais de vous, si, a assuré Olivia. Et vous m'avez l'air… magnifique.

Mlle Simola a regardé Olivia, s'est un peu penchée en avant et a dit à voix basse :

— J'attends quelqu'un.

— Je n'en ai pas pour longtemps.

— Ce n'est pas ce que je voulais dire. J'aurai toujours du temps pour toi. J'ai pensé à toi.

— Ah ?

— Surtout quand ce voleur a été retrouvé mort dans ta maison.

— Un voleur ? D'après la police, il s'agit sans doute de délinquants sexuels qui agissent en binôme. Et ceux-ci en sont venus à se disputer.

— Taratata. Un voleur de base. Ni plus ni moins. Du début jusqu'à la fin, toute cette affaire n'est que cafouillages et mésaventures. Si on me demandait, je dirais que ce sont des hommes dépourvus de raison qui se défoulent.

— Je voulais justement vous demander.

Mlle Simola a patienté, les yeux rivés sur Olivia.

Celle-ci a vu son sourire passer du regard aux lèvres, aux joues.

— Tu ne fais pas confiance à la police pour élucider l'affaire ?

— Si, bien sûr. Sans doute. Mais hier, j'ai commencé à avoir l'impression que c'est moi qu'ils soupçonnent. De quelque chose. Si ce n'est d'avoir tué cet homme, quand même de quelque chose. C'est désagréable. Ensuite…

Olivia a réfléchi un instant. Non, elle ne mentionnerait pas cette offre de 10 000 euros. Ou bien s'agissait-il d'un accord ? Sans doute pas avant qu'elle n'ait l'argent. Peut-être se trouvait-elle dans le cas présent entre une offre et un accord.

— Seulement je…, a-t-elle commencé, s'apercevant que Mlle Simola l'écoutait, ce qui était rassurant. Je me souviens que papa disait qu'ici, il ne se passe rien sans que Mlle Simola ne soit au courant.

— Tu veux élucider toi-même ce qui s'est passé, a deviné la vieille dame.

Ce n'était pas une question mais une simple constatation.

Olivia a regardé ses yeux marron foncé.

— Vous vous souvenez de notre villa ? Elle a besoin d'être refaite en profondeur. Je viens tout juste de remettre les toilettes extérieures en service parce que je n'ai plus d'eau courante. Hier, le sauna et l'annexe ont brûlé. Je ne sais pas ce qui s'est passé. Je n'ai pas l'intention de la vendre. C'est la seule chose que je possède. Je compte la remettre en état. Même si c'est la dernière chose que je fais dans cette vie, je le ferai.

À l'évidence, Mlle Simola attendait qu'Olivia poursuive.

— Il serait bon de savoir ce qui s'est passé, ça me permettrait d'avancer.

— Tu as dit que tu ne comptais pas vendre.

— En aucun cas.

— Mais est-ce qu'on t'a fait une offre ?

— Oui. Jorma Leivo. Mon patron. L'homme qui…

— Palm Beach Finland, a conclu Mlle Simola.

Son accent finnois à couper au couteau rendait le nom bien plus adapté.

— Je connais cet homme. Est-ce que tu as songé à lui ?

— Dans quel sens ?

— En tant que personne qui a tué cet homme chez toi. Je ne parlais pas d'un mari potentiel.

Olivia a secoué la tête.

— Ce que je sais par la police, c'est que Jorma Leivo a passé toute cette soirée dans son restaurant. Il a mangé et tenu compagnie à ses clients. Il a offert de la glace à tout le monde. Il s'est fait prendre en photo. Je l'ai appris quand j'ai été interrogée pour la dernière fois, en demandant aux policiers si Leivo était suspect. C'était bien ça le problème, et ça l'est toujours. Le fait que tout ce qui est logique a été étudié et recoupé. C'est sans doute pour ça que la police a mis fin à l'enquête.

— La police ne met pas fin à l'enquête, a affirmé Mlle Simola sur un ton différent.

— Ça en a pourtant l'air. D'abord la police locale, le gros moustachu qui, au début, était sympathique, mais qui hier semblait suspecter chacun de mes mots, et l'autre qui n'arrêtait pas de me fixer. Ensuite ont débarqué les physiciens. Enfin, c'est moi qui les appelle comme ça, vu qu'ils portent les mêmes lunettes, blouses et chemises. Ils ont mesuré tout, sans relâche, les lieux et les heures, et ils se sont adressés à moi en jargon officiel : « Comment décririez-vous, avec vos propres mots, votre vestibule de douze mètres carrés ce soir-là, à 23 h 51 ? » L'un des deux, celui qui parlait le plus, avait les cheveux en brosse, ce qui le rajeunissait d'au moins vingt ans et lui donnait donc l'air d'avoir tout juste fait sa communion. Je les ai appréciés tous les deux, ils étaient sympathiques. Je leur ai de nouveau tout raconté. Ils ont remesuré tout ce qu'ils avaient déjà mesuré, et je me suis dit que là, on allait avoir des résultats. Mais le lendemain, ils ont disparu, et je n'ai plus entendu parler d'eux. De ce point de vue…

— La police ne met pas fin aux enquêtes, a répété Mlle Simola sur un ton ferme.

Olivia n'aurait su interpréter son air. Elle a décidé d'attendre. Mlle Simola a regardé autour d'elle, comme si quelqu'un les écoutait dans le jardin. D'ailleurs, comment savoir si ce n'était pas le cas ? Un bataillon entier d'espions aurait pu tenir dans ces fourrés. Enfin, presque.

— Est-ce que tu as remarqué si quelqu'un te suivait ?

Olivia a encore secoué la tête. Peut-être Mlle Simola souffrait-elle d'une forme de démence liée à la paranoïa. Comme si quelqu'un voulait perdre son temps en filant Olivia. Elle qui n'avait rien à voir avec tout ceci, elle qui ne savait rien.

— Non, a dit Olivia. Il n'y a pas de raison de me suivre.

Mlle Simola a semblé soupeser ce point dans sa tête, puis elle s'est clairement décontractée. La curiosité a animé son regard. Quelque part parmi toute cette verdure piaillait un oiseau. Vu son chant et son emplacement, Olivia en a déduit qu'il était petit et qu'il tiendrait facilement dans la paume de la main.

— Et l'amour ?

— Quel amour ?

— Celui qui est maladroit, poilu et qui empeste un peu, a souri Mlle Simola. Un homme, donc.

— Je suis séparée deux fois. Des types sympas avec tous leurs défauts. Il faut dire que j'y ai perdu mon argent. Les deux relations remontent à loin.

— Tu n'as retrouvé personne depuis ?

Olivia s'est revue spontanément en train de prendre le café avec l'homme qu'elle venait de rencontrer. Pour être sincère, elle appréciait sa compagnie et ressentait en tout cas une certaine attirance pour lui. *Pourquoi pas ?* s'est-elle dit. *Mais par ailleurs...*

— Un professeur de mathématiques, a-t-elle confié, surprise par l'assurance de sa voix. Sympathique. Physique agréable. On vient tout juste de faire connaissance. Je ne sais pas quoi penser, à vrai dire. Peut-être qu'il y a quelque chose.

— Ça m'a l'air prometteur. Il n'est jamais trop tard.

— Merci.

— Et je ne fais pas allusion à ton âge.

— Moi si, a reconnu Olivia, pensant qu'elle pouvait être aussi franche que Mlle Simola. J'ai trente-neuf ans. J'ai le sentiment que, si je lâche l'affaire concernant ma maison, je n'arriverai jamais à m'affirmer, dans aucune autre affaire. Et si je ne le fais pas, je ne ferai rien d'autre. Voilà tout. À prendre ou à laisser. Pour toujours. C'est l'impression que j'ai. Celle de la dernière chance. Celle de devoir faire mes preuves. Quelque chose comme ça.

Mlle Simola allait commenter lorsque la sonnette

a retenti d'un son cristallin à l'intérieur de la maison. La demoiselle a bondi de sa chaise et souri. Le rouge lui est monté aux joues, ce qui l'a rajeunie de façon remarquable. De même, son langage corporel a changé, elle s'est redressée, ses mains se sont animées. En un instant, elle a réarrangé sa coiffure, rajusté sa jupe et son chemisier, elle s'est réchauffé les doigts et a joint les mains au niveau de sa poitrine.

— Mon invitée, a-t-elle annoncé. Tu peux très bien sortir par la porte en bas du jardin, si tu ne veux pas croiser la veuve du maire.

Mlle Simola semblait déjà en train de se précipiter vers l'entrée, à l'autre bout de la maison.

— J'ai laissé mon vélo un peu plus bas. La porte du jardin, c'est parfait.

— Je te tiens au courant dès que j'ai du nouveau, maintenant que je sais que tu enquêtes sur l'affaire. Et tu seras toujours la bienvenue, a assuré Mlle Simola.

Elle a semblé sur le point d'ajouter quelque chose, mais la sonnette s'est de nouveau fait entendre.

— Allez, au revoir.

— Au revoir, ma petite Olivia, a conclu Mlle Simola avant de trottiner dans ses hautes bottines.

*

Derrière les sapins, Jan Nyman a observé Olivia quitter la demeure rouge par une autre porte qu'à son arrivée. Il dominait la propriété de biais et voyait donc aussi l'entrée principale, où une dame âgée en coquet tailleur de tweed gris clair et bottines noires et brillantes à hauts talons attendait que la porte s'ouvre. Nyman avait suivi Olivia après une petite diversion. Il avait pédalé un instant dans une direction puis s'était assuré que ni elle ni personne d'autre n'était à ses trousses avant de prendre le chemin de la maison.

Il avait bientôt rattrapé Olivia Koski. La suivre sur la côte avait été épineux à cause de l'étroitesse des rues, de leur sinuosité et de leurs différences de niveau, mais c'était devenu nettement plus facile lorsque Olivia était entrée dans la maison. Nyman l'avait dépassée et était monté plus haut, jusqu'à la forêt, à l'ombre des arbres. Ce répit n'était bien sûr que relatif. Les moustiques le harcelaient, un taon lui a mangé un morceau de la nuque, les branches et le sous-bois griffaient et chatouillaient ses chevilles nues. C'était très désagréable. Du reste, Nyman était persuadé d'entendre la maladie de Lyme lui murmurer son nom.

L'entrée principale s'est ouverte au moment où Olivia Koski a enfourché sa bicyclette avant de dévaler la côte. Nyman l'a regardée un certain temps, si bien qu'il a manqué ce qui se passait à la porte. Dans tous les cas, celle-ci s'est vite refermée. Il a réfléchi un instant. Olivia Koski avait eu une raison de venir ici. Il ignorait qui habitait cette maison, cette adresse n'était mentionnée dans aucun rapport ou constat. Ce qui la rendait intéressante. Il n'a pas tardé à prendre sa décision. Il retrouverait Olivia d'une manière ou d'une autre. Il lui fallait d'abord se renseigner sur cette demeure et ses habitants.

Nyman a quitté la forêt et s'est approché des haies, puis, sous leur protection, de la porte par laquelle Olivia s'en était allée. Elle n'était pas verrouillée. Il a réussi à soulever le crochet en silence et à l'ouvrir sans la faire grincer. Le parfum d'un million de fleurs a éveillé ses sens, lui donnant l'impression de s'être glissé dans un conte de fées. Le jardin était vert et dense, il respirait la vie sauvage. Nyman avançait avec précaution, craignant à tout moment de sortir des buissons et de se dévoiler. Puis il a aperçu un fragment de mur rouge, a pris une autre direction et l'a suivie le dos courbé, le plus bas possible. Il s'est arrêté derrière un grand buisson s'apparentant à des fougères, a écouté les oiseaux, leurs piaillements du soir, puis il s'est redressé avec prudence.

Il a alors vu deux élégantes femmes âgées aux cheveux gris. Elles se trouvaient dans le jardin, debout sur la terrasse, protégées du monde, et elles s'embrassaient. Avec ardeur. La femme qui venait d'arriver avait levé la jupe de l'autre afin d'avoir une prise plus ferme sur une fesse, qu'elle agrippait de sa main telle une matière indomptable. Elle l'a pressée, puis relâchée, si bien que, toute rouge, celle-ci a retrouvé sa liberté avant d'être de nouveau empoignée.

Encore et encore. Avec maîtrise et, à l'évidence, de manière rodée.

Puis, d'une main, la femme a aidé l'autre à poser sa jambe droite sur la chaise de jardin blanche en fer. Elle a soulevé sa jupe – pas jusqu'aux oreilles, mais jusqu'aux aisselles – et, de l'autre main, elle lui a doucement appuyé sur le haut du dos, au niveau des omoplates. Une femme de l'âge de la mère de Nyman s'est penchée en avant et a tendu son derrière vers lui. Il a baissé les yeux et a regardé les fougères, ou quelle que fût cette plante.

Lorsqu'il a relevé les yeux, l'autre femme était en train de s'agenouiller derrière celle qui était penchée et d'enfoncer son visage et, comme il s'en doutait, sa bouche dans une fente noire. Tout se déroulait avec une certaine lenteur, compte tenu de l'âge des protagonistes. Ou bien c'était l'impression de Nyman, qui n'a pas tardé à réaliser qu'il devait se tromper. Il devait s'agir davantage d'habileté, de gestes réfléchis et du fait que, à leur grand âge, elles savaient apprécier chaque instant. Les mains de la femme aux chaussures noires étaient douées pour écarter et malaxer. Elles ont fini par atteindre leur but : dans une position optimale pour les deux participantes. Le résultat a semblé des plus réussis, autant à la vue qu'à l'ouïe.

Ça, s'est dit Nyman au bout de quelques secondes, *ça ne fait peut-être pas partie de mon enquête*.

Il a rebroussé chemin. Les oiseaux et leurs chants l'accompagnaient, les fleurs embaumaient, et le soleil couchant déversait du cuivre sur la voûte céleste.

14

Ce n'était pas la première fois de sa vie que Kari « Chico » Korhonen n'avait nulle part où aller. Ce soir-là, il trouvait cela particulièrement injuste. En outre, ce sentiment s'était doublé ou teinté d'un autre aspect qui renvoyait au caractère définitif, irréparable de la situation. Comme si un liquide froid coulait dans ses membres de la nuque aux genoux et aux chevilles, en passant par la colonne vertébrale. Chico essayait de se défaire de ce sentiment, tentait de l'extirper de ses mains et de ses doigts, de l'éradiquer de ses pieds. Mais il ne semblait pas vouloir se détacher, ne tombait pas sur le sable.

Le ciel au-dessus de sa tête s'assombrissait, l'horizon prenait des tons roses, dorés, bleus et violets. La maudite réplique qui lui servait de guitare était dans son sac, à sa droite. Son sac Intersport rempli de vêtements reposait sur ses côtes, à sa gauche. Il avait envie de les abandonner sur place et de courir vers la mer pour crier toute sa rage. D'ordinaire, il ne se considérait pas comme autodestructeur. Il n'avait pas de tendances suicidaires, comme le disait l'expression. Il n'était pas de ceux qu'il fallait empêcher de se faire du mal. C'étaient la vie et le monde qui se chargeaient de nuire, il en savait quelque chose. Voilà pourquoi il était inutile d'en rajouter soi-même. Et dans le cas présent, il était sans domicile, sans argent, sans concert. Rien que cela. Qu'avait-il fait pour mériter ça ?

Il a balayé du regard la plage sur laquelle il avait plus ou moins passé toute sa vie. Elle s'appelait aujourd'hui Palm Beach Finland. Ce nom n'avait aucune importance, car il y avait toujours la même quantité de gens, c'est-à-dire trop peu, et ils réagissaient toujours de la même façon : ils grelottaient. Chico ne voulait pas penser au nombre d'étés passés sur la plage comme gardien, marchand de glaces, homme à tout faire lors des tournois de volley de plage alors qu'il ne savait pas jouer, Mister Beach (un été, il avait arpenté la plage huilé et en slip de bain, en répondant aux questions des rares touristes, sans obtenir de ce job la notoriété espérée) ou dans d'autres fonctions diverses et variées. Même s'il ne voulait pas le reconnaître, il a constaté qu'il y avait passé vingt-quatre étés. Cela signifiait par ailleurs que sa rencontre avec Dieu remontait à dix-neuf ans.

Dieu.

Les mots de Dieu.

Chico, le jeune Chico, s'était installé sur la plage au petit matin, il avait pincé les cordes de sa guitare acoustique sous les étoiles. La plage étant alors déserte, il avait osé faire un feu de camp qui crépitait et réchauffait la nuit froide. Il était aussi poète, à l'époque. Il écrivait des textes sur des carnets de notes et les lisait à voix haute à sa petite amie. C'était une époque bénie.

Assis près du feu, jambes croisées sous une couverture, il jouait et chantait tout bas. Il composait sa nouvelle chanson, qui n'avait pas encore de titre ni même de paroles, lorsqu'il a remarqué un homme à la limite de la lumière émanant du foyer. Chico s'est arrêté de jouer, il a d'abord pensé que c'était un des deux alcooliques du coin, Holopainen ou Tamminen, mais le visiteur n'était pas habillé comme eux. Et plus Chico l'observait, plus il se révélait différent. Ses chaussures robustes étaient à mi-chemin entre des boots et des chaussures de marche, son jean était bleu foncé et serré sur ses jambes musclées, son tee-shirt blanc lui allait comme un gant. Sur n'importe qui d'autre, ces vêtements auraient paru banals, mais Bruce Springsteen les avait associés avec brio. Ils formaient une tenue, un uniforme, quelque chose de si impeccable et attrayant que Chico en avait mal au ventre : les magasins étant fermés, il ne pouvait pas se procurer ces habits. Bruce ressemblait à un dieu, ce qu'il était, bien sûr. Chico a essayé de se souvenir s'il avait un concert en Finlande ce soir-là, mais si cela avait été le cas, il se serait trouvé dans le public. Par chance, il avait lu que Bruce était un type avec les pieds sur terre, qui aimait la compagnie des gens normaux et qui pouvait se retrouver avec n'importe qui. Voilà pourquoi il était fort possible que Bruce voyage et atterrisse tout simplement ici. Peut-être avait-il décidé de passer dans le coin pour une raison ou une autre.

— *Dancing in the Dark* ? a interrogé Bruce.

— Non, a objecté Chico avant d'ajouter aussitôt quelques mots une fois le choc initial passé. Je ne danse pas. Je joue juste de la guitare, j'écris une nouvelle chanson.

— *I'm on Fire*, a avancé Bruce.

— J'en ai bien l'impression. Vu que mon feu de camp chauffe bien.

— *I'm Goin' Down.*

Chico a alors compris que Bruce voulait s'asseoir. Il l'a reçu à bras ouverts. Bruce s'est assis. À la lumière des flammes, il était encore plus beau, plus mystérieux, plus dieu du rock. Ils se sont tus un instant. Le feu crépitait. Bruce a regardé en direction de la mer sombre.

— *The River* ?

— Non, c'est la Baltique.

Ils sont de nouveau restés silencieux. Chico a réalisé que lui aussi devait dire quelque chose, que le moins qu'il puisse faire, c'était de demander comment Bruce allait. Il l'a fait, et Bruce a réfléchi un instant.

— *Glory Days*, a-t-il répondu, avant de penser à autre chose et d'ajouter : *Better Days.*

Bruce a regardé Chico. Celui-ci ne comprenait pas pourquoi il n'était pas plus nerveux ou ne perdait pas la raison. La situation semblait si naturelle. Bruce a hoché la tête vers lui et sa guitare.

— *Born in the U.S.A.* ?

Chico a secoué la tête.

— Non, je suis d'ici, a-t-il précisé. Vraiment du coin.

Chico a saisi que Bruce fixait toujours sa guitare. Il a posé sa main gauche sur le manche. Au même instant, un titre parfait pour sa chanson lui est venu à l'esprit, clair et limpide comme le feu entre eux. Il a commencé *Princesse de la plage*, même si elle n'était pas prête. Il avait la certitude inexplicable que c'était ce morceau qu'il devait interpréter maintenant. Il était entièrement basé sur ses propres expériences.

C'était sa chanson à la Bruce Springsteen. Ni copie ni pastiche, mais largement influencée par lui. Chico lui a traduit le texte en direct :

« *I'm so lonely,*
I'm a working man
I work so hard every day and in the evening
[I have a beer
I come to the beach and I see you
Beach Princess, can I say something?
Beach Princess, let me touch you
Beach Princess, don't run away
Beach Princess, don't call your brother
He's too strong and his fists hurt my face
In the morning I go back to work
I work so hard all day and put ice on my wounds
And I dream of you
Beach Princess, can I say something?
Beach Princess, let me touch you
Beach Princess, don't run away
Beach Princess, I didn't steal your bikinis »

Chico s'est arrêté. La chanson était prête. Il ignorait comment elle lui était venue. Il a regardé sa guitare, puis Bruce.

— *She's the One*, a constaté Bruce tout bas.

Chico a hoché la tête. Bruce avait tout compris, il voyait ce qu'il voulait dire, à propos de quoi il chantait. Bruce a lissé les plis de son tee-shirt. Chico a réalisé qu'il s'apprêtait à partir et l'a suivi du regard.

— Quelle est la prochaine étape ? s'est-il enquis.

Bruce a observé le feu de camp, peut-être d'un air un peu triste.

— *Streets of Philadelphia*, a-t-il annoncé.

Puis il s'est contenté de disparaître du halo, quelque part sous les étoiles.

Le lendemain matin, Chico s'est réveillé près du feu éteint, les deux bras enlaçant fermement sa guitare. Il avait du sable dans la bouche, il gelait et avait mal à la tête, mais peu lui importait. Il avait reçu une mission, trouvé sa vocation. Outre Robin, il n'a relaté cette rencontre qu'à une seule personne, un collègue gardien de plage qui, à l'heure actuelle, nettoyait des légumes sur une île hippie au large de Turku. Il avait eu tort, bien sûr. Alors qu'il avait commencé son histoire sur le feu de camp et Bruce, et qu'il n'en était qu'à la moitié de *Princesse de la plage*, cet écologiste lui avait demandé s'il avait fait son feu avec les planches de l'ancien *poolhouse*, dont la peinture était toxique. Il était interdit de les brûler, car leur fumée provoquait des hallucinations, voire des lésions cérébrales si elle venait à être inhalée un certain temps. Chico s'était tu pour toujours. La nuit la plus significative de sa vie n'appartenait qu'à lui.

Maintenant que Chico voyait l'endroit où le feu rougeoyait et où Dieu s'était tenu, il a compris avec lucidité qu'il devait agir vite avant que le feu ne s'éteigne pour de bon. La braise scintillait encore, mais il était en proie au sentiment qu'il lui restait peu de temps.

*

Robin avait du mal à comprendre deux choses : la présence de Neea dans son appartement et ce dont elle parlait. Pour l'heure, ces deux points ne faisaient pour ainsi dire plus qu'un, car elle s'était mise à parler dès son arrivée.

Elle était donc là, la langue bien pendue, au milieu du séjour de Robin, moulée dans son pantalon stretch bleu foncé. Robin distinguait sa patte de chameau. C'était terrible. Il s'est concentré et a gardé les yeux sur son visage brun et brillant. Mais cela non plus n'était pas facile. Neea était belle, plus belle que jamais, au sommet de sa beauté dans le séjour de Robin, entre son vieux sofa en cuir noir et son nouvel écran plat, en train de tournicoter sur le tapis gris tufté offert par la tante Hilkka.

Un instant plus tôt, Robin était allongé sur le sofa à regarder son émission préférée, un programme comique à sketches – chaque nouveau personnage meilleur que le précédent, chaque nouvelle blague plus drôle que la précédente –, lorsque la sonnette avait retenti. Il était en sous-vêtements : en été, le soleil du soir changeait la pièce en fournaise, et il ne connaissait pas de moyen plus efficace pour se rafraîchir qu'un sofa en cuir froid contre son corps nu. Certes, le sofa ne tardait pas à se réchauffer sous sa peau, à devenir moite, puis poisseux et enfin glissant, mais cela en valait la peine, même pour n'être soulagé qu'un instant.

Robin s'était rendu à la porte en s'ébrouant pour se débarrasser des gouttes de transpiration, pensant que ce devait être Chico. Puis il avait jeté un coup d'œil par la fenêtre de la cuisine et avait eu l'impression que son cœur s'arrêtait de battre. Neea. Il avait attrapé son jogging et son blouson accrochés dans l'entrée. Et voilà qu'il était sur le sofa dans sa veste d'automne et son jogging tachés d'huile, de graisse et de peinture dues aux réparations de l'abri et à l'entretien de son scooter. En somme, il avait chaud et se sentait sale.

— Qu'est-ce que Chico a déjà fait pour ton bien ? a ensuite demandé Neea.

Robin a réfléchi.

— Il m'a toujours emmené avec lui quand il avait un plan.

— Mais est-ce que ça t'a servi ?

Robin a encore réfléchi.

— C'est mon ami. On ne se sert pas forcément de ses amis.

— Mais quel genre d'ami, s'il se contente de t'emmener avec lui ? a interrogé Neea en se tournant de nouveau. (Le regard de Robin est tombé nettement plus bas que son visage.) Alors que tu n'en tires rien ?

— Qu'est-ce que je devrais en tirer ? s'est enquis Robin, faisant tout son possible pour revenir vers les yeux brillants de Neea.

— Robin, on m'a promis 10 000 euros si je trouve qui a tué ce type chez Olivia.

Robin était toujours perdu dans ses pensées.

— 10 000 euros, s'est-il étonné. Ce matin, tu as dit 1 000. Partagés en deux. 1 000 divisé par deux, ça fait 500.

— Oui, c'est ce que j'ai dit, a confirmé Neea. Mais j'ai eu une autre idée. Je te réexplique. J'ai besoin d'une personne de confiance qui connaît tout. Donc toi. Réfléchis plutôt. Tu bosses au restaurant. Tu vois tout, tu sais tout. Chico, c'est un pique-assiette. Il se prend pour un guitariste, mais il ne l'est pas. Où est-ce qu'il joue ? Qu'est-ce qu'il joue ? Je n'ai jamais entendu parler de ses groupes. Un jour, il est passé à ma boutique accrocher une affiche. Endless Cowboys.

— Endless Cowboys, c'est un de ses groupes. C'est de la country-rock. Ensuite, il y a Endless Enemas, qui fait du heavy. Et puis il y a Endless Platons, plus méditatif. Je ne les ai jamais entendus, je ne sais pas où ils jouent, mais Chico m'en a parlé.

Neea a décrit une courbe de la main, comme si elle essuyait un tableau invisible.

— *Whatever*. On est différents, Robin. On est ambitieux. J'ai vu comment tu te concentrais sur ta cuisine. Quand tu dresses tes assiettes, tu fais dans la dentelle. Bien comme il faut. Et moi, je fais de l'exercice deux fois par jour. On peut y arriver, nous. Mais pas Chico. 10 000 euros, Robin.

— C'est beaucoup, a-t-il constaté, sincère.

Il a aussi pensé que sa tête allait exploser et que, depuis les cuisines du restaurant, tout ce qu'il voyait, c'était le dos des serveurs pressés emportant ses plats et celui du livreur de légumes, une connaissance. Il a essuyé la transpiration de son front et de son menton. La manche de sa veste d'automne était rêche. C'était un tissu épais, adapté à la bise d'octobre. Il a commencé à comprendre le sens du terme « conflit d'intérêts ». Il a regardé Neea, la désirant tant qu'il en ressentait une espèce de froid coupant dans le ventre. Il n'aurait pas dit non à 10 000 euros. Ou bien s'agissait-il de 5 000 ? Car ils étaient deux, et 10 000 divisés par 2 faisait 5 000, ce qui représentait presque 5 000 euros de plus que ce qu'il avait.

Mais ce qui l'angoissait et menaçait surtout de lui dévisser la tête des épaules (car c'était aussi la clé pour bénéficier des faveurs de Neea) venait bien sûr de ce qu'il connaissait parfaitement l'assassin : lui-même.

Un instant.

Lui-même et… Chico.

Chico.

Il a eu du mal à mener sa réflexion à son terme.

Robin a regardé Neea.

— C'est vraiment beaucoup, a-t-il admis tout haut, d'une voix nettement plus rauque que d'habitude.

— C'est assez pour qu'on parte d'ici, a fait remarquer Neea.

On.

Au plus profond de lui, Robin bouillonnait. Ce dont il avait toujours rêvé était à portée de main. Il s'est aussi souvenu d'une chose qui, pour l'heure, lui semblait dangereuse. Il avait dans son appartement une fourchette à pâtes en bois prise dans la cuisine d'Olivia. Elle était accrochée au mur, sa main l'avait saisie sans crier gare, d'instinct, automatiquement. Mais là, elle devait être au mauvais endroit, car… Robin ignorait quoi penser de tout ceci : la proposition de Neea, Chico, l'ustensile à long manche. De ce dernier, surtout. Mais peut-être avait-il une fonction. Laquelle, comment et dans quel ordre ? Rien n'était moins clair. L'image était imprécise et floue, perturbante.

— Je veux devenir coach personnel, a annoncé Neea. Et toi, qu'est-ce que tu veux, Robin ?

Il a ravalé sa salive. Il savait très bien ce qu'il voulait. Mais le chemin était semé d'embûches. Répondre à cette question n'était pas facile. Il a fait de son mieux pour donner l'impression de cogiter, ce qui lui a accordé un délai. Il s'est dit que la solution viendrait d'elle-même. Comme dans les cuisines du restaurant. Si un ingrédient venait à manquer, il en balançait un autre à la place et personne ne remarquait rien. Mais cette fois, la solution demeurait cachée, les étagères des cuisines étaient désespérément vides. Et cela ne faisait que continuer. Robin sur le sofa et, sous ses yeux, les cuisses de Neea.

Puis, ce qu'il craignait mais aussi espérait le plus a

semblé se réaliser. Neea s'est approchée et assise près de lui. Elle a posé la main sur sa cuisse. Il a observé ses longs ongles rouges et brillants sur son jogging taché. La chaleur de la pièce était insupportable. Des filets de transpiration lui chatouillaient le dos. Il a regardé les ongles d'un rouge incandescent et s'est imaginé à quel point il serait agréable que Neea lui gratte le dos avec.

*

Chico ne voulait pas entrer. Il s'est assis sur un banc du parc et s'est représenté la scène : Robin presque nu sur le sofa, bouche bée, les sketches de la télévision, les hommes déguisés en femmes, les cris, les applaudissements à tout rompre.

Il s'est penché en avant, a appuyé ses coudes sur ses genoux et a encore jeté un coup d'œil vers le lotissement visible au loin. Il le connaissait ; le logement de Robin se situait au bout. Les lumières étaient allumées, il était donc chez lui. Chico n'était pas pressé. Son vieil ami l'attendrait, tout fidèle qu'il était. Il avait peut-être une case en moins, mais il était fiable.

Il a mordu dans sa dernière knack. Elle était tiède. Il en avait acheté cinq dans une baraque à frites mais elles n'avaient pas le goût de knacks. Dans cette échoppe-là aussi, il avait le même accord qu'au bar : il achetait périmé à prix avantageux. Cinq longues knacks pour 1 euro. Leur date de péremption était largement dépassée, elles semblaient remonter à l'été dernier. Chico a mis l'équivalent d'une cuillère à soupe de moutarde sur le dernier morceau et l'a gobé. Malgré sa bouche pleine de moutarde, il avait toujours sur la langue un goût poisseux de champignon. Il a avalé.

Les knacks étaient en route vers son estomac. Un souci de moins. Ce qui ne signifiait pas qu'il n'en avait plus.

Il a soupiré et s'est levé. Le vent l'a recoiffé. Le soir était sombre. Il ne pourrait pas passer la nuit sur un banc. Il essayait de se convaincre que Robin était un ami d'enfance, que la nudité était une chose naturelle et qu'il s'agissait d'une solution provisoire pour une nuit. Une fois de plus. Ces pensées désagréables le retenaient au bord de ce chemin de gravier, à contempler le lotissement…

Où une porte s'est ouverte.

De la lumière s'est échappée de l'appartement de Robin et a vacillé dans la cour. Dans son faisceau est apparue Neea.

Chico l'aurait reconnue n'importe où, n'importe quand. Neea ? Il ne comprenait pas ce qu'elle pouvait bien faire chez Robin. Comme pour une pièce de théâtre, il l'a vue envoyer un baiser à quelqu'un – sans doute à Robin, car il habitait seul –, puis enfourcher sa bicyclette et partir dans la direction où Chico savait qu'elle vivait.

Il est resté un instant dans la pénombre, puis il a pris sa guitare et son sac de sport et s'est dirigé vers l'appartement de Robin. La porte s'était bien sûr déjà refermée. Chico se déplaçait lentement à cause de son lourd barda. Il a sonné et entendu des pas, plus prestes que d'ordinaire. Robin a ouvert. Torse nu. Et il a semblé… sans doute déçu. Surpris, en tout cas.

— Chico. Salut.

— Salut, a fait Chico.

Il a tout de suite su qu'il ne parlerait pas de Neea, sauf si Robin en prenait l'initiative. Il ignorait d'où lui venait cette assurance, mais elle était implacable.

— Tu m'as dit que je pouvais pioncer ici.

Robin n'a pas répondu aussitôt.

— Ah ouais, a-t-il fini par dire.

Tous deux demeuraient immobiles, sur le pas de la porte.

— Qu'est-ce que tu fais ? s'est renseigné Chico.

— Rien, rien. Je regarde la télé.

Robin avait les yeux posés par terre, entre eux deux.

— Ah d'accord, une soirée télé, a constaté Chico. Il y a quelque chose de bien ?

— Ouais.

Robin avait toujours le regard cloué au sol.

— Quoi ? s'est enquis Chico.

Robin le regardait, dorénavant, mais à l'évidence gêné.

— Quoi « quoi » ?

— Tu viens de dire qu'il y avait quelque chose de bien, je te demande quoi. Qu'est-ce qui passe en ce moment ? Qu'est-ce que tu étais en train de regarder quand j'ai sonné ?

Robin évitait son regard. À quoi Chico venait-il de penser un instant plus tôt ? Que, même si Robin avait quelques cases en moins, il était fiable et fidèle. Chico a resserré l'étui de sa guitare.

— Est-ce que je peux mettre mes affaires à l'intérieur ? a-t-il demandé.

Robin n'a pas répondu mais il a ouvert la porte en entier et fait un pas en arrière. Il s'est retourné. Chico s'est avancé dans la lumière vive de l'entrée et a failli laisser tomber sa guitare : le dos de Robin donnait l'impression qu'il venait de se battre avec des tigres.

15

Holma a compté l'argent. Encore une fois. 25 245 euros. Plus qu'il ne l'avait pensé. Il a empilé les billets, a poussé la pile au centre de la table et, à la lumière du petit matin, il a vu non seulement du liquide, mais aussi du potentiel. Il avait bien sûr eu le temps de se délecter de cette idée durant son voyage nocturne en voiture.

Une caisse de vacances. Des jetons de casino. Des semeurs de troubles. Du plaisir, à coup sûr.

L'argent rendait les gens fous, peu importait la somme. L'essentiel était de savoir à quelle vitesse, avec quelle facilité ils l'obtenaient. 10 centimes ou 1 million. Rien ne les excitait plus que la perspective de gains rapides. Holma en savait quelque chose. Pendant des années, il avait rendu visite à des gens qui avaient été aveuglés. Certains pour une courte durée, d'autres plus longtemps. Lorsqu'il les avait aidés à ouvrir les yeux, ils avaient fini par se réveiller vraiment.

Il a extrait 10 000 euros de la liasse. Ils seraient confiés à Olivia Koski. Pour un certain temps. Jusqu'à ce que Holma se soit occupé de l'assassin d'Antero. Il en rêvait déjà, ça durerait longtemps et il adorerait ça, à condition de trouver un endroit propice et de faire quelques préparatifs. Ce serait formidable.

Ce prélèvement a laissé sur la table un peu plus de 15 000 euros. Holma a songé aux fesses brunes, fermes et luisantes de transpiration qu'il avait envie d'avoir devant lui. S'il prêtait 10 000 euros à Olivia Koski, il pouvait très bien en faire autant avec Neea. La compétition serait intéressante à plusieurs titres. Surtout pour sa distraction personnelle, mais aussi par rapport aux résultats : laquelle se trouverait sur la bonne piste avant l'autre ?

Holma a ri.

Puis s'est interrompu aussitôt.

Il a repensé à l'homme qui lui avait loué ce chalet, qui possédait tout cela. Holma n'avait pas écouté tout ce qu'il lui avait raconté, mais il se souvenait de l'accent mis sur son désir de s'agrandir. Sur l'extension et la croissance. Holma connaissait, ou avait connu, beaucoup d'hommes de ce genre, dont le business était sur le point de décoller. Holma leur avait offert un parachute bien à lui quand l'ascension avait tourné court plus ou moins par surprise. Holma ne se souvenait plus du nom du propriétaire, même s'ils s'étaient serré la main. Puis il s'est dit que cela n'avait pas d'importance. Il se présenterait de nouveau. Après tout, il avait une affaire à lui proposer.

Après s'être rasé et habillé – jean moulant noir, polo jaune, baskets dorées Asics –, il a pris la liasse et l'a mise dans le four à micro-ondes. Pas vraiment un coffre-fort, mais il y avait sûrement peu de criminels dans un endroit pareil. Il a fait son lit, s'est brossé les dents, a ouvert la porte et est passé sous la véranda.

Malgré la fraîcheur matinale, quelqu'un était assis sous la véranda du chalet d'à côté. Holma et son voisin de villégiature s'étaient présentés, mais il ne se rappelait plus son nom. Il oubliait vite les gens insignifiants. S'il ne pouvait en tirer parti, pourquoi aurait-il dû les graver dans sa mémoire ? Cela requérait des capacités qu'il préférait utiliser à meilleur escient. L'aphorisme du matin : « Souviens-toi que le soleil se lève quand... le soleil... »

— Bonjour, a lancé l'homme du chalet voisin.

En le regardant bien, Holma a remarqué qu'il ressemblait à un clochard. Ses cheveux étaient longs et en désordre, son menton mal rasé était en passe de se couvrir d'une véritable barbe. Il portait un tee-shirt marron délavé sous une chemise en flanelle à carreaux rouge et blanc ouverte, qui pendouillait un peu de travers. Comment un tel individu pouvait-il être en congés ? D'où sortait-il ? Envoyait-on de nos jours des chômeurs en vacances à la mer ?

— Bonjour, a répondu Holma avec un vague sourire. Vous êtes bien matinal.

— Mon cours de planche à voile commence bientôt. J'apprends à surfer. C'est ma deuxième leçon, aujourd'hui.

Peut-être le mendiant était-il en rééducation. Mais qu'est-ce qui n'allait pas chez lui ? Le manque de propreté ?

— Ce ne sont pas deux choses différentes ? s'est enquis Holma. Le surf et la planche à voile ?

Le miséreux l'a regardé. Holma a pensé reconnaître quelque chose en lui. Mais quoi ?

— J'ai cru comprendre, a commencé le vagabond en prenant tout son temps, que ces deux sports renvoyaient à la même chose en Finlande, à savoir la planche à voile, peu importe le terme employé. Mais votre question est justifiée. À l'origine, « surfer » signifie faire de la planche dans les vagues, mais ça, on ne peut pas en Finlande. Enfin si, mais ça serait plutôt ennuyeux. Vu qu'il n'y a pas de vagues assez hautes.

Ce n'est pas vrai, a pensé Holma. *Ce type n'a pas inventé la poudre*. Il souriait toujours.

— Mais il y a du vent, en Finlande, a-t-il noté. Donc…

Le nécessiteux a hoché la tête :

— Pour faire de la planche à voile. Et vous, vous pratiquez lequel des deux, le surf ou la planche à voile ?

— Aucun.

— Le canoë ?

— Non.

— Le volley de plage ?

— Non.

— La natation ?

— Non.

— Vous avez bien raison, a babillé le miséreux. Hier, l'eau était si froide que…

— Je dois y aller, a coupé Holma, sans cesser de sourire, avant que son cerveau ne ramollisse. Bon vent pour la planche.

L'homme a souri et Holma a remarqué en lui la même chose qu'un instant plus tôt. Quelque chose dans son attitude, son regard, sa posture, qu'il n'est pas parvenu à cerner. Holma est passé de la véranda à la pinède, a senti la terre ferme sous ses pieds, s'est retourné et est parti.

*

Jan Nyman a observé son voisin s'en aller à pied, laissant sa voiture derrière son chalet, une BMW noire et brillante. L'homme a disparu. Nyman hésitait. Son cours commençait bientôt, c'était vrai. Il n'avait cependant pas hâte d'y aller, encore moins quand il repensait aux mains de son instructeur sur ses fesses, à ses doigts agiles cherchant sa raie. Cela ne pouvait être conforme à l'apprentissage officiel. Mais cela n'expliquait pas non plus toutes ses hésitations. Il se demandait s'il allait pénétrer par effraction dans le chalet de son voisin.

Nyman avait fait exprès de parler avec lenteur, de retenir l'homme avec ses questions afin de tester ses réactions. Et ce dernier avait réagi comme Nyman s'y était attendu : en perdant patience. Parfois, dans une telle situation, les gens dévoilaient beaucoup d'eux-mêmes. Cette fois, Nyman n'avait rien remarqué. Mais ses questions directes et les réponses de l'homme lui avaient révélé autre chose. Il était venu en vacances au Palm Beach Finland, mais il ne pratiquait rien de ce qui se faisait ici. Nyman s'est alors demandé : *Si tu possèdes une voiture à 70 000 euros et que tu n'es intéressé par aucune activité aquatique, est-ce que tu viens t'ennuyer à l'ancien Kähärä Villégiature dans un chalet bon marché ?*

La réponse était d'une telle évidence que Nyman a examiné son matériel puis a saisi son kit de crochetage et des gants en latex à usage unique.

Il a marché jusqu'à la route et regardé des deux côtés. Il n'y avait que de la lumière froide, du vent entre les branches et des échos de vie lointaine. Il est revenu au chalet. La serrure était une vieille Abloy qui s'est ouverte en trente secondes. Il est entré et a refermé la porte derrière lui. Castillo ressemblait à Tubbs, et *vice versa*. La décoration et l'équipement étaient identiques : lits superposés, kitchenette, table avec chaises, armoire et mini-salle de bains. L'homme était ordonné : lit au carré, chemises accrochées à des cintres, quelques affaires bien alignées sur la table. Nyman a enfilé ses gants et s'est mis au travail. Il a d'abord étudié les meubles, les a déplacés puis remis en place, a regardé en dessous. Il a tâté les lits, les matelas, les couvertures, les oreillers, a jeté un coup d'œil sous les matelas. Il a épluché l'armoire de l'extérieur, par-derrière et de l'intérieur. Il a palpé les habits, les a soulevés, a regardé derrière et dessous. Il a fait les poches de deux vestes et d'un pantalon. Il a ouvert le réfrigérateur et trouvé des aliments protéinés, du fromage blanc, surtout aux fruits des bois, des œufs, de la viande hachée à 7 % de matières grasses, du cottage maigre et, un peu étonnant par rapport au reste, un gros cervelas premier prix, marque du supermarché. Il a refermé l'appareil pour s'intéresser au buffet dont il a parcouru les tiroirs, vérifié la base et l'arrière. Il s'est baissé sous l'évier et a examiné la poubelle, dont le contenu n'indiquait pas d'autres habitudes alimentaires de l'homme. Il s'est relevé, est allé à la fenêtre et n'a vu personne. Il s'est mis à plat ventre par terre, a levé la tête et balayé du regard le sol, le dessous des meubles, les plinthes. Il s'est retourné sur le dos, a sondé du regard le plafond et tout ce qui était en hauteur. Il a observé la structure du lit, la kitchenette et les jonctions des placards au mur. Il est monté sur une chaise pour examiner le dessus des placards, puis il est passé dans la mini-salle de bains. Il a levé l'abattant des toilettes, l'a refermé, il a contrôlé du regard et de la main l'arrière du siège, a fouillé dans la trousse de toilette et trouvé un shampoing et un déodorant de marque, un gel de rasage milieu de gamme, un modèle de rasoir récent. Pas de médicaments ni aucun objet nominatif. Il a inspecté le pied du lavabo, le meuble microscopique cachant la tuyauterie, il a suivi du regard toutes les jonctions des murs et du sol : pas de jeu ou d'endroit offrant une cachette. Il est revenu dans la chambre et s'est posté précisément en son centre. *Règle empirique : est-ce que tu as ouvert tout ce qui s'ouvre et déplacé tout ce qui se déplace ?* Il a laissé son regard passer lentement d'un objet à l'autre afin de vérifier qu'il savait ce qu'il y avait à l'intérieur, en dessous et au-dessus. Il a effectué un tour lent et déterminé sur lui-même et a fixé la kitchenette. Avait-il saisi chaque poignée, ouvert tout ce qui pouvait l'être ? Affirm… Non. Il s'est approché du four à micro-ondes, il l'a ouvert et y a vu une liasse de billets. Il a sorti son portable de sa poche, l'a photographiée puis a rangé son téléphone avant d'examiner le micro-ondes avec attention. Tout le liquide était planqué là. Il s'est retourné et il est de nouveau allé à la fenêtre. Toujours calme et désert. Il est revenu vers le four à micro-ondes et a scruté des yeux la pile de billets. Dans un tiroir de la cuisine, il a pris une spatule en plastique estampillée IKEA, s'est mis de côté et a fait bouger la liasse avec prudence. Pas d'encre de sécurité, pas de protections ni aucune autre précaution. Juste une forte somme dans un micro-ondes. Nyman a pris l'argent en main pour le compter approximativement. Environ 25 000 euros. Il a remis les billets dans le four, a refermé la porte et a jeté un coup d'œil à la fenêtre avant de partir. Il a ouvert la porte, a ôté ses gants et les a glissés dans sa poche. Il est passé sous la véranda, a bondi par-dessus les marches et a inspiré le vent rafraîchissant du matin.

Le temps était frais et pur, donnant la sensation de reprendre son souffle après avoir fait de la plongée.

Nyman a mémorisé la plaque d'immatriculation de la BMW avant de regagner son chalet. Il s'est assis, a allumé son iPad et fait une recherche. La BMW était la propriété d'un holding au nom composé d'une ribambelle de lettres majuscules. Une autre recherche sur le nom de l'entreprise lui a appris que la firme n'avait que quelques mois d'existence et qu'elle n'avait pas encore communiqué d'informations sur ses activités. Son directeur général était Esa Koljonen, autrement dit son voisin. Nyman a poursuivi ses investigations avec le nom de Koljonen, dans la banque de données de la police aussi, sans rien trouver. La boucle était bouclée. Il s'est penché en arrière et a regardé par la fenêtre. Il voyait le coin du chalet voisin.

Il a pensé que Castillo aussi sentait le moisi.

*

L'administration du village-vacances était une construction bleu criard rappelant une boîte au toit surmonté d'une réplique réduite de l'enseigne de la plage. Des palmiers venaient d'être plantés des deux côtés de la porte. La terre à leurs pieds était retournée et encore sombre. Ces arbres avaient quelque chose d'étrange, mais Holma n'aurait su dire quoi.

Il est entré et a aussitôt localisé le directeur à sa voix. Celui-ci était au téléphone. Holma a regardé autour de lui. L'homme était seul. Holma est aussitôt passé dans son bureau, a refermé la porte et s'est assis dans le fauteuil en face de lui. L'homme le suivait du regard, l'air interrogateur. Ce qui était compréhensible. Holma lui a fait signe de poursuivre sa conversation. Il a donc continué à parler à l'instar de tant d'hommes d'affaires que Holma avait entendus.

— Ça a dû arriver dans les messages indésirables… En plus, notre comptable a été un peu malade, voilà pourquoi ces questions-là sont restées en suspens… Un cancer des reins. Mais en voie de rétablissement… L'argent n'est pas tout… Mais bien sûr, c'est… Au-dessus de la pile, je mets tout de suite une note.

Holma a surveillé l'homme qui n'a pas fait la moindre note, nulle part.

Derrière lui, un poster était encadré au mur : une femme en petit bikini, déhanchée sur une longue plage, souriant près d'une dédicace au marqueur. Holma ne l'a pas reconnue ; sa poitrine imposante semblait fermement récuser les fines bandelettes qui la bridaient. Il n'a pas non plus réussi à déchiffrer l'autographe mais a distingué le court texte en capitales noires dans le ciel bleu : « *TO JORMA WITH LOVE.* » *Bien sûr, cet homme s'appelle Jorma Leivo.*

Leivo a terminé son appel puis a pris sur son bureau un mouchoir en tissu pour essuyer son visage en sueur. Holma n'avait pas l'impression qu'il faisait si chaud dans la pièce. Leivo a levé les yeux et souri.

— Pardon de vous avoir fait attendre. Tous nos services clients doivent être occupés, là. Tout se passe bien dans votre chalet ?

— Oui, a affirmé Holma.

Leivo l'a regardé.

— Est-ce que vous êtes venu pour d'autres agréments du Palm Beach Finland ? Peut-être voulez-vous acheter des services supplémentaires ?

— Des services supplémentaires ?

— Un cours de tennis, par exemple ? C'est notre offre du jour. Avec pour professeur un gars qui a presque remporté Wimbledon. Je le connais personnellement, je peux donc discuter le prix. Avec prêt de raquette gratuit. Une Wilson authentique, pas une copie. Testée par ce professionnel, mais elle n'a jamais servi. Enfin si, une fois, pour une petite vieille. En une heure, elle a réussi à renvoyer la balle trois fois. Ou deux et demie, pour être précis. Infarctus. Une main délicate, mais une poigne de fer. Nous avons réussi à protéger la raquette tout en enlevant sa main. La bande de protection a été remplacée, il n'y a plus la moindre odeur de petite vieille. Le court est fait du meilleur revêtement, le même qu'à Roland-Garros. Confirmé par un type qui est allé en France. Un grand amateur de vin, il en produit même chez lui. Voilà, quoi. Je vous inscris ?

Holma avait observé Leivo durant son monologue. Chemise vert vif, mains gesticulant en rythme, visage rouge, cheveux blancs hirsutes sur les côtés, et ces yeux bleus, cernés de rouge. Il ressemblait à un chef d'orchestre en plein burn-out.

— Inscrivez-moi sur la même note que la facture en retard, a rétorqué Holma. Et mettez-moi en haut de la pile, comme pour celui qui vient d'appeler.

Holma a vu Leivo le dévisager.

— Je plaisante, a déclaré Holma. Je ne veux pas m'inscrire à ce cours ni acheter de services supplémentaires.

— Alors qu'est-ce qui vous amène ? s'est enquis Leivo.

Aux oreilles de Holma, sa voix était déjà celle d'un autre homme.

— Il n'y a pas de honte à avoir des problèmes d'argent, a-t-il affirmé en sortant de sa poche son étui à cartes de visite pour en tendre une à Leivo. Nous en avons tous un jour ou l'autre. Enfin, pas moi, mais je connais beaucoup de gens qui en ont. Je sais aussi qu'à tout problème d'argent, il y a une solution.

Il s'est abstenu d'ajouter que celle-ci était parfois définitive. Leivo n'a pas relevé ; il a lu la carte de visite et l'a tournée et retournée. Holma observait le sceau doré scintiller.

— J'apprécie beaucoup cet endroit, a-t-il déclaré en reportant son regard sur Leivo. Et l'organisme financier que je représente partage largement cet avis. Nous y voyons un investissement potentiel. Nous réfléchissons du reste au montant à placer. Par ailleurs, mon client investit toujours en liquide.

Là encore, Holma a préféré ne pas préciser que l'investisseur gisait à Hakaniemi près de sa pomme d'Adam.

— Une seule chose nous fait douter, a-t-il repris. Laquelle, je crois, peut être résolue et, comme on dit, maîtrisée. Il s'agit de la réputation du lieu.

Leivo l'a regardé d'un air interrogateur, mais plus ouvert qu'un instant plus tôt. C'était l'allusion à l'argent. Elle permettait de se faire des amis des gens. Enfin, pas vraiment des amis, mais mieux que cela : des alliés prêts à vendre leurs amis.

— Il y a quelque temps, un décès est survenu ici. Ce qui a jeté un triste voile sur toute la région, a expliqué Holma. À ma connaissance, le cas n'est toujours pas résolu. Nous considérons que, s'il venait à être élucidé et trouvait par conséquent son terme, cela ferait table rase de l'affaire, et nous pourrions partir sur des bases saines. Et qui sait ce que le Palm Beach Finland deviendrait alors ?

Leivo avait l'air intéressé. Il a encore tourné la carte de visite et l'a lue à voix haute :

— Vanamoinen & Siltakari, a-t-il lu. Société d'investissement à capital variable. Capital Ventures.

Leivo a prononcé ces deux derniers mots phonétiquement, ce qui a semblé bon signe à Holma.

— Affirmatif.

— Et vous êtes ?

— Leur représentant. Markus Komulainen.

— Bien, bien, a fait Leivo avec la même voix de nounours que pour son speech sur le tennis. Du potentiel. C'est ce qu'il y a ici. Et pour être franc, ce n'est pas un hasard si l'endroit est déjà comparé à Nice. Nous sommes d'ailleurs en train d'acheter du terrain. Nous construisons un espace de luxe pour clientèle très exigeante. Plus que quelques terrains à acquérir, à vrai dire un seul, et nous serons lancés. Nous disposerons d'un héliport juste à côté et d'un nouveau port de plaisance. Je peux vous montrer les images virtuelles, je les ai là…

Holma a levé la main afin de couper court.

— Chaque chose en son temps, a-t-il coupé. Cc décès.

Leivo l'a regardé. Holma n'aurait su dire avec quel œil.

— Je ne pense pas que ce soit un problème, a répliqué Leivo. Les gens décèdent bien dans des lieux de villégiature.

— Nous paierons 10 000 euros pour des informations qui nous aideront à trouver le coupable.

Leivo s'est tu. *Très compréhensible*, s'est dit Holma. Leivo a regardé son bureau et a semblé remarquer la quantité de papiers – très probablement des factures. Il réfléchissait. Puis il a posé ses deux mains sur le bord de la table et a de nouveau regardé Holma.

— 10 000 euros ?

— En liquide, a précisé Holma, avant de marquer une petite pause afin que Leivo prenne conscience de la somme. J'insiste sur le fait que ce n'est qu'un début, mais aussi un point crucial. Après quoi, tout sera possible. Les choses décolleront vraiment, je peux vous l'assurer. Mais avant, nous devons avoir la garantie que la réputation est rétablie et que les alentours sont assainis. Il y a une autre raison pour laquelle nous vous approchons à ce sujet.

Leivo l'a fixé, immobile.

— Elle réside dans vos fonctions, a commencé Holma. Vous connaissez beaucoup de gens, vous entendez toutes sortes de choses. Vous rencontrez en personne presque tous les touristes qui vont et viennent ici. Vous pouvez même les questionner.

Leivo n'a pas relevé. *Ce n'est pas grave*, a pensé Holma, *l'affaire est claire. Il n'y a personne chez qui 10 000 euros faciles n'engendrent pas le besoin impérieux d'agir, de faire quelque chose, n'importe quoi*. Holma s'est levé.

— Vous savez où me trouver, a-t-il conclu avant de se retirer.

16

En voilà une surprise, s'est dit Olivia Koski. Ce matin-là, son maillot de bain lui semblait convenable. Il n'avait toujours pas l'air beau, et l'inscription lui paraissait encore plus absurde, mais il était, dans un sens, devenu plus léger. *Peut-être*, a-t-elle pensé, *peut-être que ça vient du fait que je sais maintenant que c'est provisoire*. Mais qu'en savait-elle ? Elle… savait, voilà tout. Ou plutôt, elle savait qu'elle veillerait à ce que ce soit provisoire.

Elle s'est observée dans le miroir à la lumière du matin et s'est demandé tout ce qu'il fallait pour qu'un être apprenne enfin quelque chose. *Qu'est-ce qu'il faut pour que, à trente-neuf ans, tu te regardes dans le miroir et tu saches que désormais, tout sera différent ?* Il lui avait fallu deux relations désastreuses avec des hommes, la mort de sa mère et de son père, un meurtre, l'explosion de son annexe, l'incendie de son sauna, la privation d'eau courante – et un intéressant professeur de mathématiques. Elle avait compris une chose la veille, en la disant à voix haute : « Jan Kaunisto est sympathique et intéressant. » À vrai dire, quand avait-elle rencontré pour la dernière fois un homme sympathique et intéressant qui, au plus tard lors du deuxième rendez-vous, ne s'était pas mis purement et simplement à se plaindre de sa désastreuse situation financière, passagère et due au contexte ? Olivia a souri et s'est regardée sourire dans la glace. C'était bien. Aussi bien que ça en avait l'air.

Elle a enfilé son jogging et son sweat-shirt pardessus son maillot de bain puis a mis ses baskets. Elle a vérifié qu'elle avait mis ses habits de rechange dans son sac, a descendu l'escalier et rejoint sa bicyclette. Elle avait l'habitude de la laisser non cadenassée dans la cour, et elle s'y trouvait toujours. Derrière elle s'étalaient les ruines du sauna. Elle a songé à la promesse de l'avocat. Elle l'avait prévenu qu'elle serait à la maison jusqu'à 9 heures, puis au travail sur la plage, où elle serait facile à trouver. Elle serait alors dans la tour de garde, et il n'y en avait qu'une. Les 10 000 euros pouvaient être apportés à l'un des deux endroits, du moment qu'ils étaient bien emballés. L'avocat avait compris et ajouté qu'en la matière, il procédait toujours avec discrétion.

Olivia a déposé son sac dans le panier du porte-bagages, a passé un tendeur par-dessus et a enfourché son vélo. Un beau matin frais. Elle a inspiré l'air vif et s'est souvenue que le cours de planche à voile de Jan Kaunisto venait tout juste de commencer. Cela avait quelque chose de drôle. Non pas dans le sens de hilarant, mais plutôt une sorte de gaieté qu'elle ressentait dans sa poitrine.

Elle a aussi repensé aux propos de Mlle Simola. La raison pour laquelle Olivia avait éliminé d'entrée Leivo de ses considérations était que celui-ci était trop ouvertement suspect, ne serait-ce que par son attitude : il s'exprimait comme un commercial et, s'il ne mentait pas à chaque mot, il le faisait au plus tard en fin de phrase. Il lui avait aussi fait une offre ridicule, effrontément basse pour sa maison et son terrain, en se comportant de surcroît comme en terrain conquis. En outre, le soir du meurtre, il se trouvait dans son restaurant, où il avait mangé de la glace et taché sa chemise blanche, ainsi que les photos le montraient. Voilà pourquoi Olivia n'avait pas pu le soupçonner. Cela paraissait trop simple.

Mlle Simola n'était cependant pas du genre à parler pour ne rien dire. Olivia avait gardé le souvenir d'une femme qui suivait son propre chemin et ne mâchait pas ses mots. Et cela n'avait pas changé après toutes ces années.

Très bien, a pensé Olivia, *supposons que ce soit Leivo*. Il ne le fait pas lui-même, mais… Mais quoi ? Il envoie quelqu'un dans sa maison, puis une autre personne, qui tue la première… Non. Leivo engage deux hommes qui se disputent en… en faisant quoi ? Rien n'avait été volé, sauf le vieux grattoir en bois. Il ne pouvait donc s'agir d'un cambriolage. Ce qui aurait d'ailleurs été complètement vain. À part la villa, Olivia ne possédait rien de précieux, et il n'y avait pas d'objets de valeur à l'intérieur, si l'on omettait les quelques tableaux de sa mère. Qui n'en avaient pas vraiment, de valeur. C'était bien dommage. En d'autres termes, le scénario dans toute son improbabilité : Leivo paie une personne ou plusieurs pour aller se battre dans sa maison jusqu'à ce que l'une d'elles décède.

Cela ne paraissait pas vraiment plausible. Jorma Leivo n'allait certes pas détrôner Stephen Hawking, théoricien de l'origine de l'univers, mais un scénario aussi absurde était trop tiré par les cheveux, pour n'importe qui. Par ailleurs, il y avait le résultat : un homme mort et les craintes d'Olivia, que Jorma Leivo aimait attiser à tout bout de champ. Olivia a décidé de s'entretenir de nouveau avec Mlle Simola. Même si cette dernière n'avait pas de réponses à ses questions, Olivia trouvait en elle une forme de soutien et une guide à ses pensées. Elles ne s'étaient parlé que quelques minutes mais cela avait suffi à ouvrir une piste, et Olivia avait pu s'exprimer librement. À présent, elle y voyait un peu plus clair.

La bicyclette brinquebalait sur le chemin de gravier cahoteux. Olivia a vu la mer, la surface bleue et scintillante à l'apparence infinie, et qui pourtant, de l'autre côté, s'interrompait et disparaissait. Comme tout le reste, cette immensité-là aussi avait ses limites et ne pouvait être franchie.

Olivia a laissé l'enseigne derrière elle. Ses couleurs vives semblaient s'accrocher à ses vêtements même si elle l'a dépassée à la hâte, avec l'impression de fuir ces tons criards, ce fuchsia et ce vert fluorescent. Elle a de nouveau réfléchi à l'hypothèse Jorma Leivo.

D'abord une mort étrange, puis le feu au sauna. L'incendie d'un sauna est toujours facile à comprendre. Si on veut avertir un Finlandais, si on veut lui faire passer un message significatif, on brûle son sauna. Cela parle de soi-même. Cela explique, sans doute avec plus d'efficacité que n'importe quoi, que quelqu'un empiète sur son terrain, ne respecte pas son domaine, qu'il n'y a plus rien de sacré entre les deux parties. C'est une déclaration de guerre. Mais dans le cas présent, un problème subsistait. De quelle guerre s'agissait-il ? Contre qui Olivia devait-elle s'élever ? Qui s'affrontait ? En supposant que Jorma Leivo veuille toujours son terrain, avait-il besoin de déclarer la guerre et d'attirer l'attention de tout le monde, y compris de la police et des pompiers, compliquant ainsi les choses ? Ce n'était pas une façon raisonnable d'étendre les activités du Palm Beach Finland.

Olivia a laissé son vélo contre un arbre et l'a cadenassé. Jadis, la plage était sûre, mais cet été-là, de nombreux vols avaient été rapportés. Des chèques-restaurant et de petites affaires avaient été subtilisés dans des sacs à main, un pique-nique avait été dérobé dans un panier, une cliente soutenait mordicus que quelqu'un avait pris le collier de son caniche pendant qu'elle nageait. Elle s'était procuré l'accessoire en cuir noir clouté à l'étranger et le chien aussi y tenait vraiment. L'animal avait d'ailleurs beaucoup pleuré après le vol, tant il était choqué. Olivia était désolée que le chien soit bouleversé. Elle se demandait qui avait bien pu lui prendre son collier, à l'apparence et à la taille d'un bracelet à clous, et pourquoi.

Elle est arrivée à la tour jaune vif et a grimpé quelques échelons afin de pouvoir jeter son sac sur le siège. La plage était déserte, mais des activités étaient en cours des deux côtés. À gauche, quatre personnes jouaient au volley. À droite – pour être précis, dans l'eau, un peu à l'écart de la plage, à un endroit encore assez plat mais où la mer devenait vite profonde –, un instructeur enseignait la planche à voile à trois élèves. L'un d'eux s'appelait Jan Kaunisto.

Olivia l'a aussitôt reconnu. Il portait sa combinaison de location, au dos de laquelle étaient imprimés les contours d'un palmier blanc. Il est tombé de sa planche, est remonté dessus et a relevé sa voile. Puis il est retombé, remonté et a relevé… Jan Kaunisto semblait être un homme persévérant.

Olivia a ôté son sweat-shirt et l'a accroché à une vis dépassant de la structure intérieure de la tour. Elle s'est penchée pour enlever son jogging lorsqu'elle a entendu une voix derrière elle.

— Quelle vue magnifique.

Elle a fait demi-tour, son jogging sur les chevilles. L'avocat. Il était venu.

Son regard est passé lentement de l'entrejambe d'Olivia à ses yeux. Là encore, de quoi était-il question ? De l'évolution ? Un homme des cavernes lançait-il à un autre : « Hé ! c'est bien une chatte. Je pense qu'on va pouvoir trouver le restant de la femme ici » ? Olivia l'a regardé dans les yeux, il souriait. Son sourire a vite empli son visage pour y rester, comme fixé. Olivia a continué à se déshabiller, a retiré son jogging et l'a suspendu à la vis. Puis elle s'est retournée pour encore regarder l'homme droit dans les yeux.

— Comme convenu, a-t-il annoncé en lui tendant un petit sachet en papier.

Olivia l'a pris. Y figurait le nom d'une célèbre marque de mode qui vendait sacs à main et foulards. Olivia a guigné à l'intérieur. Pour l'heure, il contenait de l'argent liquide. Peut-être pile 10 000 euros. Il y en avait beaucoup, en tout cas. Elle n'avait pas l'intention de compter sur-le-champ.

— 10 000 euros, a déclaré l'avocat. Et il y en a davantage à la source.

— J'essaierai de m'en souvenir.

— Si nous obtenons des résultats, a précisé l'homme. Et nous en attendons de rapides. À défaut, nous reprendrons l'argent. Avec les intérêts, je précise. C'est un point sur lequel nous tenons à être très clairs. Les intérêts sont une chose que les gens oublient. Comme si l'argent ne coûtait rien. Comme s'il y avait… de l'argent gratuit. Cela n'existe pas.

Chaque fois qu'il arrêtait de parler, il souriait. Mais pourquoi ? Olivia l'ignorait : il ne disait jamais rien d'amusant. Au contraire, sa voix était doucement neutre, si monocorde qu'il n'aurait pas pu raconter une histoire se terminant par une chute. Il mettait d'ailleurs l'accent aux mauvais endroits.

— Je vous contacterai, a prévenu Olivia.

— Quand ? a-t-il aussitôt demandé.

À cela, il n'y avait bien sûr qu'une seule réponse possible.

— Bientôt.

Elle pensait que l'avocat se retirerait après avoir obtenu sa réponse. Mais il a mis les mains dans ses poches, a fait deux pas en avant et s'est posté à côté d'elle pour scruter la mer. Olivia a dû se retourner. Ils se trouvaient l'un à côté de l'autre. Elle a senti l'homme près d'elle. Elle a vu Jan Kaunisto grimper sur sa planche, remonter encore sa voile, peut-être en jetant un coup d'œil vers la plage. Il est parvenu à la redresser et il est parti en biais vers le large.

— Le clochard fait donc du surf, a asséné l'homme.

Olivia ne voyait pas de quoi il parlait.

— Ça me met en colère, a-t-il poursuivi. On paie des impôts, et voilà ce qu'on récolte. Un hippie prend des vacances, il fait du surf et se laisse pousser la barbe. Mais pourquoi donc ? Ça y est, il sait surfer. Youpi ! Ho, le hippie, voilà le bronzage offert par la maison ! Là, il surfe et il apprend des mouvements maladroits pendant quelques jours. Puis il rentrera chez lui et il s'installera en grande forme sur son sofa d'où il ne décollera que l'été prochain. S'il en décolle. Vu qu'il fait trop froid ici et que la voile qui n'arrête pas de tomber lui cause des traumatismes. Un pédopsychiatre débarquera pour expliquer qu'il ne faut pas reparler de la voile qui tombe au surfeur qui a pris froid, mais qu'il faut le prendre dans ses bras et lui expliquer qu'il est bien tel quel et qu'il doit se remettre avant de repartir à l'eau. Les adultes sont de vrais nourrissons. Ils tendent leurs petites mains potelées et gâtées quand ils veulent quelque chose… mais elles ne sont pas assez longues. Alors ils pleurnichent.

Olivia n'a pas relevé.

— Savez-vous ce que je ferais ? a-t-il interrogé.

Elle a secoué la tête.

— Je mettrais les gens vraiment en compétition.

L'homme a tourné les talons sur le sable. En partant, il a lancé une remarque du style « On se reverra », puis il s'est éloigné à grands pas.

Olivia a vérifié la somme. Assise dans la tour, elle a compté jusqu'à 10 000. Ou plutôt, jusqu'à 200, car c'étaient des billets de 50 euros. Elle a effectué l'opération à l'intérieur du sachet puis elle a remis les billets en place et a plié le sac brun et brillant au maximum afin de le réduire à un petit paquet qu'elle a fourré au fond de son sac, sous les autres affaires. Elle avait l'argent. L'homme qui le lui avait procuré n'était pas le plus commode qu'elle ait rencontré. Mais depuis quand les hommes nantis étaient-ils commodes ? Ils étaient épris d'eux-mêmes, amoureux de leur propre voix et ennuyeux à mourir. À l'instar de celui-ci, qui connaissait tout, de la planche à voile à la politique sociale. Plus ils en avaient, plus ils se figuraient avoir des idées. Des idées à partager. Sur tous les domaines de la vie. Mais… ils avaient de l'argent. *Donc*, a pensé Olivia, *tais-toi, tiens ta promesse et ne te conduis plus jamais comme un nourrisson – pour ça, il voit juste.*

Prochaine étape : Jorma Leivo. C'était le plus logique, au bout du compte. Mlle Simola avait raison, et elle savait toujours ce qu'elle faisait. Olivia a réfléchi un instant. Elle a observé la mer, les véliplanchistes. Le professeur de mathématiques. Le charmant Jan Kaunisto arrivé en ville juste avant que son sauna ne brûle. Qu'est-ce que Mlle Simola en aurait pensé ? Olivia s'en doutait bien.

Mais avant toute chose, elle devait appeler son plombier.

17

Des grands-mères avaient des rapports sexuels, 25 000 euros dormaient dans un four à micro-ondes, un sauna avait brûlé – sans parler de l'homme au préalable retrouvé mort dans une cuisine. Et tout, vraiment tout, se rattachait d'une manière ou d'une autre à cette femme.

Les cuisses de Jan Nyman tremblaient sous l'acide lactique lorsqu'il est sorti de l'eau et a rejoint la terre ferme. Oui, il avait encore froid, il grelottait, mais il ressentait aussi une étrange satisfaction concernant la planche à voile. Et rien d'autre.

En remontant sur sa planche, il avait jeté un coup d'œil vers la plage et avait vu son voisin de chalet et Olivia côte à côte, presque collés l'un à l'autre. Pourquoi cet homme était-il venu la voir ? Lui qui avait un micro-ondes bien garni.

Olivia Koski s'est retrouvée dans le champ de vision de Nyman. Il l'a vue sourire, a aperçu ses bras bronzés, tout son être. Il ressentait des picotements familiers dans le ventre, un accès de joie instinctif dès que cette femme se montrait. Aussitôt après, il a eu l'impression de prendre un coup de couteau dans le diaphragme, de se retrouver l'esprit envahi par une chose qui anéantissait chacune de ses pensées. Et il a saisi cette sensation. La fois précédente remontait à loin.

De la jalousie. Voilà ce que c'était. Et elle n'avait pas lieu d'être.

Ne sois pas ridicule, s'est dit Nyman en se concentrant afin de marcher droit.

Qui aurait pu croire que la planche à voile était si harassante ? Ses jambes flageolaient, ses bras pendaient, engourdis, telles des poutres le long de son corps. Il a compris qu'il essayait de donner une bonne image de lui en marchant sur le sable vers Olivia Koski, mais c'était difficile à cause de la raideur de ses cuisses et du sable où il s'enfonçait. Il savait qu'il titubait.

Il s'est rappelé qu'il était policier. Et cette femme était aussi suspecte qu'on pouvait l'être sans preuve. S'éprendre était une façon de l'approcher, un moyen naturel de créer entre eux une tension qui engendrerait de la proximité, dc la confiance et des confidences. Et c'était tout. Rien de plus. Il n'irait pas plus loin et ne…

— Je me demandais si vous viendriez dîner avec moi ce soir, a avancé Nyman aussitôt après qu'ils s'étaient salués.

Olivia Koski était plantée là comme un piquet, la tête un peu penchée, comme si elle était prête à dire quelque chose de sarcastique – non, de surprenant. Et de fait, elle l'a surpris par le naturel et la vitesse de sa réponse.

— À vrai dire, je pensais justement la même chose. Ce serait sympa de discuter.

Nyman n'est resté pantois qu'une seconde, ou une et demie, mais bien sûr, Olivia l'a remarqué. Il l'a vu à ses yeux marron, toujours traversés par sa perspicacité, sa présence d'esprit.

— On dit 8 heures ? a-t-il interrogé.

— Entendu.

Olivia souriait-elle ou bien cet air lui venait-il seulement de la lumière ?

— Concernant le lieu, je suis un peu...

— Tout dépend de ce qu'on veut manger, a repris Olivia. Et si on veut bien manger. Je veux dire que, si on veut bien manger, il faudra aller un peu plus loin. Je sais, je ne suis pas douée pour soutenir le Palm Beach Finland, mais dans un sens, j'ai l'impression que... Si on s'éloigne un peu, on pourra aller dans un endroit avec du poisson. Ce n'est pas vraiment un restaurant, mais plutôt un grill, juste quelques tables et le paysage. Ils servent du poisson tous les jours, et le menu change en fonction de la pêche. Je ne peux donc pas dire ce qu'il y aura aujourd'hui, mais les plats ont toujours été excellents.

— Ça a l'air bien. Mais vous venez de dire qu'il faudra s'éloigner un peu. Je n'ai pas de voiture, et...

— À vélo, a interrompu Olivia. Vous aimez en faire, non ?

Toujours ce regard.

— Je vais le louer, a annoncé Nyman. Le même vélo. De nouveau. J'aime les vélos trop petits.

— Retrouvons-nous sur Rantakatu, sur l'aire de rebroussement. Et habillez-vous chaudement, on sera en bord de mer, comme ici, et vous savez déjà que...

— *It's the hottest beach in Finland*, a déclaré Nyman à la manière d'un slogan concluant une publicité à la télévision.

— Vous apprenez vite, a noté Olivia Koski.

Mais, contrairement à ce que Nyman espérait, elle ne souriait pas.

Nyman s'est changé dans son chalet. Sa chemise en flanelle à manches longues lui a semblé douce et chaude. Il a pris son petit déjeuner au restaurant de la plage, a commandé six œufs au plat en plus, les a déposés sur une longue tartine au fromage en demi-lune et a dévoré le tout. Il n'avait pas eu l'intention de s'empiffrer, mais doux Jésus, il était entré par effraction dans un chalet, avait fait de la planche à voile, avait proposé un rendez-vous à une suspecte, le tout à la seule force d'un verre de jus de pomme. Ses mains tremblaient sous le manque d'énergie. Il a essuyé le jaune d'œuf des commissures de ses lèvres et de ses doigts, a étalé une couche d'un demi-centimètre de marmelade d'oranges sur une tranche de pain de mie dorée et croustillante, et il l'a mangée en buvant une autre tasse de café noir. Puis il est allé louer une bicyclette.

Devant la boutique de location, il a consulté son portable. Pas pour téléphoner – il n'avait personne à appeler – mais pour regarder l'heure. Olivia Koski passerait encore plusieurs heures dans sa tour.

Il a enfourché le vélo et traversé la ville paisible en quelques minutes. En montant au sommet de la colline, il a senti ses cuisses se remplir d'acide lactique pour la seconde fois de la matinée. Il n'a pas tardé à dévaler une côte. Les arbres et la végétation ont évolué. Des pins, un sol sablonneux. Il a tourné sur un chemin de gravier, a encore pédalé quelques minutes puis est arrivé à un croisement. Il a choisi la voie la plus étroite, celle qui semblait le moins praticable.

Un instant plus tard, la villa d'Olivia Koski est

apparue derrière les arbres. Nyman s'est arrêté, a poussé son vélo jusqu'à la pinède et l'a laissé derrière un rocher. Il a traversé la forêt à pied jusqu'à l'endroit où débutait la propriété, puis il a marqué un arrêt. L'arrière-cour était déserte, la maison calme. Il a attendu un peu puis s'est dirigé vers la demeure. Il l'a contournée côté forêt, jusqu'au coin avant. Devant lui se trouvaient les décombres noirs du sauna, derrière lui, plus loin, la mer bleue. Qui, pour l'heure, était grise. Des nuages cachaient en effet le soleil et les arbres du rivage ployaient sous le vent.

Nyman s'est avancé vers la villa. Il a monté les marches menant à la véranda, a sorti son kit de crochetage de sa poche et a ouvert la porte. Il l'a refermée derrière lui et a tendu l'oreille. Il a regardé autour de lui, un peu honteux de ce qu'il était en train de faire, pris d'un accès de dégoût envers lui-même. Mais c'était son travail. Il a ouvert la porte intérieure vitrée de la véranda. Elle a grincé. Nyman a tressailli. Le bruit était audible de loin. Quiconque fermait cette porte se faisait aussitôt connaître. Il a gardé la main sur la poignée sans vraiment saisir pourquoi. Ce grincement avait peut-être une signification. Ou pas.

Il a fait quelques pas prudents sur le parquet. Leurs grincements sourds n'étaient rien comparés à celui de tout à l'heure. Au milieu du hall se trouvait l'entrée de la cuisine. Nyman l'a franchie et s'est posté en son centre. Il s'est souvenu des photos de l'homme mort sur le sol, mais il n'était pas venu reconstituer la scène de crime. Il s'est retourné et a regardé dehors.

Les fenêtres étaient toutes neuves. Les nuages ont laissé la voie libre au soleil et la cuisine s'est emplie d'une lumière nouvelle. La cour était nettement plus bas, seules les têtes des gens qui se trouvaient à l'intérieur pouvaient être vues depuis l'extérieur, et encore. Nyman s'est retourné et a vu son ombre vaciller sur le mur. Il l'a observée un moment. Puis il a fait demi-tour, a choisi le centre de la cour comme point de repère, s'est retourné et a de nouveau regardé son ombre sur le mur. Elle dessinait une espèce d'arc interrompu. Quoi que ça puisse signifier.

Il était temps de poursuivre.

Nyman a rejoint le séjour par l'ouverture située à l'autre bout de la cuisine. Celui-ci était plus grand que son studio. Le mur du fond, dépourvu de fenêtre, affichait un tableau qui devait mesurer environ trois mètres de haut par un mètre cinquante de large. C'était un spectacle puissant, du rouge et du noir avec, au milieu, un motif rouge sur fond noir que Nyman n'a pas vraiment saisi. Mais il ressemblait à quelque chose. Il a quitté le séjour pour une pièce plus petite avec une longue table et des buffets vitrés. L'escalier menant à l'étage se trouvait entre cette pièce et l'entrée.

Nyman est monté jusqu'à un petit palier qui desservait les autres pièces et le balcon. Il y avait trois chambres à coucher. Nyman a tout de suite repéré celle d'Olivia. Il y est entré et a aussitôt senti qu'il n'avait rien à faire là. C'était une forte impression qui se manifestait dans son corps et se répandait dans son esprit à la manière d'un électrochoc léger. Cela ne s'était pas produit auparavant. Jamais à propos d'une personne suspecte. Nyman a cependant essayé de mémoriser ce que la chambre contenait, ou plutôt, si elle contenait quelque chose qu'elle n'aurait pas dû contenir. L'ennui avec une si grande maison – une villa – était qu'il ne pouvait pas explorer tous les placards, tous les tiroirs et tous les recoins. Il s'agissait ici davantage de ce qu'il voyait ou non, et de l'équilibre ou du déséquilibre entre ces deux choses. De ce point de vue, la chambre était neutre. Mais d'un autre côté, elle ne l'était pas. En revenant à la porte, Nyman a réalisé ce qui l'avait déconcerté le plus. Le parfum d'Olivia. Et pourtant, cela ne l'avait pas dérangé. Au contraire. Nyman s'est senti comme un pitoyable voleur de petites culottes qui osait pénétrer dans la chambre d'une femme en son absence, laissait ses traces dans des lits féminins avant de disparaître dans la nuit, les mains poisseuses. Ce sentiment n'était pas des plus nobles.

Les deux autres pièces étaient des cas plus faciles. L'une était à l'évidence une chambre d'amis, avec un lit pas fait et une table de nuit vide. L'autre était une espèce de bibliothèque, avec étagères, bureau et ordinateur portable. Nyman ne l'a pas allumé. Il aurait été trop simple de remarquer qu'il avait été utilisé, et la plupart des gens accédaient à leur ordinateur avec un mot de passe. Il s'est demandé si Olivia était sur Facebook. Bien sûr. Certainement. Mais lui n'y était pas. Sous quelle identité se serait-il inscrit ? Quels amis l'auraient rejoint ? Et pourquoi ces pensées l'assaillaient-elles maintenant ?

En redescendant les marches, il a récapitulé ses déductions. Rien n'avait éveillé ses doutes, rien ne prouvait plus l'innocence que la culpabilité d'Olivia Koski. Nyman n'avait rien appris de nouveau. Sauf bien sûr que les choses devaient vraiment être ce qu'elles semblaient être : Nyman était un branleur solitaire.

Il a encore parcouru le rez-de-chaussée, cette fois en sens inverse – la salle à manger, le séjour, la salle de bains privée d'eau, la cuisine, l'entrée, la véranda –, et a constaté la même chose qu'à l'étage. Il a ouvert la porte principale et il est sorti sur le perron. Il a refermé avec soin et a descendu les marches jusqu'à la cour. Dieu merci, il a eu le temps de faire deux pas dehors avant d'entendre sur le chemin de gravier un bruit de moteur et de pneus. Une voiture est apparue quelques secondes plus tard.

Un véhicule de police.

18

Le téléphone a sonné et Chico s'est réveillé. Il avait dormi dans le lit de Robin. Selon toute apparence, à côté de lui. Toutefois, quand il était passé du côté de la chambre au petit matin, Robin n'y était pas encore : il ronflait sur le sofa en émettant divers bruits corporels étranges, et Chico s'était dit qu'il ne restait plus qu'un endroit pour coucher dans l'appartement sans se sentir mal. La chambre de Robin.

Mais avant cela :

Chico avait suivi Robin à l'intérieur. Robin s'était rapidement retourné et avait bifurqué vers le sofa au bout duquel il s'était assis, le dos vers le mur. Chico l'avait déjà remarqué : son dos griffé ressemblait à un arbre à chats. Chico s'était installé dans un fauteuil à 20 euros à la structure si légère qu'il manquait toujours de glisser dessous en s'y asseyant.

— Tu regardais donc la télé, avait-il constaté en s'en tenant à sa décision de ne pas parler de Neea. Qu'est-ce qui t'est arrivé au dos ?

Robin l'avait regardé comme s'il ne voyait pas de quoi il était question.

— Tu t'es flagellé avec des branches de bouleau

au sauna ? avait demandé Chico. Où est-ce que tu as pris un sauna ?

— Là-bas. Oui. Dans un sauna.

Son meilleur ami lui mentait. Pourquoi ?

— Il était bien chaud ?

Quelque chose s'était produit dans les yeux de Robin.

— Oui.

— Tu n'as rien appris de nouveau ? s'était enquis Chico.

Robin avait secoué la tête. Puis il avait semblé trouver quelque chose et avait indiqué la télévision du doigt :

— C'est la soirée des nouveaux personnages.

Pour l'heure, le dos strié de Robin était à gauche de Chico. À sa droite se trouvait une fenêtre, la lumière filtrait sur le lit à travers le store. Cet éclairage, alternant ombre et lumière avec sensualité, recelait quelque chose de désagréable, d'incongru dans ce contexte. Chico s'est levé, a pris son jean sur la chaise et trouvé son téléphone. Il n'avait aucune envie de répondre mais l'engin continuait à sonner. Chico a observé Robin qui dormait à poings fermés. Il a décroché. Jorma Leivo lui a demandé où il était. Chico le lui a dit. Leivo a affirmé que soit il le retrouvait dans une demi-heure au même endroit que la fois précédente, soit il retrouvait la police nettement plus vite. Chico a opté pour le rendez-vous dans la demi-heure.

Jorma Leivo attendait à la sablière lorsque Chico est arrivé. Le ciel était nuageux, Chico portait les mêmes vêtements que la veille, y compris son tee-shirt gris Led Zeppelin. Il s'est d'ailleurs senti gris de partout. Même la surface du petit étang était grise. En revanche, Jorma Leivo débordait d'énergie sous ses couleurs vives.

— On passe à l'offensive, a-t-il déclaré. On accélère le rythme. Enfin, c'est toi qui l'accélères. Avec ton petit ami.

— Robin n'est pas mon petit ami.

— Vous dormez ensemble. Tu me l'as dit tout à l'heure.

— On n'a rien fait d'autre que dormir. Ce n'est pas ce que vous croyez. Rien ne l'est.

Leivo a semblé méditer cette dernière phrase. Chico n'aurait su dire d'où elle sortait.

— Pour ton information, a repris Leivo, on m'a promis 10 000 euros pour ta tête.

Chico essayait de faire des liens dans son esprit. Pour une raison qu'il ignorait, tous les autres semblaient en savoir plus que lui. Jorma Leivo n'attendait pas de réponse de sa part.

— Ce qui veut dire que j'attends de toi des aboutissements à hauteur de 10 000 euros, voire davantage. C'est le prix de mon silence, et je ne révélerai pas que c'est toi qui as tué le type dans la villa.

Chico a réfléchi.

— On ne l'a pas tué. C'est bien sûr l'impression que ça donne, mais en réalité, on a essayé de l'aider. C'est la vérité. Le but était de le sauver. Mais il était vachement en colère. Sans doute parce qu'il s'était pris par accident une pierre sur la tête. Et puis vous êtes tout aussi coupable, dites donc. On ne serait pas allés là-bas si vous ne nous aviez pas payés.

— Il n'y a aucune preuve de ça. Pas la moindre.

Chico a regardé Leivo d'un air pensif. Il avait sûrement raison.

— Et où est ton acolyte ?

— Au lit. En train de dormir.

Leivo l'a fixé un instant, puis il a haussé les épaules.

— Toi, tu es réveillé. C'est bien. On va aboutir à quelque chose. Avec ce que vous allez faire. Du moment que vous vous y attelez vraiment et que vous vous souvenez de ce qui vous attend à défaut de résultats.

— On a même brûlé l'annexe, a rappelé Chico. Personne ne peut soutenir qu'on n'a pas essayé.

— Mais c'était trop, a soupiré Leivo. Excessif. Vous avez déjà fait déplacer la police et les pompiers deux fois. Vous étiez censés lui rendre la vie impossible, pénible. Lui causer des désagréments, bien comme il faut, mais pas provoquer l'intervention des autorités. Vous avez agi comme des bombes à neutrons, là-bas. Faites appel à votre intelligence !

— On a essayé, a affirmé Chico, réalisant aussitôt l'effet de sa phrase. On a fait appel à notre intelligence, je veux dirc. Mais un truc complètement inattendu s'est produit chaque fois.

— Là, ce qui se produit, c'est que vous avez votre dernière chance. On est jeudi. Lundi, le terrain sera à moi. Faites en sorte que mon offre d'achat soit acceptée. Ce que vous allez faire et comment vous allez vous y prendre, c'est votre problème. C'est un ultimatum. Tu sais ce que ça veut dire ?

Chico a secoué la tête.

— Tu ne sais pas ce qu'est un ultimatum ?

— Si, je sais, a fait Chico en cessant de secouer la tête. Mais qu'est-ce qu'on va bien pouvoir faire ?

— Vous pouvez réfléchir à tout ce que je peux faire avec 10 000 euros.

Ils sont encore restés un instant debout l'un en

face de l'autre. Le sable, le silence, deux individus. Chico s'est souvenu d'un western figé, où Clint Eastwood avait aux lèvres un cigare éteint pendant deux heures et demie avant de finir par tuer tout le monde.

Jorma Leivo ressemblait à un nuancier sorti de nulle part et débarqué dans un monde gris. Il s'est retourné et a regagné sa voiture. Chico a remis son casque et a enfourché le scooter de Robin. Mais au lieu de démarrer, il a observé le 4 × 4 de Leivo remonter la côte de la sablière, répandant une fumée presque noire par son pot d'échappement. Le véhicule a disparu, le calme est revenu. Une hirondelle a filé vers son nid sur la paroi de la carrière.

Chico ignorait d'où sortait cette idée, comment elle lui était venue à l'esprit, mais il a réalisé avec une lucidité implacable qu'il ne sacrifierait pas la moindre pensée pour se demander ce que Jorma Leivo ferait ou non avec 10 000 euros.

Chico a dû réveiller Robin en le secouant avec force. Ce dernier l'a écouté lui relater son entrevue à la sablière.

— Cet argent n'est pas pour Leivo, a affirmé Robin. Ce n'est pas normal.

Il ressemblait à un animal qui venait de se réveiller et avait besoin de se raser. Son ton recelait une fermeté que Chico n'avait jamais entendue auparavant. Robin a réitéré ses propos, et Chico a hoché la tête. Même si Robin rappelait un animal de la forêt ou de la savane, il était convaincant comme un héros de film d'action, le genre qui, dans un coup dur, annonçait qu'ils s'en sortiraient et que le spectateur ne pouvait que croire.

Tous deux étaient assis dans le séjour de Robin. Chico dans le fauteuil qui se dérobait, Robin sur son sofa, torse nu. Le temps était lumineux, quoiqu'un peu gris. Chico avait ouvert les stores, mais pour une raison ou une autre, la pièce boudait la clarté. Il avait l'impression d'être dans une glacière. Il ignorait pourquoi Robin n'était pas au travail, et ne comptait pas le lui demander. La même raison qui l'avait empêché de révéler qu'il était au courant pour Neea et qu'elle était à l'origine de l'état du dos de Chico – il ne pouvait d'ailleurs imaginer l'acte en tant que tel ni les raisons l'ayant causé – le rendait désormais hésitant face à tout le reste.

— C'est si injuste, a constaté Robin.

Chico était en mesure de commenter ce point :

— Et si Leivo n'obtenait pas l'argent ?

— Il l'aura s'il parle de nous.

— Et s'il ne dit rien ?

— Mais il empochera 10 000…

— Robin, a interrompu Chico. S'il ne parle pas et qu'il ne reçoit pas l'argent. Si on l'en empêche.

— À quelle hauteur ?

Chico commençait à s'énerver.

— Quoi « à quelle hauteur » ?!

— Eh bien… à quel point on l'en empêche ?

Chico ne s'était pas posé la question.

— Je pense que si on veut l'empêcher, il faut que ce soit au point qu'il…

— L'empêcher pour toujours ?

Chico a noté un changement. Robin a appuyé ses coudes sur ses genoux et s'est penché en avant. Chico a haussé les épaules.

— Oui, sans doute, s'est-il entendu dire.

Robin a hoché la tête. Son geste était physique, puissant.

— Parce que hier, à la télé, a-t-il expliqué du ton de celui qui prend une décision professionnelle – Chico pensait en tout cas que ces gens-là s'exprimaient de la sorte –, hier à la télé, j'ai vu un truc.

19

En maillot de bain, Olivia Koski a croisé sa jambe droite sur la gauche puis a expliqué à Jorma Leivo qu'elle avait de nouveau réfléchi à sa proposition.

— Je crois que je suis en danger, a-t-elle commencé. J'ai repensé à notre discussion quand mon sauna a brûlé, moi qui vis seule à la pointe du cap.

Olivia a joué de ses yeux bruns, a usé et abusé de ses jambes. Jorma Leivo était un homme, après tout. Même si ses goûts concernant les femmes se portaient sur les calendriers de fabricants de pneus, les mêmes hormones étaient à l'œuvre chez lui comme chez ses semblables. Et elles fonctionnaient de façon démocratique : lorsque l'organisme dépassait une certaine quantité, peu importait quelle femme il sentait à proximité.

— Il n'y a que deux choses qui me donnent à penser, a-t-elle poursuivi. La première, c'est l'offre que vous m'avez faite. Elle est bien trop basse.

— Moi, je la trouve très réaliste, a prétendu Leivo. Mais on peut bien sûr la considérer comme une sorte d'entrée en matière. Sur laquelle on peut revenir si la discussion avance et aboutit à un commun accord.

— Certainement, a acquiescé Olivia, pensant que

Leivo était comme un boomerang : il ne lançait rien qui ne puisse revenir à son avantage. L'autre chose qui me fait réfléchir, c'est ce qui s'est passé. Ce décès. L'homme mort dans ma cuisine.

— Qu'est-ce que ça vient faire là-dedans ? a-t-il interrogé, avant de vite rectifier : Qu'est-ce qu'*il* vient faire là-dedans ?

Le bureau était silencieux. Olivia était persuadée de sentir la peinture rose encore fraîche sur les murs. L'ancienne résidence d'été des scouts avait subi un sacré changement, avec ses palmiers en plastique et tout le tralala. À côté du bureau de Leivo se trouvaient une publicité pour de la crème solaire et une pile de pots. Apparemment, il avait vendu peu.

— Je voudrais que ce soit élucidé avant que je ne déménage. Parce que c'est une maison de famille, et mon père et ma mère…

— La police a enquêté, a signalé Leivo. Et ils en ont conclu que l'affaire ne pouvait être élucidée.

— C'est pour ça que je suis venue vous parler.

Leivo a réfléchi un instant. Olivia ne l'a pas quitté des yeux.

— Je ne suis au courant de rien, bien sûr, a-t-il affirmé en évitant son regard. Mais si c'est la condition pour vendre…

— L'une des deux.

— L'une des deux, a-t-il aussitôt enchaîné. Je peux engager une de mes connaissances, très compétente, pour enquêter. Si j'ai la certitude que ça débouchera sur la vente du terrain. Cette personne est, pour ainsi dire, un détective d'élite, sur toutes les échelles officielles de l'élite en matière d'enquêtes. Elle a même travaillé pour Interpol. Mais je ne comprends pas comment…

— Si l'auteur est découvert, je serai tranquille. Et quand je serai tranquille, ce sera plus facile pour moi de considérer votre offre. Dont nous pourrons ensuite discuter au calme.

Leivo a semblé cogiter. Olivia espérait avoir déclenché quelque chose.

— De quelle manière faudra-t-il découvrir l'auteur ? a-t-il ensuite demandé. Je veux dire, avec quelle précision ?

Olivia a changé de posture : elle a décollé la jambe droite de la gauche puis a lentement glissé la gauche sur la droite.

— Totale, a-t-elle déclaré. Qui il est, où il est à présent. Et entre nous. Ça ne me dérange pas si l'info reste entre nous. À vrai dire, on peut en convenir ainsi. L'essentiel est de savoir ce qui s'est passé. Je ne sais pas si vous pouvez imaginer ce que c'est d'être une femme seule dans une maison isolée. C'est effrayant. Surtout, comme vous l'avez dit, quand on ignore s'il s'agit du début d'une vaguc de criminalité.

Le regard de Leivo s'est affûté, comme s'il se rappelait ses propos.

— Tout à fait, a-t-il appuyé, soit d'un air réfléchi soit en faisant semblant, mais de manière convaincante. C'est peut-être en effet le départ d'une série de meurtres. Et de ce point de vue, tu as raison, il faut élucider le cas une bonne fois pour toutes. Nous sommes d'accord à ce propos. Je mets mon meilleur homme sur l'affaire.

— Qui est-ce ? a interrogé Olivia.

Leivo a fait vaciller son stylo à bille dans sa main gauche puis s'est arrêté.

— Il travaille en anonyme.

Olivia a hoché la tête :

— *Undercover*. Je comprends.

— Comment ça se passe sur la plage ?

Olivia a dû réfléchir un instant.

— Il y a un quart d'heure, c'était gris et venteux. Au total, il devait y avoir une vingtaine de personnes. Il restait pas mal de chaises longues libres.

— Combien ?

— Combien il y en a au total ?

— Les nouveaux duos de chaises longues, a précisé Leivo avec peut-être un brin de fierté dans la voix, les blanches, avec le parasol turquoise entre les deux, il y en a 60. Soit 120 places au total.

— Alors il y en avait sans doute 115 de libres.

Leivo a jeté un coup d'œil à Olivia.

— Le mot n'est pas encore passé. On a besoin d'un petit coup de pouce.

Olivia n'a pas relevé.

— Peut-être une campagne de pub, a repris Leivo. Quand les gens comprendront de quoi il est question, ils nous choisiront. Souvent, ça requiert juste une petite impulsion. J'ai déjà un peu réfléchi à différentes campagnes. « Pour la famille qui veut économiser sur les crèmes solaires », « Pas de barrières, pas même de la langue », « Une plage ensoleillée à moins de six minutes d'avion ». C'est vrai si on vient ici en jet de Helsinki à 850 km/h. Le problème, c'est bien sûr l'atterrissage, mais la solution est en route. Mon slogan préféré pour les connexions transatlantiques : « Comme la Floride, mais sans les criminels qui vous mangent le visage. » Celui-ci m'est venu en regardant les actualités. C'est peut-être un peu osé, et ça ne convient pas tant que le meurtrier est recherché, mais à l'avenir, comme tu l'as dit, quand l'affaire sera élucidée, quand *on* l'aura élucidée. Une alternative à la Thaïlande : « Vous n'aurez la diarrhée qu'avec votre propre cuisine. » Et ensuite, à destination de l'Europe : « Enfin une plage 100 % non cancérigène pour la peau », « Laissez le mélanome à la maison », mais aussi « L'Ibiza où vous ne cuirez pas comme une pizza ». Ces slogans ont bien sûr besoin d'être encore peaufinés, mais comme tu peux le voir, nous avons tous les atouts en main. Je n'aurais pas investi mon argent ici si ça n'avait pas été la meilleure idée du monde.

Olivia n'a rien dit. Elle a commencé à comprendre certaines choses, à *voir*, autant au propre qu'au figuré. Derrière son bureau, Leivo transpirait à grosses gouttes. Parler l'avait rendu tout rouge. Le moindre effort semblait aussitôt l'éprouver.

— Ça m'a l'air très bien, a conclu Olivia en pensant que, dans un sens, c'était le cas.

Leivo était apparemment sérieux concernant son Palm Beach Finland. Ce qui signifiait qu'il était prêt à aller très loin pour faire avancer ses intérêts.

— J'attends donc les résultats de l'enquête, a poursuivi Olivia.

Leivo a tressailli. À l'évidence, il était encore sous le charme de ses slogans.

— On n'aura pas besoin de les attendre longtemps. Je peux te promettre que les choses vont être élucidées au plus vite.

Olivia avait les jambes qui tremblaient tandis qu'elle marchait sur la plage de sable. Elle a un peu frémi en s'en apercevant. Elle avait fait ce qu'elle avait prévu, commencé sa propre enquête. Et d'entrée, elle en avait appris plus qu'elle ne s'y était attendue.

Leivo avait affirmé avoir investi son argent dans cet endroit. Cela en disait long. Il ne lui restait donc plus qu'à penser à elle-même. Elle qui avait tout misé sur sa maison. Et qu'était-elle prête à faire ? La réponse était : n'importe quoi. Ses pensées l'ont glacée.

Le vent s'est un peu calmé. Les nuages se sont dispersés. Un temps d'été.

Olivia est arrivée à la tour de garde. Les mots de Leivo lui résonnaient dans la tête. Elle avait joué son rôle avec aisance, sans vraiment mentir mais en disant autre chose que la pure vérité. En procédant ainsi, il fallait rester conscient que l'autre partie risquait d'en faire autant. Voire pire.

Et Leivo avait un rêve.

Ses rêves semblaient dangereux.

Olivia est montée dans la tour. Elle a observé la plage, la mer, les gens. Chacun désirait quelque chose, au final. C'était ce qui lui était arrivé, à elle aussi. Elle avait traversé la vie les yeux fermés, avait agi soit comme elle pensait le devoir, soit en fonction de ce que les autres attendaient d'elle. Puis elle s'était réveillée. Elle ne pouvait pas être la seule dans ce cas. Elle s'est dit que plus on ouvrait tard les yeux sur ses rêves, plus on les convoitait avec force. Et désespérance. Parce qu'on avait toujours moins à perdre.

Elle a songé à l'âge de Jorma Leivo. Sans doute cinquante-cinq ans. Si elle, à trente-neuf ans, était prête à faire tout ce qu'elle venait de faire ne serait-ce qu'aujourd'hui, jusqu'à cet après-midi, qu'en était-il d'un homme accoutré en Sonny Crockett qui avait investi ses derniers centimes dans un village-vacances et qui s'emballait facilement ?

Elle a respiré profondément.

Elle poursuivrait son enquête. Elle n'aurait pas

peur. Elle n'aurait pas plus peur de ses rêves que de ceux des autres. Elle s'en était déjà sortie, elle s'en sortirait encore. Doux Jésus, elle habitait tout de même une maison privée d'eau où avait été assassiné un homme, elle avait survécu aux décès étranges de ses parents, qui avaient passionné tout le village, elle avait quitté deux hommes qui avaient tout dépensé, et elle était toujours là. Elle avait certes un peu froid, mais elle était dispose.

Elle ne croyait pas Leivo, et en même temps, si. Il croyait lui-même à ce qu'il racontait sur son Palm Beach Finland, ça, d'accord. En revanche, elle ne croyait pas, par exemple, qu'il engagerait son meilleur sujet pour l'affaire. C'était à peine s'il connaissait un tel homme. Ce genre de personnage était d'ailleurs difficile à imaginer.

Olivia a ri à gorge déployée.

Il était encore plus difficile d'imaginer un détective en mission *undercover* au Palm Beach Finland. C'était impossible.

Il se passait toutes sortes de choses, il s'en était passé et il s'en passerait encore, mais cela, jamais.

20

Nyman appréciait le commissariat. Il était calme et petit, situé dans une maison en bois, et la salle d'interrogatoire donnait sur un parc. Celui-ci n'était pas grand, mais d'autant plus soigné : les plates-bandes étaient bien droites et jolies, débordant de jaune, de bleu, de violet et de rose. Le gazon brillant était court et d'un vert étourdissant, les ormes invitaient à s'allonger à leur ombre. La pièce était haute et tout en longueur. Les murs étaient vides et blancs. En face de la porte se trouvait une fenêtre. Au milieu de la pièce, une table en placage de bouleau avec quatre chaises, dont trois étaient pour l'heure occupées. Les policiers étaient assis l'un près de l'autre d'un côté, Nyman de l'autre. Le parquet grinçait quand ils déplaçaient leurs sièges et qu'ils changeaient de position.

Dans d'autres circonstances, Nyman aurait presque pu se délecter de la situation. Mais l'appel à Muurla qui venait de s'achever le faisait douter de lui. Ce sentiment était surtout dû à l'horloge au-dessus de la porte et à ses aiguilles.

Nyman avait noté deux choses en arrivant : il devait appeler Muurla et honorer son rendez-vous du soir avec Olivia Koski. Téléphoner à Muurla lui avait été accordé, après qu'il avait demandé aux policiers s'il était soupçonné de quelque chose et si, par conséquent, il allait être interrogé. La réponse lui était venue de l'avant de la voiture : ils voulaient juste discuter un petit peu avec lui. Nyman en avait déduit qu'il ne s'agissait que d'une interpellation. En ce qui le concernait, c'était plus facile. « Dans ce cas, avait-il commencé, ça vous ira sans doute si j'appelle mon collègue pour le prévenir que je ne pourrai pas passer la journée avec lui. »

Une fois au poste, les policiers se sont retirés poliment le temps de son appel. Muurla a répondu aussitôt. Nyman lui a expliqué où il se trouvait, s'est excusé de le déranger et lui a tout de suite annoncé qu'il parlait vite parce qu'il n'avait presque plus de batterie.

— C'est urgent. La propriétaire de la maison ne doit pas apprendre que la police locale a arrêté quelqu'un dans sa cour aujourd'hui. Une espèce de secret-défense. En vigueur jusqu'à nouvel ordre. Sinon, rien d'urgent. C'est une occasion unique. Je veux discuter avec les policiers locaux. Mais je veux m'assurer d'une chose : qu'au plus tard à sept heures et demie ce soir je ne suis plus ici.

Nyman lui a ensuite parlé brièvement de la maison en bois et du parc, du calme et de la sympathie des policiers. Puis il a patienté. Muurla s'est enfin exprimé.

— Ça me rappelle le petit village de nudistes que j'ai trouvé au printemps dernier à Ibiza, quand je voulais élargir un peu…

Nyman l'a interrompu.

— Pardon, mais je n'ai pas vraiment le temps. Je travaille et…

— Exact, a acquiescé Muurla avant de marquer une nouvelle pause. On a un problème.

Nyman a attendu. Muurla a poursuivi.

— Tu as demandé à un inspecteur de la section des crimes financiers de suivre les comptes de personnes qui ne font pas l'objet d'enquêtes.

— Tu ne devais pas le savoir.

— Ni le patron de la section des crimes financiers, ni son patron, ni le patron de celui-ci.

Nyman s'est tu.

— Comme tu le sais, a ensuite repris Muurla, ta requête est illégale. Ils sont tous sur leurs gardes depuis ce qui s'est passé à la brigade des stups. Désormais, toutes les demandes d'infos supplémentaires un peu plus approfondies font l'objet d'un contrôle double, voire triple.

— Ce qui voudrait dire que toutes nos enquêtes seraient connues de tous, ce qui irait à l'encontre du principe même de la section des opérations secrètes.

— Je sais. Mais on ne peut rien y faire.

— À quoi, au juste ? a demandé Nyman.

— Tu dois t'en sortir tout seul. Si tu décides de continuer.

— Pardon ?

— Je ne peux pas intervenir ni rien freiner là-bas. Je ne peux même pas les contacter directement sans faire d'abord un rapport et demander la permission. Et même si je l'obtenais, je ne pourrais rien faire sans que ton identité ne soit révélée. Si tu es découvert, l'enquête sera bien sûr terminée en ce qui te concerne, et tu devras rentrer à Helsinki.

Nyman a regardé par la fenêtre. Il n'avait vraiment pas besoin de délai de réflexion. Muurla non plus ne disait rien. Nyman savait ce que cela signifiait. Il était seul.

— Je continue, a-t-il annoncé avant de raccrocher.

Un meurtre. C'était tout de même de cela qu'il s'agissait ici, derrière cette sympathie et cette « petite discussion ». Le brigadier était déjà familier. Barbe grise, lunettes à monture métallique, yeux bleus. À ses côtés se trouvait son collègue nettement plus jeune, un homme brun et rougeaud, qui prenait des notes pour eux deux. Lui aussi, Nyman l'avait vu dans le jardin d'Olivia Koski. Là encore, il l'avait observé, à vrai dire fixé, sans trop broncher.

— C'est une cour animée, a constaté le brigadier. Les gens vont et viennent. Il se passe des choses. Qu'est-ce que vous faisiez là-bas aujourd'hui ?

— Je pense que c'est une affaire entre moi et l'habitante de la maison.

Le brigadier a haussé les épaules.

— C'était juste une question, a-t-il prévenu. On se contente de discuter. Vous étiez à pied ?

— J'étais d'abord à vélo, puis j'ai marché. C'était mieux, et ça m'a permis d'en voir davantage. La pointe est belle.

— Pourquoi est-ce que vous n'êtes pas allé à vélo jusque dans la cour pour admirer ensuite le paysage ?

— C'est un truc un peu embarrassant.

— On a déjà tout entendu.

— C'est à propos de mon derrière.

Le jeune agent a quitté son bloc-notes des yeux.

— Nous vous écoutons, a-t-il invité d'une voix douce.

— J'ai commencé la planche à voile. Je fais du vélo depuis longtemps. Les muscles deviennent douloureux à des endroits où j'ignorais qu'il y en avait. Imaginez, m'asseoir me fait le même effet que si je me faisais casser la figure. Je ne pouvais pas rester en selle.

Les deux policiers l'ont regardé.

— Supposons qu'il en soit ainsi aujourd'hui, a admis le brigadier. Par ailleurs, il y a deux autres choses…

Nyman voulait aborder l'homicide lui-même. Il voulait entendre, même entre les lignes, ce que ces policiers en pensaient, ce qu'ils n'avaient pas consigné dans les procès-verbaux.

— Parlons pour commencer du moment où vous arrivez, a poursuivi le brigadier. Comment vous trouvez le nouveau village-vacances ?

— Je commence apparemment à m'y faire.

— Qu'est-ce que vous voulez dire ?

— Je pense y séjourner plus longtemps.

— Il reste encore des saunas à brûler ? Quelqu'un à tuer ?

— Je n'ai commis aucun de ces actes.

— Vous logez dans un des chalets, n'est-ce pas ? Seul ?

— Tubbs, le vert vif. Et seul, oui.

— Le soir de l'incendie, vous avez dit que quelqu'un pouvait témoigner de votre présence ailleurs en début de soirée.

— Mon voisin de villégiature. Qui roule en BMW noire. Pourquoi ? Vous soupçonnez que c'est quelqu'un de l'extérieur ?

— Pardon ?

— Ça ne peut pas être un autochtone qui a commis ces crimes ?

— Vous êtes détective amateur ?

— Sûrement pas. Qu'est-ce qui manque aux gens du coin, dans cette affaire ?

— La cruauté, a affirmé le jeune policier. On n'a jamais vu une cruauté et une méchanceté pareilles ici.

Le brigadier a regardé son collègue.

— Les choses prennent parfois cette tournure-là, a constaté Nyman avant que le brigadier n'ait le temps d'intervenir. Elles deviennent hors de contrôle, comme on dit.

Le brigadier s'est de nouveau tourné vers Nyman.

— Vous avez dit que vous étiez professeur de mathématiques.

— Oui, en effet.

— Où ?

— En ce moment, nulle part. Si on m'appelle d'où que ce soit, je suis toujours prêt à enseigner. Mais je pense que la cruauté en soi n'exclut personne. Autant que je sache, les crimes graves sont toujours des cas extrêmes.

— Nous connaissons tout le monde, ici, a expliqué le jeune collègue. Ceux qui ont de la force n'en sont pas capables. Ceux qui en seraient capables sont des anciens combattants. Le plus jeune a quatre-vingt-sept ans et est sous surveillance médicale vingt-quatre heures sur vingt-quatre. Quant à ceux de mon âge… Ceux qui ne sont pas partis ou qui ne sont pas employés municipaux, ce sont de drôles de bons à rien.

Le brigadier a hoché la tête et s'est redressé.

— Je pense qu'ils sont en outre un peu trop stupides, a-t-il ajouté. Il y a deux types qui nous intéresseraient bien, mais on ne voit pas ce qui pourrait les faire bouger. Vu qu'on sait qu'ils ne sont même pas capables de changer de sous-vêtements sans un sucre d'orge ou quelque autre récompense. J'ignore quel *führer* pourrait bien les activer, en admettant que ce soit possible.

— Je crois voir qui vous voulez dire, a avancé Nyman. J'ai dû les apercevoir sur la plage, je me trompe ?

— C'est en effet là-bas qu'ils gravitent, a confirmé le cadet. C'est un phénomène propre à la nature.

Et juste au moment où Nyman a pensé qu'ils progressaient et qu'ils allaient aboutir à quelque chose, le brigadier s'est penché en avant et l'a dévisagé.

— Voilà pourquoi vous. Quelqu'un de l'extérieur.

Et ce petit manège a continué de plus belle. Il a suivi à peu près le même schéma pendant plusieurs heures et plusieurs tours : Nyman n'a pas progressé dans son enquête et n'a pas pu aider les policiers dans la leur. Et tout le temps, il avait conscience que l'heure tournait. Il a inspiré profondément et essayé maintes fois de mettre un terme naturel à cette entrevue qui s'éternisait. Mais il n'en a pas trouvé l'occasion. Par moments, un policier ou l'autre allait aux toilettes, partait chercher un soda, lisait ses notes ou celles de son collègue et revenait sur ce qui avait déjà été évoqué.

Plus l'horloge approchait 19 h 30, plus Nyman était inquiet.

Et elle a fini par afficher 19 h 30.

Nyman devait partir.

Il devait élucider un meurtre.

Il avait un rendez-vous.

21

Jorma Leivo a fermé les yeux et s'est revu à l'autre bout du monde. Il y faisait chaud.

Il s'est rappelé sa douleur : le nez et les joues qui le piquaient, les brûlures latentes mais tout aussi douloureuses des bras et des jambes, sa chemise collée à sa peau, son slip qui frottait devant et serrait derrière, s'enfonçant toujours plus dans sa raie pour se transformer en corde humide qu'il devait détacher des plis de sa peau quand il allait aux toilettes. Celles-ci étaient toujours sales et dépourvues de savon. Ses mains restaient donc poisseuses et doublées d'une odeur étrange. C'était fort désagréable lors des repas et pire lorsqu'il serrait la main de nouvelles connaissances. Et il n'osait pas dire : « Pardon, mais ce que vous avez là, entre le pouce et l'index, doit venir de mon slip. »

Existait-il, au sud de l'Europe et en Asie, un seul endroit où il se soit senti bien ? Non. Il était toujours parti en voyage plein d'espoir, pensant que, cette fois peut-être, tout serait différent. Mais cela n'avait jamais été le cas. Ses expériences demeuraient invariables. Jusqu'à ce que, un peu plus d'un an auparavant, par une journée des plus pénibles à l'est de

Phuket, rouge et suintant, acculé à tous les niveaux, il ait une sorte d'illumination.

Cet instant avait été si limpide que Leivo aurait remercié le Seigneur pour cette idée d'entreprise s'il avait été ami du Christ. Comme sa mère, décédée un mois plus tôt, tout près de Jésus. Femme de ménage de profession, elle avait, une fois à la retraite, continué à travailler bénévolement à la paroisse. Elle avait pour tâche de faire reluire l'autel de l'église fraîchement bâtie. Un beau matin, en époussetant les ornements, elle avait soit trébuché, soit vacillé. Un défaut de construction qu'elle ignorait avait causé une réaction en chaîne débouchant sur la chute du Messie lui-même de son piédestal. Peut-être l'avait-elle vu et avait-elle essayé de rattraper le Messie en bronze. Mais le Fils de Dieu pesant presque une tonne, la mère de Leivo s'était retrouvée sous son Sauveur, bras et jambes écartés, ayant tout donné.

L'idée que Leivo avait eue sur le sable blanc d'une plage tropicale était simple : et s'il était possible de profiter de tout cela, avec les palmiers et le reste, mais sans les inconvénients ? Avant tout, sans cette chaleur qui l'indisposait. Sans avoir à se changer trois fois par jour, sans coups de soleil, sans crème solaire qui piquait les yeux. Et l'après-midi même, réfugié à l'hôtel pour profiter de la climatisation et des chips, il s'était allongé sur le lit et avait parcouru les centaines de chaînes de télévision – tel était l'avantage de nombreux hôtels touristiques : des chaînes à n'en plus finir, surtout celles qui ne rediffusaient que de vieux programmes. Leivo était tombé sur sa série préférée et avait eu sa seconde idée de la journée. Le générique était descendu dans sa chambre comme les Tables de la Loi tombant des cieux. Son émission préférée depuis des années. Cela ne pouvait pas être une coïncidence. Ses deux idées s'étaient confrontées pour se rejoindre et ne faire plus qu'une. Il avait aussitôt bondi du lit, faisant gicler de la boisson énergisante jaune pâle sur son pyjama, avait allumé son ordinateur et s'était mis à la recherche de villages-vacances en vente. Il en avait trouvé très exactement un.

Leivo y avait investi l'héritage de sa mère tout entier. Enfin presque. Il lui restait encore un peu d'argent, avec lequel il achèterait le cap unique d'Olivia Koski. Après quoi, il aurait assez de garanties pour contracter un prêt et passer à l'étape suivante. Il prenait un risque énorme, mais il y entrevoyait aussi la Providence. Sinon, pourquoi sa mère lui aurait-elle donné deux vies ? D'abord en tant que Leivo au sort incertain, et désormais en tant que propriétaire et directeur du Palm Beach Finland. En même temps, cet héritage impliquait une lourde responsabilité. S'il y avait une chose qu'il ne pouvait pas se permettre, aux yeux de sa mère, du Christ et de la banque, c'était d'échouer.

Il a rouvert les yeux et regardé la feuille devant lui.

Le schéma relevait du défi : Olivia Koski avait annoncé être prête à vendre son terrain si l'homicide était élucidé. Mais si cela se faisait, le prix poserait toujours problème. Autrement dit, même si Leivo livrait les deux mollassons à Olivia, il ne serait pas forcément en mesure de s'offrir son terrain. Ce qui signifiait qu'il avait encore besoin de ces deux-là pour lui empoisonner la vie et la mettre au désespoir. Par ailleurs, il y avait l'offre de 10 000 euros pour les deux idiots faite par l'investisseur élégant – d'après sa carte de visite, il était « Executive Investment Manager ». Avec cette somme, Leivo parviendrait à adapter son offre naturellement basse au prix élevé qu'Olivia Koski ne manquerait pas de demander. L'argent devrait suffire. Leivo avait besoin du binôme nuisible, d'abord pour lui faire faire le sale boulot, ensuite pour le livrer à deux reprises, quoi qu'il arrive ensuite aux deux pieds-nickelés, à Olivia Koski et à l'investisseur. Il lui fallait les 10 000 euros et un prix modique pour le terrain.

Jorma Leivo a ouvert une boisson énergisante et en a bu une gorgée.

Drôle de puzzle. Mais il pensait s'être dépêtré du pire. Il était tenace. Il était l'homme qui avait fondé le Palm Beach Finland. Ce village-vacances était une chose pour laquelle la Finlande tout entière le remercierait et se souviendrait de lui.

22

Chico avait besoin d'une bière. Une fraîche, pas une frelatée au plancton et autres petites bêtes comme à l'accoutumée, mais une vraie, moussant telle une cascade, une qui remettait les idées en place et qui calmait les nerfs, en somme, une boisson officielle de compétition. Il a bu la moitié de sa chope d'un coup et l'a reposée sur le comptoir. Ainsi qu'il le craignait, le prix s'est fait tout de suite sentir. 6,50 euros. Pour une pauvre petite bière. De quoi était-elle faite ? D'or liquide filtré par des vierges à la source, au sommet d'une montagne, sous la houlette de licornes ? Il voyait là encore un complot. Chico ne tenait pas à y songer davantage. La vie était par nature une déception, et il avait assez de choses sur lesquelles méditer. Il a porté sa chope à moitié pleine à la table du coin où l'attendait Robin.

Chico devait reconnaître que Robin était étrangement en train de prendre les rênes. Cela le déconcertait. Où avait-il soudain trouvé cette détermination, cette fermeté, de nouveaux mots comme « perspective », « reprise du contrôle » et « procédure » ? Chico a observé son vieil ami et s'est demandé s'il l'était encore. Certes, Robin avait toujours parlé par bouts de phrases semblant avoir été enregistrés par hasard, il savait répéter les choses avec une certaine fidélité, mais ce qu'il disait là… Chico avait du mal à tout comprendre, et cela ne venait pas que du vocabulaire employé. Robin était assis comme s'il dirigeait une réunion. Et il ne buvait pas de bière ; ça aussi, c'était nouveau.

— Protéines, caféine et créatine, a-t-il expliqué en désignant sa bouteille. Avant l'entraînement.

— Avant l'entraînement ?

— Notre projet demande du travail.

Chico a secoué la tête :

— Je ne sais pas vraiment.

— Tu l'as dit toi-même : « Et s'il ne parlait pas, jamais ? » Jamais. C'est préventif.

Un nouveau mot. Encore un.

— C'est assez… définitif.

— Mais pas de notre côté. C'est la nature qui s'en chargera. Nous, on… on prépare juste le plat que quelqu'un d'autre mangera.

Chico a regardé l'homme installé de l'autre côté de la table. Il ne le reconnaissait plus. Plus du tout.

— Ça paraît encore pire.

Robin a haussé les épaules avec ostentation.

— Je croyais que tu voulais devenir une rock star. Que c'était ton rêve.

Chico a bu une gorgée de bière. Elle ne valait en aucun cas 6,50 euros.

— Oui, bien sûr.

Mais il ignorait comment poursuivre, à tous les niveaux. Alors qu'il avait la sensation d'avoir déjà tout donné, voilà qu'on lui demandait une chose pareille.

— Seulement, a-t-il repris, je ne suis pas sûr que ce soit le chemin que…

— Ton Bruce Springsteen n'a sûrement pas ce genre de doutes, tu sais.

— Ça m'étonnerait qu'il soit dans un bar d'une petite ville, à la veille de ses quarante ans, fauché, en train de se demander comment se débarrasser de son patron.

— Ou peut-être que si, justement. Voilà tout. Tu me l'as déjà dit, Bruce, c'est le boss. Il s'est débarrassé de tous les autres patrons.

— Il ne les a pas tués.

— Qu'est-ce que tu en sais ? a demandé Robin, donnant une fois de plus l'impression d'être un autre homme.

Chico a reconnu ce débit sans être capable de dire de qui Robin le tenait.

— Peut-être que Bruce a vu une chance et l'a saisie. Peut-être qu'il a compris que parfois, il faut y aller. Et peut-être qu'il n'a pas tout dit sur ses débuts. Il ne va quand même pas révéler qu'il fait partie de la mafia du New Jersey, ni d'où vient vraiment l'argent qui lui a payé sa première vraie guitare. Ils observent l'omerta. La loi du silence. Qu'est-ce qu'on parie que Bruce est un tueur à gages ? Réfléchis un peu. Le parfait alibi. Toujours sur la route, de ville en ville. Personne ne s'étonne qu'il traîne n'importe où la nuit. Et les gens se contentent de dire « Tiens, c'est Bruce, notre ami à tous. Il doit rentrer d'un engagement ! » C'est bien le cas, sauf qu'il s'agit d'un engagement un peu différent de ce qu'ils s'imaginent.

Chico a regardé Robin, qui a bu sa boisson remontante.

— Robin, Bruce n'est pas un tueur à gages.

— Tu crois qui tu veux.

— Moi, j'ai lu l'autobiographie de Bruce…

— Justement, son *auto*biographie. Qui oserait écrire « La semaine dernière, j'ai encore tué un concurrent » ? Pense plutôt aux décès liés à la drogue, aux overdoses, un avion privé qui s'écrase, une voiture qui tombe dans un canyon, une rock star rivale qui meurt. Bruce se trouve soudainement à New York ou à Los Angeles au même moment. Il rôde dans le coin, bombant le torse et aux aguets, toujours prêt à prendre le micro. Comme par hasard. Mais bien sûr.

Chico a encore secoué la tête.

— Dans un sens, c'est…

Robin s'est penché en avant.

— C'est notre dernière chance. Guitare ou pas. Est-ce que tu veux lanterner sur cette plage toute ta vie ?

Chico ne connaissait que trop bien cette question. Elle touchait pile à son talon d'Achille, aux peines qu'il avait confiées à Robin durant toutes ces années de frustration. C'était à peu près la seule chose sensée que Robin lui ait dite, mais c'était aussi la base de tout et, d'une manière générale, la question la plus pertinente que Chico pouvait se poser.

Est-ce que tu veux finir tes jours sur cette plage ? Réponse : non.

Chico voulait un nouveau départ et une dernière chance. Celle qu'il avait failli avoir… et qu'il allait de nouveau obtenir. Robin avait raison. Quelle lucidité après toute cette errance ! Une chose était certaine : Jorma Leivo voulait les vendre. Pourquoi ne seraient-ce pas eux qui le vendraient ? Chico a terminé sa bière.

— Allons chercher les pelles, a-t-il annoncé.

III

DES RÉSULTATS

1

Jan Nyman n'a pas eu d'autre choix que d'interrompre le brigadier. Il a levé lentement mais sûrement la main, un peu comme pour prendre la parole en classe. Le policier a compris son geste, a ralenti son débit puis laissé sa phrase en suspens.

— Oui ?

— Est-ce que je peux aller aux toilettes ?

— Je n'ai pas encore posé ma question.

Nyman avait peine à croire que sa demande apporterait du nouveau à méditer. Il n'a rien dit et a regardé le brigadier dans les yeux. Celui-ci a fini par soupirer.

— D'accord. Leo va vous accompagner.

Nyman a regardé le jeune collègue. Leo avait l'air embarrassé.

— Plus on est de fous, plus on rit, a lancé Nyman.

Les joues déjà rouges de Leo se sont enflammées.

— Leo, a interpellé le brigadier. Emmenez-le aux toilettes du personnel.

Ils se sont levés. Nyman a passé la porte le premier et a attendu dans le couloir. Leo l'a dépassé et a indiqué « Par ici ». Nyman l'a suivi. Le vieux parquet grinçait sous ses pas de façon familière, plutôt bruyamment. Ils ont atteint le bout du petit corridor, où se trouvait une embrasure. Devant eux s'ouvrait la salle de pause, avec son odeur amère de café qui s'était renforcée au fil des heures. La porte des toilettes était derrière la table ronde. Nyman savait pourquoi le brigadier l'avait envoyé ici avec Leo. Les toilettes destinées aux visiteurs se situaient dans le hall, tout de suite après la porte principale, tandis que celles-ci étaient au fond du bâtiment, comme dans une impasse.

Nyman y est entré. Il a verrouillé la porte et fait ce qu'il avait à faire, a tiré la chasse, s'est lavé les mains et les a essuyées. Puis il a sorti son téléphone de sa poche. Plus de batterie. Il a soupiré. Il a posé les mains sur le loquet et la poignée de la porte et les a actionnés dans des directions opposées. La porte ne s'est bien sûr pas ouverte, mais elle a émis le son qu'il voulait. Nyman a marqué une pause. Il était sûr d'entendre des pas de l'autre côté.

— Leo ? a-t-il demandé à travers la porte.

— Oui ?

Sa voix venait de très près, il devait être collé contre le battant.

— Leo, la porte est bloquée.

— Pourquoi ?

— Je n'en sais rien, je ne suis pas serrurier. Allez chercher de l'aide.

— De l'aide ?

— Est-ce que vous pouvez ouvrir la porte de l'extérieur ? s'est enquis Nyman tout en resserrant sa prise autant sur le loquet que sur la poignée.

Leo a testé la poignée :

— Elle est verrouillée.

— Je sais, Leo. Allez chercher un tournevis et ouvrez la porte de votre côté.

— Je ne sais pas…

— Le verrou est coincé, je ne peux pas rester ici.

Un silence.

— Je dois demander à Reijo.

Nyman n'a pas relevé. Il a encore manipulé la serrure et a attendu. Enfin, les pas de Leo se sont éloignés de la porte puis ont fait grincer le parquet du couloir. Nyman a ouvert et est sorti.

Depuis la salle de pause, il ne pouvait que repartir par la direction d'où il était venu. Il a vite rejoint l'embrasure et a jeté un coup d'œil vers le corridor. Leo lui tournait le dos, debout à la porte de la salle d'interrogatoire. Nyman a bondi par-dessus le parquet vers l'ouverture d'en face et a atterri sur le seuil sans faire un seul bruit. Leo n'avait pas bougé. Nyman s'est faufilé dans la pièce.

C'était le bureau de deux employés, avec une fenêtre. Nyman a déplacé du rebord les photos encadrées d'enfants et de jeunes gens, a saisi la poignée et entrebâillé la fenêtre avec prudence. Le cadre a émis un son rappelant une chanteuse d'opéra qui se mourait. Nyman l'a ouverte complètement. Il a entendu le parquet grincer, des pas, un cri.

Il a sauté. Un rosier lui a griffé les mollets. Il s'est dépêtré du buisson qui semblait constitué de millions d'épines, dures et acérées comme des poinçons. La douleur lui a fait monter les larmes aux yeux.

— Où allez-vous comme ça ?! a crié Leo dans son dos.

Il ne comptait pas répondre : « À mon rencard, bordel, aux trousses de l'assassin ! » Il s'est extrait du rosier et a couru. Nyman était un coureur chevronné mais les épines lui avaient blessé les jambes. Elles étaient en feu. Il a jeté un coup d'œil derrière lui.

Leo a surgi de l'entrée principale et Nyman a tout de suite vu que lui aussi, il savait courir.

Nyman a traversé la rue en essayant de se repérer et de choisir la meilleure direction possible. La route goudronnée s'est changée en chemin de gravier. Même s'il avait eu de la batterie dans son portable, il n'aurait pas eu le temps de consulter la carte. Il a compris qu'il ne battrait pas Leo sur terrain plat. Il courait comme un dératé et avait l'impression que Leo le rattraperait malgré tout.

C'était un quartier résidentiel. Des maisons en bois, des jardins verdoyants. Nyman a pénétré dans l'un d'eux, a couru entre les groseilliers et sauté pardessus une clôture. Les cours ont défilé. Un trampoline, une cabane, un barbecue, une tondeuse autoportée. Un chien qui aboyait. Un trampoline, une cabane, un barbecue, une tondeuse. Un chien qui…

Alors qu'il pensait avoir semé Leo, il l'a entendu approcher.

Nyman a émergé entre des pommiers et atteint un autre jardin, puis il a vu une véranda à la porte entrebâillée. Il a couru vers elle, l'a doucement ouverte et est entré. Il l'a refermée derrière lui, en silence, sans lâcher la cour des yeux.

Leo a jailli en dessous des pommiers, tout comme Nyman à l'instant même. Celui-ci a pensé qu'il poursuivrait sa course, mais il a freiné avant le jardin suivant, s'est arrêté et est resté planté sur place.

Nyman a repris son souffle et soudain compris que ce n'était pas lui qui haletait à en casser les oreilles. Il s'est retourné avec prudence.

L'ordinateur portable qui venait de glisser par terre diffusait une vidéo pour adultes. Une blonde accueillait un Noir de belle taille. Le rythme était fulgurant, de même que les voix enthousiastes des protagonistes. Mais le sport pour adultes n'était pas la seule chose qui l'attendait sous la véranda.

Derrière l'ordinateur Toshiba, dans un confortable fauteuil bleu marine, était assis un garçon d'environ quatorze ans, l'air horrifié, la main droite toujours autour de sa baguette magique dont le bout rouge était en flammes.

Nyman l'a regardé dans les yeux avec le plus de calme possible et a posé son index droit sur ses lèvres. De sa main gauche, il a signalé que tout allait bien, qu'il ne fallait pas paniquer. Il n'aurait su dire si le garçon comprenait ses gestes.

Il a scruté la cour avec prudence. Leo était encore à sa place. Enfin, plus vraiment : il a d'abord regardé dans la direction d'où il était venu, puis tout autour de lui.

Nyman a scruté à nouveau le gamin. Il espérait qu'il lâcherait prise et remonterait peut-être son pantalon, mais il semblait figé, raidi, à tous les niveaux. Nyman a aussi espéré ne pas lui causer de traumatisme. L'adolescence était un âge sensible. Alors qu'il allait murmurer qu'il avait une couverture à portée de main, l'ado a hurlé une chose incroyable :

— Maman ! Maman !

Nyman a secoué la tête et a jeté un coup d'œil sur la cour. Leo s'approchait.

Nyman a verrouillé la porte et a traversé la maison en courant jusqu'à l'entrée. Il n'a bien sûr pas croisé l'ombre d'une mère. Il a ouvert la porte, l'a refermée avec soin et s'est de nouveau retrouvé dans la rue.

Il l'a traversée jusqu'à un autre jardin. D'autres groseilliers, des tas de bois, une cible de fléchettes où était accrochée la photo d'une star quelconque. Il a franchi un grillage et a essayé d'avancer derrière les buissons, les arbres et les arbustes en se dirigeant de son mieux, mais cela s'est assez vite révélé impossible.

Il a remarqué un véhicule de police dans la rue. Elle roulait lentement, le gravier crissait sous ses pneus. Le brigadier était au volant.

Il lui fallait prendre la direction opposée. Il a contourné la maison, a franchi la palissade et, du haut de son faîte, a aperçu la route nationale.

Quelques jardins, un chemin de gravier, d'étroites broussailles, et il s'est retrouvé sur le bord de la route, le pouce tendu. En bon Finlandais, demander de l'aide était pour lui la toute dernière extrémité. Mais dans le cas présent, son pouce s'était levé automatiquement.

La huitième voiture, une petite Volvo grise, s'est arrêtée. Nyman a couru jusqu'à elle. Il a ouvert la portière côté passager et s'est penché à l'intérieur. Le chauffeur était un quinquagénaire corpulent au large sourire. Son visage avait brûlé pour atteindre la couleur terre de Sienne d'un pin au coucher du soleil. Il avait des cheveux courts et des lunettes à monture en acier. Sur une chemise en flanelle à carreaux, il portait une veste marron sans manches dont chaque poche semblait archipleine.

— Où allez-vous donc ? a-t-il demandé.

— Je dois me rendre sur Rantakatu, a répondu Nyman.

L'homme a réfléchi un instant.

— Je roule dans cette direction, en effet. Mais je dois d'abord passer par la station-service.

Nyman avait-il le choix ?

— Ça me va, a-t-il acquiescé.

L'essentiel était de ne pas traîner dans la rue, de

se mettre à l'abri et d'aller à peu près dans la bonne direction. Il s'est assis, ils sont partis. L'intérieur sentait fort. *Du poisson*, a réalisé Nyman. Il a jeté un coup d'œil à la banquette arrière. Des boîtes de pêche, du fil, un moulinet détaché. Et sur le sol, une épuisette.

— Où se trouve la station ? s'est-il ensuite renseigné.

— Près du commissariat, à quelques blocs d'ici.

Nyman n'a pas bronché.

— Je m'appelle Matti.

— Jan.

— Votre auto vous a lâché ?

— Non. On ne m'a conduit qu'à l'aller.

Ils ont tourné vers le quartier où Nyman venait de courir. Les jardins désormais familiers défilaient en sens inverse. Nyman revenait à la case départ.

— Heu…, a-t-il commencé, je ne voudrais pas être impoli, mais il se trouve que j'ai un rendez-vous important…

— Je comprends, a répliqué l'homme. Je bifurque.

Ils ont tourné presque aussitôt. Nyman a reconnu la rue, celle de la maison qu'il avait traversée en courant. Peut-être l'adolescent avait-il lâché prise. Si ce n'était pas le cas, il devait vraiment avoir besoin de sa mère.

Puis Nyman a aperçu la voiture de police à l'autre bout de la rue. Soit elle avait fait demi-tour là-bas, soit elle avait contourné le pâté de maisons.

— Est-ce que je peux incliner le siège ? Je dois être un peu allergique au poisson.

— Au poisson ?

— Oui, je crois. Ça me fait tourner tête. J'ai d'ailleurs un peu mal mangé.

— Du poisson ?

— Non, je n'en ai pas mangé. Mon allergie…

— À la truite ? Vous êtes aussi allergique à la truite ?

— Aussi.

— Au hareng de la Baltique ?

— À ça aussi.

— À la perche grillée ?

— Également.

— Au filet de lavaret ?

— Le lavaret est un poisson.

— Et au saumon salé à cru ?

— Est-ce que je peux incliner le dossier ?

Le véhicule de police approchait. Nyman a baissé le siège, qui lui a obéi à une lenteur embarrassante. Il a eu l'impression de se retrouver dans un film au ralenti tandis que le reste du monde passait en accéléré. Il a décidé de se laisser glisser plus bas et a compris que Matti l'observait.

— Vous devez vraiment vous sentir mal. Je n'ai jamais vu de contorsions pareilles. Je vous emmène au centre médical ? C'est en face du commissariat.

Y a-t-il quelque chose ici qui ne soit pas situé à proximité immédiate du commissariat ? s'est demandé Nyman.

— Non merci, a-t-il décliné. Je vais bien. Du moment que je m'allonge un peu.

Le siège était enfin dans sa position la plus basse, et Nyman presque au sol. De justesse. L'habitacle de la voiture de police commençait à se dessiner tandis que Nyman s'enfonçait toujours plus bas, sous le tableau de bord. Il ne pouvait que fixer le plafond et espérer.

— Ah, a fait Matti. C'est sûrement Reijo Pitkänen, là. Si je lui demandais…

— Je suis vraiment pressé. Un rendez-vous très important.

— Bien sûr.

Nyman a pensé que, d'une certaine façon, c'était le plus long voyage en automobile qu'il ait jamais fait. Depuis le ras du sol, il a vu Matti faire un signe de la main et en a déduit qu'ils croisaient les policiers. Ils ont bientôt tourné. Nyman est resté couché.

Une fois à la station-service, il a redressé son siège, pas complètement, mais assez pour voir autour de lui. Si quelqu'un venait à le remarquer, il espérait passer pour un enfant. Au moins pour un coup d'œil rapide. Matti a mis une éternité à faire le plein. *Quelle est la probabilité de monter à bord d'une voiture presque à court de carburant ?* s'est demandé Nyman. Le visage tourné vers le commissariat, il a remarqué le rosier où il avait sauté et dont il s'était extirpé. Ses jambes étaient encore douloureuses. Matti a fini par remettre la pompe à sa place. Nyman a pensé qu'ils allaient repartir lorsque Matti a frappé à la vitre. Nyman l'a baissée.

— Du Fanta ? Si vous vous sentez mal ?

— Non, merci. Je suis un peu en retard…

— Ah oui, c'est vrai.

Matti a contourné le véhicule, s'est assis, a attaché sa ceinture de sécurité. Il semblait se faire de nouveau à l'idée d'être dans sa Volvo, à ses commandes. Enfin, il a redémarré et ils sont repartis. Nyman n'osait pas dire un mot. Il gardait la tête baissée.

— Qu'est-ce que vous faites, dans la vie ? s'est enquis Matti.

— Professeur de mathématiques.

— Ce n'est pas vrai ! Moi aussi !

Nyman a regardé Matti.

Quelle est la probabilité de monter à bord d'une voiture presque à court de carburant, conduite par un professeur de mathématiques, métier que tu prétends exercer ?

— Quel niveau ? s'est renseigné Matti.

— Qu'est-ce que vous voulez dire ?

— Vous enseignez à quelles classes ?

— En prim…

— En primaire, d'accord. Moi, au lycée. Math spé. Sinon, qu'est-ce que vous pensez de la réforme de l'enseignement ?

— Ce n'est pas rien, a avancé Nyman avec prudence.

— Ça oui. Et comment.

Matti parlait. Ce qui était une bonne chose : pendant ce temps-là, Nyman pouvait se faire le plus discret possible tout en restant sur le qui-vive. Ils sont arrivés sur Rantakatu. Nyman a dit à Matti qu'il pouvait le déposer n'importe où et que, s'ils se revoyaient un jour, il lui offrirait une bière pour le remercier. Matti parut satisfait. Nyman l'a encore remercié, est descendu et a refermé la portière. Il a vu l'heure sur le mur du loueur de bicyclettes. Il était 8 heures pile. Il était arrivé à temps. Cela paraissait incroyable. Il parviendrait même à louer un vélo. Il a fait un tour complet sur lui-même mais n'a vu Olivia nulle part.

*

Olivia a entendu une sorte de chaîne ou un outil quelconque passer dans la tuyauterie. Esa – propriétaire, directeur et seul employé permanent de Kuurainen & Associés, ainsi qu'il venait de le préciser – tapait sur les tuyaux et s'activait dans la salle de bains.

Olivia a regardé l'horloge. Elle était en retard. Elle est allée à la porte de la salle de bains. Un petit moniteur se trouvait par terre et sur le siège des toilettes était posé une espèce de centre de commandement dont se servait Esa. Le robinet de la douche avait été démonté dans sa totalité.

— Tout est fichu, a-t-il prévenu. C'est un plus gros chantier que ce que j'avais imaginé.

— Ce qui veut dire ?

— Je croyais qu'on s'en sortirait avec quelques rapiéçages rapides et ciblés. Mais là, plus rien ne fonctionne ou ne tire. Vous n'utilisez pas ça, j'espère ? Il n'évacue pas. Ça se contentera de flotter sans arriver à destination.

— Les toilettes sont au fond de la cour.

— Parfait. L'avantage des méthodes naturelles, c'est que la taille ne pose pas problème. Si on mange des escalopes viennoises de chez Kaartinen pendant une semaine et que ça ne sort pas, mais qu'ensuite ça vient comme…

— Donc, des travaux, a interrompu Olivia. C'est ce qu'il va falloir prévoir.

Esa a hoché la tête. Il était à genoux par terre. C'était un homme de petite taille et ses yeux se trouvaient au niveau de la ceinture d'Olivia. Cela avait quelque chose de désagréable.

— Oui, et plutôt importants, a-t-il renchéri. Rien n'est évacué et l'eau n'arrive pas. Il faut tout refaire. Le conduit qui dessert le terrain doit être assez récent, on peut le garder, mais tout ce qui est dans la maison et qui en sort… Jusqu'à la fosse septique, où la situation actuelle est à vrai dire comparable aux derniers moments de Waterloo. On n'a pas d'autre choix que de…

Olivia connaissait la suite. Elle a attendu. Pas longtemps.

— … que de réviser les frais.

— L'offre était écrite, a rappelé Olivia.

— Ah, mais on peut très bien se contenter des travaux du devis, a annoncé Esa.

Il parlait toujours à la taille d'Olivia, quelque part un peu en dessous de son nombril. Elle a décidé de ne pas y penser davantage.

— Mais ce serait une aberration, parce que même après, l'eau n'arrivera pas et les toilettes ne seront pas en état de marche. J'ignorais que la situation était aussi critique. Que des réparations localisées n'y changeraient plus rien du tout. Et ça a évolué depuis. La dernière fois, l'eau venait encore et les W.-C. fonctionnaient. Mais là, c'est ni l'un ni l'autre.

Olivia a regardé l'homme agenouillé dans sa salle de bains. La scène avait un côté métaphorique. Ou alors elle lui rappelait quelque chose. Comment se faisait-il que, chaque fois qu'elle se croyait tirée d'une affaire, une autre arrivait sans crier gare ?

— Est-ce que j'ai tort de croire que 10 000 euros ne suffiront pas ?

Esa a tourné la tête dans tous les sens, comme s'il venait d'entendre l'idée la plus saugrenue du monde. Il n'arrivait même pas à dire un mot.

— Dans ce cas, on est sur des travaux de quel ordre ? a interrogé Olivia.

Il a cessé de faire rouler sa tête. Et les mots lui sont venus comme l'eau la plus claire d'un robinet étincelant.

— 25 000.

Olivia est partie à vélo, poussée par une colère noire. Elle remuait ciel et terre, elle passait des contrats et se procurait 10 000 euros qui devaient tout résoudre, mais il se trouvait qu'ils ne suffisaient pas – à rien. Bordel ! Putain ! Peau de bite ! 25 000 euros. Les 10 000 euros dont elle disposait ne couvraient plus que la phase préparatoire, à savoir le démontage et la réfection des structures, avant les véritables travaux de plomberie. Autrement dit, avec cette somme, elle n'obtiendrait qu'un trou béant dans sa maison. Génial ! Elle essayait de penser à son père dans les meilleurs termes, mais pour l'heure, c'était plutôt difficile. L'homme qui avait dû, joyeusement et tranquillement, chier vingt mille fois sans souci dans cette même salle de bains. L'homme qui avait vraiment apporté ses pierres puantes à l'édifice. L'homme dont la fréquentation assidue des toilettes avait porté les fruits rouillés que sa fille récoltait désormais quasi littéralement. Olivia savait qu'elle regretterait sans tarder ses pensées, mais elle était bien trop énervée pour les éluder.

25 000 euros.

Elle en avait 10 000 qui, pour être précis, n'étaient pas encore à elle.

Et voilà qu'il lui en manquait soudain 15 000. Où irait-elle donc les chercher ?

Elle a tourné sur Rantakatu et a vu quelques personnes en train de manger et de boire dans les restaurants et les bars le long de la rue. La saison haute, par-dessus le marché. Palm Beach Finland n'attirait pas encore les foules. Où dénicherait-elle ici une forte somme d'argent dans les meilleurs délais ?

Elle avait chaud. Elle s'était habillée avec soin,

préparée au fait que le soir, en bord de mer, le temps se rafraîchissait toujours par surprise, que tout finissait par se refroidir une fois le soleil couché et que le vent, passé d'abord inaperçu, traversait les habits et s'immisçait d'abord dans la peau puis jusqu'à la moelle des os.

Elle a aperçu Jan Kaunisto au bout de la rue. Cela lui a rappelé ce qu'elle était en train de faire, ce qu'elle devait faire dans tous les cas, ce qui était inévitable, y compris concernant cet homme. Elle n'avait plus si chaud.

Elle s'est approchée de l'homme venu apprendre la planche à voile. Elle a souri. Jan Kaunisto en a fait autant et a levé la main de son guidon.

Un professeur de mathématiques.

Qui ne savait pas compter.

2

Le souffle de Chico s'est accéléré dès qu'il a serré plus fort sa pelle. La sensation était la même que lorsqu'il passait la sangle de sa guitare électrique à son cou, comme s'il tenait dans sa main la clé d'une autre dimension. En cet instant, il ignorait si c'était bon ou mauvais signe. Son pouls accéléré et son excitation n'étaient cependant pas liés au travail physique, qu'ils n'avaient pas encore commencé.

Le soir faisait place à la nuit, la lumière du jour s'éclipsait. Ils avaient attendu un bon moment, tour à tour debout derrière le chalet et assis sur les chaises pliantes en bois de la petite terrasse. Leivo habitait le chalet en permanence. Tout comme Tubbs, Castillo et ses pairs, Crockett, bien qu'excentré, avait auparavant été mis en location. Leivo l'avait fait peindre en un bleu turquoise puissant et entourer d'une palissade basse et blanche dont le but échappait à Chico : elle n'éloignait personne et ne protégeait rien. Quoi qu'il en soit, l'endroit ressemblait à un décor de théâtre, en partie à cause de sa taille. Le chalet était petit et la pancarte « Crockett » au-dessus de la porte lui donnait un air de bar ou d'ancienne épicerie de village.

Robin semblait concentré. Il était sur un siège du

salon de jardin, sa pelle à la verticale dans sa main gauche, le regard tourné vers la mer. Une fois qu'il avait détaillé son plan à Chico, ce dernier lui avait demandé s'il avait bien pensé à tout. Sa question était candide. Robin s'était contenté de le regarder dans les yeux et de lui tendre l'autre pelle.

La première partie de l'opération semblait en effet fonctionner. Le lieu était très bien choisi. Crockett était assez éloigné de tout mais à proximité du site de stockage définitif. « Site de stockage définitif », encore une nouvelle expression de Robin. Le crépuscule aussi jouait en leur faveur. Les quelques réverbères du rivage étaient suffisamment à l'écart, la surprise serait totale. Ils s'étaient peu chargés : outre les pelles et les cagoules commando, juste une lampe de poche et une corde. Ils n'avaient pas pris leurs portables, car Robin avait expliqué qu'ils permettaient de localiser les gens n'importe où. Leurs téléphones les attendaient donc, côte à côte, sur le sofa de Robin.

Chico avait du mal à saisir le changement intervenu chez son ami. Ça devait être lié à Neea. Il s'est assis près de lui sur l'autre chaise et s'est tourné vers la mer. Il percevait de moins en moins de détails. Les flots se sont changés en un vaste champ lorsque les vagues se sont aplanies dans la pénombre. Chico tenait la pelle en travers de ses genoux. Elle pesait à peu près autant qu'une guitare. C'était sans doute une bonne chose, cela lui remettait les idées en place et lui donnait un but.

Il en était si vite arrivé là.

Quelques pas un peu fous, et voilà où il se retrouvait.

Il n'avait fait que saisir une occasion, comme on le lui avait toujours conseillé : avec passion et en donnant tout. Puis tout s'était passé comme il l'avait toujours redouté. Une force extérieure s'était ingérée dans ses projets pour changer le cours de ses aspirations. Le résultat était diamétralement opposé au but initial. Comme un miroir devant lequel on levait la main droite pour y voir remuer la gauche. Il lui semblait en avoir tiré une leçon : s'il voulait vraiment réussir quelque chose, il devait d'abord commencer par gâcher ses chances. Le résultat pourrait difficilement être pire.

Il a été tiré de ses pensées.

Le bruit d'une voiture. Qui roulait vers eux.

Comme convenu, ils se sont levés, ont fait quelques pas vers le chalet, se sont plaqués contre le mur de planches et ont enfilé leurs cagoules.

Le véhicule faisait le son escompté. Le 4 × 4 de Leivo n'était pas récent ; il ne dégageait pas le ronflement étrange des nouvelles voitures mais le bruit habituel d'un moteur Diesel. Les phares ont balayé le chalet, leur lumière a jailli sur ses flancs en direction de la mer. Puis le bruit du moteur a semblé venir de l'intérieur du chalet. Ce qui signifiait que le véhicule était arrivé de l'autre côté, sur sa place de parking couverte de gravier. Le moteur s'est éteint, de même que les feux. Chico et Robin ont attendu le signal. À l'ouverture de la portière, ils se sont mis en mouvement.

Chico a contourné le chalet d'un côté, Robin de l'autre.

Ils avançaient à la même vitesse. Chico a vu Robin surgir de son coin en même temps que lui du sien. Le plan fonctionnait comme sur des roulettes. Et Leivo a agi exactement comme Robin l'avait prédit : il s'est tourné dans la direction où il a remarqué que quelqu'un s'avançait. Ce qui se trouvait être le côté de Chico.

Ce dernier n'était plus qu'à quelques pas de Leivo et avait déjà levé la pelle au niveau de son épaule.

Tout s'est alors compliqué.

Chico s'attendait à ce que Leivo soit horrifié, ou tout au moins étonné, durant la fraction de seconde où il brandirait sa pelle. Qu'il se figerait, attendant inconsciemment le coup.

Sauf que cela n'a pas été le cas.

Sous cette faible lumière, Leivo n'avait pas l'air effaré. Au contraire. Son changement de position a fait paniquer Chico. Il a jeté un coup d'œil à Robin par-dessus l'épaule de Leivo. Son comparse se déplaçait avec plus de lenteur que Chico ne l'avait pensé. Il a reporté son regard sur Leivo, dont les yeux se sont posés sur la pelle. Chico a encore hésité durant une seconde fatale.

Leivo, lui, n'a pas tergiversé. Il a sorti quelque chose de la poche de sa veste et a tendu le bras vers Chico. À l'instant où celui-ci a compris ce qui se passait, ses yeux se sont enflammés. Il a hurlé, contraint de lâcher sa pelle. Il a entendu un bruit sourd et s'est dit que Robin avait atteint sa distance de frappe. Leivo a poussé un gémissement et crié « Merde ! » Le coup n'avait pas dû être des plus réussis. Aussitôt après, Chico a entendu Robin hurler de douleur. Apparemment, Leivo était parvenu à enflammer ses yeux aussi.

Chico a cherché sa pelle à tâtons, l'a trouvée et s'est relevé. Il ne discernait qu'un brouillard épais, des ombres chancelantes. Il agitait sa pelle mais sans rien atteindre. Puis il a réentendu le même choc qu'un instant avant, et Leivo a encore crié. Robin l'avait de nouveau touché. Leivo jurait toujours, mais en articulant beaucoup moins bien. Chico a essayé de le localiser. Robin lui avait déjà donné deux coups de pelle. *Un seul aurait dû suffire*. Il a cogné à son tour. Quelque chose comme du verre s'est brisé dans un son cristallin et la pelle a rayé du métal. Il avait touché la voiture. Fort de cette expérience, il a pris une nouvelle direction, a fait un pas en avant et s'est pris un coup de poing dans le diaphragme.

Chico avait le souffle coupé et ne voyait plus rien. Réalisant qu'il était en colère, il a saisi sa pelle et l'a agitée. Une vitre s'est cassée. Encore trop proche du véhicule. Il a entendu des bruits qui ressemblaient à… du catch. Râles, halètements, martèlements du sol. Il a contraint ses yeux à se rouvrir, serrant les paupières, clignant, plissant, et a fini par apercevoir une espèce de bloc s'agiter devant le chalet. Leivo et Robin se battaient. Chico s'est précipité en avant. Comprenant qu'il ne pourrait pas se servir de sa pelle, car il ne saurait pas lequel des deux il frapperait, il a balancé l'objet de côté et s'est jeté dans la mêlée.

À tâtons, il a distingué Leivo de Robin. Au moment où il tenait presque le cou de Leivo, il s'est retrouvé à lutter en tête à tête avec lui. Et ce dernier était un opposant féroce, fort comme un bœuf. Chico a perdu sa prise, Leivo lui est monté dessus, Chico a senti ses mains lui serrer le cou. Il l'étouffait. Il a tenté de crier, Leivo grognait, Chico battait des jambes et essayait de se retourner, mais son adversaire avait une poigne de fer, d'acier trempé. Chico a su qu'il allait mourir.

Puis il a entendu un coup.

Leivo s'est dégonflé sur lui comme un ballon de baudruche, émettant un long pet bruyant et grave qui a résonné dans la nuit tel un petit moteur. Ça a duré une éternité. Le son gargouillant qui émanait du plus profond de lui indiquait qu'ils avaient obtenu des résultats. Chico s'est mis à respirer avec avidité, même si les bouffées d'air qu'il inspirait l'une après l'autre contenaient du soufre, un mélange d'œuf et de hareng avariés. Leivo n'était pas mort. Il respirait en bavant sur la joue de Chico, plongé dans une inconscience sombre et profonde.

Les bras de Chico étaient faibles, son corps inerte. Une fois qu'il a pu respirer de nouveau, il a réussi à souffler quelques mots.

— Déplace-le.

— Je ne peux pas, a répondu Robin, qui toussait et se raclait la gorge un peu plus loin. Bon Dieu, qu'est-ce qu'il pue !

— Je suis en dessous de lui.

— Retiens ton souffle.

— Je ne peux pas. Il m'étrangle.

— Comment la merde peut puer autant ?

— Il doit y en avoir pas mal. À l'aide !

— Je ne crois pas qu'on pourra la remettre en place.

— Bon, tu m'aides, oui ?

Robin s'est approché. Ensemble, ils ont réussi à faire rouler Leivo et à libérer Chico. Celui-ci s'est redressé tant bien que mal, s'est éloigné en titubant et a vomi. Cela lui a fait plus mal que la strangulation de Leivo. Robin l'a rejoint. Lui aussi a vomi.

Puis ils se sont mis à genoux.

Le pire était à venir.

3

Les plats étaient divins. Un lavaret cuit en entier sur une flamme nue, dont ils piochaient des morceaux. Des pommes de terre nouvelles cuites dans une eau salée à point. De la salade croquante, qui avait le goût de l'été, de la verdeur et de la campagne. Une sauce avec un soupçon de moutarde et de citron, pas une préparation épaisse et gluante. Elle était au contraire fraîche et tonifiante à souhait, quoique brûlant un tout petit peu la langue.

Nyman ne doutait plus de lui comme durant le long trajet silencieux à bicyclette, alors que tous deux s'étaient contentés de pédaler en suivant l'itinéraire choisi par Olivia pour admirer le paysage. Ils s'étaient parfois regardés et furtivement souri, peut-être pour s'assurer que la vitesse leur convenait. Nyman était conscient d'avoir fait le bon choix. Il touchait au but, il le savait d'expérience. Olivia Koski s'est essuyé les commissures des lèvres avec sa serviette et a demandé à Nyman s'il appréciait la cuisine.

— C'est encore meilleur que je n'avais osé l'espérer.

— J'en suis ravie. Comment s'est passée la planche à voile, aujourd'hui ?

Olivia a dégagé ses longs cheveux châtains de son visage. Peut-être pour mieux voir Nyman.

— Je ne sais pas. Une chose s'est produite ce matin, je crois que j'ai découvert de quoi il retourne vraiment. Ce n'est plus un sport complètement inaccessible. Quand la planche m'obéit, que la voile reste dressée et m'emmène dans la bonne direction… Je ne sais pas ; j'attends déjà le prochain cours avec impatience.

— Qu'est-ce qui vous a donné l'envie de faire de la planche ?

Nyman a haussé les épaules. C'était une idée de Muurla.

— C'est venu comme ça. Je ne pense pas y avoir trop réfléchi.

Il a jeté un coup d'œil au paysage. Ils étaient sur la terrasse du restaurant, tout au fond. À sa gauche, la mer, à sa droite, le chemin de gravier bordé par la forêt plongée dans l'obscurité. En biais au-dessus de leurs têtes, une lanterne diffusait une lumière tamisée. Elle éclairait le visage de Nyman mais laissait dans l'ombre celui d'Olivia, assise en face de lui. Ses yeux marron semblaient de braise.

— Vous vous êtes dit soudain « Hé, si je me mettais à la planche à voile ?! », a commenté Olivia avec un sourire. Vous n'y songiez donc pas en venant ici ?

J'ai été prévenu par SMS, a repensé Nyman.

— Non.

— Vous êtes plutôt spontané, a constaté Olivia. Moi aussi, je devrais l'être davantage. Faire un truc fort. Ça a l'air sympa.

— Qu'est-ce que vous voulez dire ?

— Vous avez l'air d'un type décontracté, c'est tout. C'est une bonne chose. Vous décidez tout à coup de passer vos vacances dans une ville bizarre, vous débarquez, vous vous lancez dans la planche à voile, vous rencontrez des autochtones. Est-ce que vous faites pareil ailleurs ?

— Qu'est-ce que vous voulez dire ? a répété Nyman en réalisant qu'il posait la même question pour la seconde fois.

Cela ne se passait pas comme il l'avait prévu.

— Je dois mal m'exprimer, a repris Olivia d'un ton doux et amical. Pardon. J'entendais juste par là que, de mon point de vue, vous avez l'air de passer un été plutôt agréable.

— Exact, a acquiescé Nyman en pensant que manger vite l'avait un peu émoussé : ventre plein, esprit lent. Comme je vous l'ai expliqué, je suis divorcé et j'ai changé de travail. Besoin de me changer les idées.

— Vous avez changé de profession ?

— Je ne vous l'ai pas déjà dit ?

Vraiment ? s'est demandé Nyman. Puis il a réalisé qu'il ne l'avait pas dit à Olivia mais aux policiers : il leur avait affirmé être sans poste fixe, car il ne disposait pas de travail dont il aurait pu prétendre prendre des vacances.

— Vous m'avez juste dit que vous étiez prof de maths.

Ses yeux étaient tellement dans l'ombre que Nyman n'a pas pu distinguer leur expression. Mais sa voix était agréable, calme.

Les clients les plus proches étaient assis deux tables plus loin. Un homme grisonnant, une femme aux cheveux noirs. Tous deux portaient des pulls et d'épaisses écharpes contre la fraîcheur du soir. *Bien vu*, il s'est dit. Malgré la mise en garde d'Olivia, il s'était trop peu couvert.

— Oui, a-t-il confirmé, voulant détourner la conversation de lui. En ce moment, je ne travaille nulle part, pas plus en titulaire qu'en auxiliaire. Mais je suis bien sûr prêt à enseigner dès qu'on m'appelle.

— Des additions ? Des divisions ? Des primitives ? Je n'ai jamais vraiment aimé ça. J'ai bien sûr eu besoin du calcul des pourcentages, comme de tout le reste sans doute. La vie et le quotidien sont faits de mathématiques. Il faut tout compter. L'argent, le temps, les calories. Mais pourquoi je vous parle de ça ? Vous le savez déjà.

Nyman l'a observée. Dans un sens, elle était…

— Sinon, vous enseignez au lycée ou en primaire ?

Que savait-il encore des mathématiques du lycée ? À vrai dire, juste d'avoir suivi l'enseignement obligatoire mais pas optionnel. Et pas vraiment avec succès. Le plus sûr était de prétendre qu'il enseignait en primaire. Il ne savait plus de quoi il y était question, mais cela ne pouvait pas être très compliqué. Il n'a cependant pas eu le temps de répondre.

— Souhaitez-vous le dessert ? a-t-il entendu à ses côtés.

Il a levé les yeux. Le serveur a débarrassé leurs assiettes et attendu leur réponse. C'était un grand homme brun, large d'épaules. Nyman a regardé Olivia d'un air interrogateur.

— Bien sûr, a-t-elle répliqué.

— Bien sûr, a renchéri Nyman en jetant un coup d'œil à l'employé.

Celui-ci a hoché la tête puis s'est retiré. Il n'y avait qu'un seul dessert à la carte, c'était pratique. Nyman avait oublié ce que c'était, mais c'était sans importance. Si c'était sucré, il aimerait. Il a versé le reste de sa bière dans sa chope, l'a bue et a décidé qu'il n'avait plus envie de parler de mathématiques.

— Et votre journée ? a-t-il demandé à Olivia en reposant son verre sur la table.

— Je pense que vous le savez, a-t-elle affirmé, toujours sur un ton léger et cordial.

Nyman n'a pas tenu à répéter « Qu'est-ce que vous voulez dire ? » pour la troisième fois. Peut-être avait-il l'air assez interrogateur à la lumière de la lanterne.

— On s'est vus sur la plage, vous vous souvenez ?

— Tout à fait, a-t-il assuré.

— J'y ai passé la journée. Je remplaçais encore Chico. Il a appelé pour prévenir qu'il était malade.

— Et qui est Chico ?

— Un gardien de plage. Qui ressemble à Patrick Swayze. Il le revendique lui-même si on ne s'en aperçoit pas.

Kari Korhonen, a songé Nyman, *l'homme à la braguette leste.*

— Comment il est ?

— Chico ? Comment ça ?

Nyman était persuadé qu'Olivia souriait un peu. Ses cheveux ombrageaient davantage son visage.

— Juste par curiosité, a ajouté Nyman. Je l'ai vu sur la plage et…

— Peut-être avec moi ?

Que voulait dire Olivia ? Faisait-elle allusion au fait que Nyman pourrait être jaloux ? Il l'était, en effet, mais ça n'avait rien à voir. Ou un peu. Tout avait toujours à voir avec tout. Il a essayé d'avoir l'air de penser « Bon sang, vous avez vu juste », ce qui était vrai. Et cela a semblé suffire à Olivia.

— C'est le genre à… Enfin, pour être vraiment

sincère, Chico est… Disons qu'il ne risque pas d'inventer une nouvelle théorie de la relativité. Je le trouve très sympa, malgré tout. En principe très amical, quand il pense à l'être. En aucun cas l'employé le plus assidu. Il a très souvent la grippe, même en été. Surtout en été.

En peu de temps, Nyman avait appris la même chose de deux sources différentes. Les policiers auraient bien soupçonné Korhonen s'ils avaient vu en lui un peu plus d'étoffe. Pour cette raison, Korhonen lui semblait parfait. Nyman appréciait ceux qui n'étaient pas favoris d'emblée.

— Ça vous rassure ? s'est enquise Olivia.

Nyman n'a pas eu le temps de répondre. Tarte à la rhubarbe et glace maison. La cuillère lui a paru froide dans sa main. Il ignorait comment poser la question suivante sans que la jalousie devienne le sujet de la conversation.

— J'ai vu mon voisin de villégiature sur la plage, aujourd'hui, a-t-il commencé comme s'il parlait d'un grand ami – qu'il n'avait pas. Je lui aurais bien recommandé la planche à voile, mais il était déjà parti. Et je ne l'ai plus revu. Je lui aurais dit de venir le matin sur la plage, il était encore temps de nous rejoindre. Il m'a l'air d'être un type sportif. Si par hasard il fait de la planche.

Olivia a changé d'expression, Nyman en était convaincu.

— Vous devriez le lui demander, a-t-elle conseillé.

Rien que ça. Nyman aurait bien accompagné la tarte d'un café. Et il y avait quelque chose entre Olivia et son voisin. Mais quoi ?

— Je pensais juste qu'il était passé vous questionner à propos de la plage, a affirmé Nyman. Mais apparemment, non.

— Il est venu m'expliquer ce qui ne tournait pas rond dans notre société.

— Quoi donc ?

— Des vagabonds de votre genre font de la planche à voile.

— Et c'est la plus grande injustice ?

— J'ai eu l'impression que ça le dérangeait.

Ils ont tous deux trouvé la tarte succulente. Nyman a mentionné le café, et ils en ont commandé.

— Vous n'êtes pas inquiet de ne pas avoir de travail ? a ensuite demandé Olivia. Vous m'avez dit avoir reçu de l'argent quand votre femme a vendu votre appartement, donc de ce côté-là, vous pouvez sans doute vous permettre de prendre des vacances et de faire de la planche tout l'été. Mais à l'avenir ?

— J'ai pensé prendre un peu de liberté.

— Vous voulez dire encore un peu ?

— Peut-être que j'ai envie de faire autre chose.

— Et peut-être que les maths ne sont pas votre domaine, a avancé Olivia. En général, les profs de maths savent faire les additions.

Elle a continué à manger son dessert, portant lentement la cuillère à sa bouche. Elle savourait la tarte et la glace crémeuse à la vanille. Nyman attendait qu'elle poursuive. Elle a avalé sa bouchée.

— On peut se tromper une fois, a-t-elle ajouté. N'importe qui. Mais sans doute pas un prof de maths, et pas à chaque coup.

— Je suis rouillé par les vacances.

— C'est possible. Mais vous n'êtes pas professeur de mathématiques.

Nyman a tenté de deviner le fond de sa pensée, en

vain. Il a vu le serveur arriver avec la cafetière et les tasses, la nuit d'été, le couple voisin, la lanterne et de longues ombres. Il a entendu un portable sonner. D'abord d'un son étouffé, puis la sonnerie est devenue plus claire lorsque Olivia Koski a levé son sac. Le serveur a posé les tasses sur la table.

Olivia a regardé son téléphone, s'est excusée et s'est levée de table.

*

Elle a reconnu le numéro. Ce n'était pas une heure normale pour appeler. Elle s'est un peu éloignée de la terrasse de six tables et est montée de quelques pas sur un petit monticule d'où elle voyait autant la plateforme que la mer devenue noire. Sur la terrasse, à la lumière jaune des lanternes, le serveur versait du café à Jan Kaunisto.

Celui-ci donnait l'impression de ne pas avoir remarqué qu'Olivia s'était retirée. Elle ne savait quoi penser de lui : il semblait sincèrement intéressé par elle, mais quelque chose sonnait faux. Elle avait essayé de le prendre au dépourvu, mais il restait calme et paisible, à toute épreuve. Et quand elle lui avait dit franchement qu'il n'était pas professeur de mathématiques, il s'était contenté de constater avec flegme qu'il était « rouillé par les vacances ».

Olivia aurait identifié l'appelant à sa voix. Elle était si reconnaissable qu'elle pouvait imaginer la barbe grise autour de la bouche. Il s'est cependant présenté : Reijo Pitkänen, brigadier de la police locale. Olivia lui a demandé s'il était arrivé quelque chose.

— Je ne sais pas vraiment, a-t-il répliqué. C'est à vous que j'aurais posé cette question.

— « À vous » ?

— Est-ce que je peux vous tutoyer ?

Tu l'as déjà fait quand tu m'as soupçonnée de coucher avec un pyromane, a pensé Olivia. Elle s'est contentée d'acquiescer.

— Bien, a répondu le policier sur un ton si neutre qu'il pouvait signifier n'importe quoi. J'en profite pour m'excuser si j'ai pu te paraître un peu antipathique par le passé. Je ne voulais pas. Ça fait parfois partie de ce travail. Je t'appelle parce qu'il se trouve qu'aujourd'hui, nous sommes allés chez toi dans le but d'inspecter encore un peu les ruines du sauna. Lorsque nous sommes arrivés sur place, un homme se promenait dans ta cour.

— Vraiment ?

— Le même homme qui était en ta compagnie le soir où le sauna a brûlé. Ou plutôt, a été incendié.

Olivia s'est tournée vers la terrasse. Jan Kaunisto buvait son café et continuait à déguster sa tarte lentement mais sûrement.

— Il a dit qu'il était venu te voir, a poursuivi le policier. Nous lui avons bien sûr demandé à quel propos. Il a répondu que c'était une affaire entre vous. Comme c'est le cas, bien sûr, à condition que ce soit vrai.

Olivia fixait toujours la terrasse. Jan regardait désormais vers elle. Il a désigné son assiette de sa cuillère et a hoché la tête. Olivia était persuadée de le voir sourire. Il avait un physique encore plus agréable quand il souriait.

— Je voulais donc te demander si c'était bien le cas, a repris le brigadier. Et sinon, est-ce que tu as remarqué quoi que ce soit d'inhabituel sur ta propriété ?

Jan s'est resservi du café et a jeté un coup d'œil à Olivia. Elle a signalé de son index gauche qu'elle n'en avait plus que pour une minute, et elle a songé aux 10 000 euros. Merde alors ! Pourquoi, chaque fois qu'elle était sur le point d'obtenir quelque chose dans la vie, se retrouvait-elle confrontée à un problème moral insurmontable ? Elle ne souhaitait rien de plus qu'une salle de bains avec l'eau courante. Et commencer à réparer les négligences de plusieurs générations. Elle était désormais convaincue que Jan Kaunisto était l'homme recherché par l'avocat. Voilà pourquoi elle avait choisi l'itinéraire privilégiant le paysage. Il était davantage fréquenté.

Par rapport au timing, Jan Kaunisto concordait avec tout ce qui s'était passé. Il était arrivé en ville juste avant l'incendie, qui avait débuté par une explosion, ainsi que le chef des pompiers le lui avait expliqué. Olivia ne s'y connaissait pas trop en minuteurs ou en détonateurs, mais elle se doutait qu'en bricoler un ne devait pas être très compliqué. Il y avait aussi la façon dont Jan l'avait approchée et s'accrochait à ses basques. Et voilà qu'il la questionnait sur les gens qui l'entouraient. En plus du fait qu'il n'était pas professeur de mathématiques, cela aussi, Olivia en était convaincue.

La seule chose qu'elle ne comprenait pas, c'était pourquoi il revenait ici après avoir tué un homme dans sa maison. Enfin, ce point-là aussi avait son explication : si on est assez tordu pour tuer quelqu'un, on l'est aussi pour n'importe quoi d'autre, n'est-ce pas ?

Olivia savait ce qu'elle avait à faire, et elle ne se défilerait pas. Comme on fait son lit, on se couche. Cet homme pouvait être dangereux. Sans compter que l'avocat lui avait déjà confié 10 000 euros afin de découvrir l'identité de l'assassin. Olivia lui avait fait une promesse. Et avant cela, elle s'était promis de faire tout et n'importe quoi pour trouver l'argent des travaux. Rien de tout cela ne lui semblait bon ou juste, mais cela ne signifiait pas que sa décision serait injuste. Elle avait appris qu'il fallait parfois faire un choix qui semblait mauvais afin d'obtenir de bons résultats.

Mais pour revenir à la question du brigadier : « Quoi que ce soit d'inhabituel ? »

En considérant que les trois dernières semaines avaient été une espèce de nouvelle normalité et que sa vie banale avait changé, rien ne sortait de l'ordinaire.

— Tout m'a semblé en ordre sur ma propriété, a-t-elle répondu. Même si elle a besoin de travaux importants.

— En effet, a constaté le policier. Je veux dire que ça lui ferait du bien. Encore une question : si tu venais à apprendre ou à voir quelque chose, tu nous en informerais ?

Olivia a fait demi-tour et a balayé des yeux la forêt sombre.

— Je ne vois rien ici.

Ils se sont souhaité une bonne soirée et ils ont raccroché. Olivia a sorti de sa poche la carte de visite de l'avocat. Elle a composé son numéro, a patienté, et est tombée sur le répondeur. Elle a laissé un message avant de retourner vers le dessert, le café et Jan Kaunisto.

4

L'opération de déplacement s'est révélée être un enfer. Leivo pesait une tonne et était lourd à traîner sur le sable de la pinède. Chico et Robin le tiraient par les bras, qu'ils avaient liés à la hâte. Ils avançaient à grand-peine, et chaque fois qu'ils s'arrêtaient pour se reposer, le vent les rattrapait et ils sentaient monter la nausée.

Ils avaient le choix entre tirer ou être indisposés.

Maintenant que Chico y songeait, cette partie du travail avait complètement échappé au plan de Robin. Chico non plus n'y avait prêté aucune attention. Il s'était contenté de penser à un endroit – une chose à la fois – et avait oublié le transport. Ce travail physique lui a fait prendre conscience que cela avait toujours été le problème de tous ses plans. Il n'avait jamais pris en compte le fait que, entre chaque événement significatif, il fallait galérer, et qu'au final, la vie était principalement faite de cela.

Ce dont il avait toujours rêvé, se retrouver guitare au cou sous les feux de la rampe, n'était qu'une image furtive, un flash qui, une fois éclipsé, le laissait de nouveau dans la pinède à tirer un lourd fardeau. C'était ce qu'il fallait faire ici. Cette idée a fait monter en lui reconnaissance et inquiétude, des sentiments mêlés qui l'ont plongé dans un grand désarroi. Peut-être Chico devait-il remercier Robin ? Il l'ignorait.

Pour l'heure, ils se trouvaient là, par cette calme nuit d'été, sous les pins et près de la mer, au seuil de la seconde phase de leur plan.

Ils tiraient d'une main, portant chacun leur pelle de l'autre. Les yeux de Leivo étaient bandés, pour le cas où il reprendrait connaissance. Ils l'avaient aussi bâillonné pour l'empêcher de crier. Mais il n'a rien tenté de tout cela. Lorsqu'ils ont ralenti et que les crissements se sont atténués, Chico a entendu Leivo ronfler. C'était reposant, d'une manière fort étrange.

Ils ont franchi un rocher plat et sont redescendus sur le sable. Ils ont tiré leur charge jusqu'au bord de l'eau et ont commencé à creuser. C'était un travail incroyablement pénible, aussi lent que difficile. Avec les manches de leurs pelles, ils estimaient la taille de Leivo, étendu par terre de tout son long ; le trou n'était jamais assez profond. Par moments, Chico était contraint de marquer une pause. Ses bras le brûlaient douloureusement, ses paumes étaient en sang, il ne parvenait plus à se redresser. Robin, et c'était tout à son honneur, trimait à un rythme incroyable, sans relâche. Minute après minute, sa pelle s'enfonçait dans le sol et en ressortait, aussi efficace et précise qu'un piston s'activant dans un cylindre.

Enfin, la mesure à la pelle a fini par leur indiquer qu'ils avaient assez creusé. Chico a aidé Robin à remonter sur le sable. Ils étaient tous deux postés près du trou à la lumière de la lune. Leivo ronflait de l'autre côté, un peu plus loin. La mer chatouillait le bord de la fosse. Chico a regardé les deux extrémités de la plage. Le vide, le désert. Ce bout de rivage du

Palm Beach Finland était une réserve naturelle pas très fréquentée, même de jour. Elle était délimitée par la mer et encadrée par la forêt.

Ils ont repris Leivo par les bras, l'ont tiré vers la cavité, l'ont retourné et ont avancé avec prudence ses jambes jusqu'au bord. Celles-ci ont basculé à l'intérieur. Les pieds ont d'abord pendouillé, puis les chevilles sont tombées et les genoux se sont pliés. Chico a compris le problème et a arrêté Robin pour le lui expliquer. S'ils jetaient Leivo ainsi, il dégoulinerait au fond du trou comme de la gelée.

Robin a trouvé une solution. Ils ont attaché une corde sous les épaules de Leivo et Robin l'a fait descendre dans la fosse au ralenti, en le maintenant bien droit. Enfin, si l'on peut dire. Sa tête lourde pendait sur sa poitrine, il avait l'air vide.

Lorsque ses chaussures ont atteint le fond du trou, Chico a saisi la corde et Robin a commencé à pelleter. La cavité autour de Leivo s'est vite remplie et Chico a eu de moins en moins de poids à soutenir. Cela l'a soulagé, tant ses bras et son dos hurlaient de douleur.

Le but n'était pas d'enterrer Leivo en entier, non : leur plan relevait du génie. Chico était prêt à l'admettre, maintenant que le travail se trouvait dans la dernière ligne droite. Ils n'auraient rien de plus à faire que cette fosse. Et le problème serait résolu.

Robin a continué à pelleter le sable, Leivo en avait déjà jusqu'aux épaules. Il était temps de passer au peaufinage. Cela requérait de la précision. Robin s'est laissé tomber à genoux et a utilisé ses mains, intimant à Chico d'en faire autant. Celui-ci a hésité, peu désireux de s'approcher. Cela ne lui plaisait pas. Mais Robin a insisté et Chico a cédé. Il a amassé du sable sur les épaules de Leivo et lui en a mis sur le cou, sans trop tasser cependant. Tout se jouait au millimètre, et devait tomber juste, cela…

Chico se trouvait à droite de Leivo lorsque Robin a affirmé que celui-ci devait voir la marée haute, il a saisi le bandeau sur ses yeux et l'a arraché.

La respiration régulière de Leivo s'est interrompue. Ses yeux se sont ouverts. Puis écarquillés. Il a regardé sur le côté. Chico l'a observé, Leivo lui a rendu son regard. Ils étaient à moins d'un mètre l'un de l'autre. Chico a réalisé qu'il avait retiré sa cagoule commando pour moins transpirer en creusant. Au même instant, Leivo a suffisamment compris la situation pour se mettre à crier comme un veau.

Dieu merci, il était toujours bâillonné.

Chico a failli s'évanouir d'horreur. Il a cru que Leivo allait surgir du sable. Mais non, il est resté sur place, tout comme Chico. Ils se sont dévisagés encore un moment jusqu'à ce que Chico puisse enfin s'en détacher et se relever.

Il est passé derrière Leivo en chancelant. Sa tête s'agitait sur le sable, ses cheveux étaient encore plus en désordre qu'à l'accoutumée, complètement hirsutes. Cette boule poilue qui se débattait dans tous les sens lui rappelait un ananas possédé. Leivo a émis un grognement évoquant un lion, un chien et sans doute une créature préhistorique.

Robin a murmuré à Chico de récupérer les pelles à côté de Leivo : puisqu'il était déjà repéré, sans sa cagoule, c'était à lui de s'en charger. Chico a regardé Robin. Tous deux se sont éloignés de la mer et de Leivo, puis ils se sont arrêtés. Chico a pensé seulement un instant plus tard qu'il aurait dû saisir ce qui allait se passer. Mais il a aussi réalisé qu'il n'y aurait lui-même pas cru. Il était de l'avis de Robin et a donc consenti à aller chercher les outils, surtout pour pouvoir partir d'ici le plus vite possible.

Chico est retourné vers Leivo.

L'une des deux pelles se trouvait juste devant Leivo ou, pour être précis, devant sa tête : une fois son corps disparu sous le sable, Chico avait du mal à se représenter Leivo en entier. Il n'y avait que cette méchante tête agitée qui, pour l'heure, demeurait à sa place, pour une raison ou une autre.

Chico a tiré la pelle laissée près de Leivo et l'a saisie. Il a contourné leur victime par-derrière et est arrivé de l'autre côté. Il s'est dit qu'il attraperait vite l'autre par le manche, qu'elle serait plus facile à porter. Mais il ne voulait plus croiser le regard de Leivo. Il a eu l'idée d'observer la mer et de tendre le bras pour s'emparer de l'outil. Il s'est penché, a tendu la main, a tourné les yeux vers le large reflétant la lumière de la lune, et il a atteint…

Les dents de Leivo.

Qui l'a mordu.

Plus fort que n'importe quel chien. Soit le bâillon s'était desserré, soit Leivo était parvenu à le retirer lui-même. *Peu importe*, s'est dit Chico tandis que les dents s'enfonçaient toujours plus dans le tranchant de sa main. Chico a essayé de l'arracher, mais Leivo tenait bon. Il grognait, et Chico a vu que sa tête tout entière était crispée. La douleur dans sa main était étourdissante. Il a crié, même s'ils étaient convenus de ne communiquer qu'en murmurant. Robin est resté à sa place. De sa main libre, Chico a un peu repoussé la tête de Leivo, mais il ne pouvait guère l'éloigner, puisqu'ils venaient de la caler dans le sable. Alors il n'a rien trouvé d'autre que de le frapper, de lui claquer deux fois le front. Cela lui a paru mal, vraiment injuste.

Robin a fini par bouger, après une éternité. Leivo était un vrai doberman. Chico pleurait des larmes de douleur.

Robin s'est agenouillé derrière Leivo et a tripoté le nœud du bâillon, puis il a tiré Leivo par les oreilles. Chico a fermé les yeux. Enfin, après un délai incroyablement long, Leivo a crié, peut-être de douleur, et il a desserré ses mâchoires, assez pour que Chico puisse retirer sa main.

Celui-ci a fait un bond en arrière puis s'est relevé en agitant la main. Il pensait avoir quelque chose de brisé, ou au moins de déchiré. Il a vu Robin remettre le bâillon dans la bouche de Leivo et le nouer sur sa nuque. Leivo s'est rebiffé, mais Robin était fort et assez habile pour rester hors d'atteinte de ses dents. La tête de Leivo s'agitait et tournait, des grognements effrayants filtraient à travers le bâillon. Puis il s'est calmé, pour finir par s'arrêter. Il semblait avoir de nouveau perdu connaissance.

Robin s'est levé, a ramassé les pelles et s'est dirigé vers la forêt. Chico le suivait, sa main l'élançait. Il a essayé de calmer la douleur en lui faisant prendre un bain d'air. Ils sont arrivés sous le couvert des pins et ont emprunté un itinéraire différent de l'aller. Soudain, Chico a réalisé une chose essentielle dont ils n'avaient pas du tout parlé. En tout cas, il ne se rappelait pas l'avoir évoquée.

— Attends, a-t-il dit au dos de Robin.

Robin s'est arrêté et s'est retourné lentement. Chico n'a pas vraiment vu son expression. La lueur de la lune, telle de l'or blanc, éclairait bien, mais ils se trouvaient sous les arbres, dans l'ombre. Chico a tourné le dos à Robin et regardé vers la plage.

À la lumière de la lune, la tête de Leivo était comme un petit objet échoué sur la plage. Chico a réfléchi à ce qu'il voyait. Quelque chose semblait manquer. *Un point essentiel, mais qui m'échappe pour l'instant.* Puis il a saisi. Il s'est tourné vers Robin et, lorsque les mots sont sortis de sa bouche, il a vu la pelle s'approcher de lui.

— Est-ce qu'il y a seulement la marée montante, ici ? a-t-il demandé.

Il lui a semblé à la fois sentir et ne pas sentir l'impact de la pelle sur sa tempe. Le coup était étrangement creux, et Chico était persuadé de le goûter aussi dans sa bouche : métal, sang, sable humide.

Ou bien ce goût venait du sol, qui l'a accueilli en douceur. Avant de perdre conscience, il s'est dit que ce plan était excellent. Hormis bien sûr le fait qu'il était basé sur un phénomène qui n'existait pas. *En tout cas pas ici, jamais.*

Il a aussi pensé que Robin n'était peut-être pas une lumière, mais que c'était malgré tout un ami fiable. N'est-ce pas ?

5

— Tout va bien ? a demandé Nyman lorsque Olivia Koski est revenue à table et s'est vite assise sur sa chaise.

Il a remarqué qu'il avait mangé sa tarte presque en entier tandis qu'Olivia avait juste eu le temps de goûter la sienne. C'était un peu embarrassant.

— Comment ça ? s'est-elle étonnée. Ah, l'appel. C'était à propos de ma maison.

Nyman a vu qu'elle le regardait d'un air un peu interrogateur, à l'évidence plus vigilante qu'un instant plus tôt.

— Rien de grave, j'espère, a-t-il avancé.

— J'ai appris que les travaux seront beaucoup plus importants que prévu.

— Et qui dit plus grands travaux dit sans doute plus gros budget.

Olivia n'a pas relevé. Elle n'a pas non plus touché à sa tarte. Nyman a laissé quelques secondes s'écouler. Il a essayé de mieux interpréter l'expression d'Olivia. Elle était certes grave, mais aussi nerveuse.

— Vous êtes intéressé par mes affaires d'argent, a-t-elle déclaré. Je m'en suis aperçue. Je n'ai pas d'argent. Vous chassez la mauvaise femme. Depuis le début. Je suis fauchée. Vous n'obtiendrez pas un sou de moi parce que je n'en ai pas.

Nyman a reposé sa cuillère sur son assiette. Il s'est essuyé les commissures des lèvres avec sa serviette et s'est penché en arrière.

— Je ne veux pas d'argent de votre part, a-t-il affirmé. Même si vous en aviez, je n'en voudrais pas.

Olivia l'a fixé. Nyman a remarqué qu'elle serrait toujours son portable dans sa main. Si l'appel concernait les réfections, il avait été passé anormalement tard. Nyman n'y croyait pas. À en croire le changement d'attitude d'Olivia, l'appel était sûrement venu de la police locale.

Il a envisagé la situation du point de vue de Muurla, son chef et directeur de l'opération. À vrai dire, il était plus intéressant pour Muurla que Nyman agisse seul. C'était une pratique courante et délibérée envers la section des opérations secrètes : on les enfonçait toujours plus profondément et on regardait qui parvenait à remonter à la surface, et avec quels résultats. Nyman ne trouvait pas cela injuste, il l'avait toujours accepté comme un aspect de son travail. Cela avait aussi du bon, et ce côté-là venait d'être scellé quelques heures plus tôt : plus rien ne le retenait. Il avait carte blanche, y compris pour employer des méthodes impensables auparavant.

— Vous ne voulez pas d'argent ? a interrogé Olivia.

— Non.

— Cela dit, c'est compréhensible. S'il ne me restait plus que 2 euros, vous ne sauriez peut-être pas les compter.

— Ce n'est pas la peine de me vexer.

— Doux Jésus. Vous n'avez pas été capable de

réussir une seule addition depuis le peu de temps que nous nous connaissons. Vous avez tout calculé de travers : la durée de location de la planche à voile, ma théorie sur les hommes et le hasard, tout. Je vous ai dit à l'instant que vous n'étiez sûrement pas prof de maths. J'en suis persuadée.

Ils se sont observés. Nyman a entendu la discussion du couple voisin, quelques tables plus loin. Pas les mots mais les intonations, la proximité. Par chance, le serveur n'était pas dans les parages. Nyman a reposé sa serviette sur la table et l'a calée sous le bord de son assiette. Il a réfléchi. Une maison à retaper. Olivia n'en avait pas les moyens. Un cadavre retrouvé dans sa cuisine. L'incendie du sauna. Et maintenant, elle commençait à trouver de l'argent.

Nyman s'est penché en avant et a dit d'une voix calme et amicale :

— Olivia, est-ce que quelqu'un ou quelque chose vous menace ?

Elle l'a regardé de la même façon que lors de leur première rencontre, à la location de planches. Elle l'a jaugé, évalué. Nyman s'était mis à trembler. C'était purement physique : il était bien trop peu habillé. La mer toute proche était vraiment trompeuse : on se sentait d'abord vivifié puis, lorsque la fraîcheur tombait, on réalisait que le froid était présent depuis le début. Pour une raison quelconque, il fallait un moment pour s'en apercevoir.

— Qui êtes-vous pour me poser cette question ? s'est enquise Olivia.

— Moi.

— J'entends bien. Sauf que j'ignore qui vous êtes. En réponse à votre demande : peut-être. Je ne sais pas. Est-ce que vous, vous me menacez ?

Nyman a réalisé à quel point Olivia influençait ses sensations physiques. Il ressentait de l'attirance, aussi forte que ses tremblements.

— Je ne pense pas, a-t-il avancé.

Il a aussitôt regretté sa réponse. Mais qu'aurait-il bien pu dire d'autre ? Si Olivia était mêlée à des activités illégales, Nyman représentait en effet une menace pour elle. En revanche, si elle était innocente, alors sa réponse…

— Quel culot ! Autant que vous le sachiez tout de suite : la police s'intéresse à vous. Je sais que vous avez traîné sur ma propriété aujourd'hui.

— Je m'en doutais.

Il a alors compris qu'il devait tout lui dire. Qu'est-ce qui le retenait ? Cette même Olivia Koski qu'il soupçonnait. Il pensait savoir ce qui se passerait s'il lui révélait être un policier en mission secrète. Et elle ne pourrait qu'en tirer la conclusion suivante : il l'avait approchée en trichant, en mentant, en se faisant passer pour quelqu'un d'autre. Ce n'était pas un départ idéal pour la fréquenter. Et c'était ce que Nyman souhaitait vraiment, s'il était sincère avec lui-même. Voilà où il en était arrivé dans la vie. Il aurait bientôt quarante ans, peut-être le tournant était-il là.

— Qui êtes-vous ? a demandé Olivia.

Sa voix avait changé.

— Je ne suis pas prof de maths, a avoué Nyman, décidant de prendre son plus grand risque jusqu'ici. Je suis policier.

— Policier ?

— Oui.

— Un policier qui s'appelle Jan Kaunisto ?

— Pas tout à fait.

— Pas tout à fait ?

— Jan Nyman.

— Est-ce que vous pouvez le prouver ?

— Oui.

Les yeux d'Olivia brillaient comme des charbons ardents. Nyman a montré ses paumes.

— Enfin, pas là. Je n'ai que le passeport de Jan Kaunisto sur moi. Mais je peux vous le prouver plus tard. J'ai juste besoin d'un peu de temps. Et de quelques réponses. De votre part.

L'attitude d'Olivia était difficile à interpréter. Son visage avait durci. Elle a baissé les yeux. Nyman n'aurait su dire combien de temps elle est restée ainsi, peut-être quatre ou cinq secondes, mais lorsqu'elle a changé de posture, son visage exprimait le dégoût. Elle a pris sa part de tarte avec les doigts et l'a jetée à la face de Nyman, en visant avec précision entre les yeux. Elle s'est levée.

— Pour qui vous vous prenez ?! a-t-elle lancé sur un ton emporté, blessé.

— Si vous êtes innocente, je peux sûrement vous aider.

— Innocente ?!

Elle criait presque. Le couple s'est retourné pour les regarder, quelques rapides coups d'œil avant de reprendre leur conversation. Nyman est resté assis sans ciller.

— Si vous n'avez rien fait de…

— Un instant ! s'est emportée Olivia en levant la main pour couper Nyman. Un instant ! En admettant une seule seconde que vous soyez vraiment policier…

— Je le suis.

— Peu importe. Donc, en d'autres termes, vous me soupçonnez de quelque chose. Mais de quoi ?

Elle a attendu. Nyman a décidé qu'il n'avait pas d'autre choix que de poursuivre avec sincérité.

— D'un assassinat. D'un meurtre. D'un incendie volontaire. Au minimum de complicité dans tous ces crimes.

Olivia avait toujours la main levée. Son regard dur était rivé sur Nyman. Il a entendu le murmure de l'onde, pas des vagues distinctes, mais la présence de la mer. Les lanternes s'agitaient-elles au gré du vent ? Les ombres sur le visage d'Olivia s'allongeaient et se raccourcissaient tour à tour. Elle a baissé sa main, a saisi le verre de vin sur la table et a jeté le reste de la boisson au visage de Nyman. Il a pris sa serviette et s'est essuyé et s'est dit qu'elle n'aurait bientôt plus de projectiles, le dessert et le vin ayant été consommés. À moins qu'elle ne s'attaque à la vaisselle. Ce qui, du reste, serait mieux que de s'en aller. Nyman a fini de s'éponger. Olivia a respiré profondément, plusieurs fois. Elle semblait faire son choix. Elle a fini par se rasseoir et s'est tue. Nyman lui a accordé du temps.

— Cela dit, ça expliquerait beaucoup de choses, a-t-elle déduit d'une voix peut-être un peu plus maîtrisée, même si sa colère flagrante était encore perceptible. Pourquoi vous m'avez questionnée justement sur mon sauna quand il y a eu le feu dans ma cour. Et comment vous avez toujours surgi partout à point nommé. Si captivé par mes affaires. Et par les hommes qui m'entouraient. Vous avez joué la comédie.

Nous y étions.

— Ça a commencé comme ça, s'est entendu dire Nyman, espérant développer. Mais ça a évolué. Ça a évolué dès que je vous ai rencontrée.

— Qu'est-ce qui a évolué ? Vous ne m'avez plus soupçonnée que de l'incendie volontaire ?

Elle a posé sa main sur la table. Nyman avait envie de la toucher. Leurs doigts n'étaient qu'à quelques centimètres de distance.

— Je me suis intéressé à vous. Autrement que… qu'en tant que suspecte.

— N'est-ce pas la plus belle chose à dire à une femme ?

Nyman n'était plus sûr de rien. Ou plutôt, il était sûr de beaucoup de choses, mais elles étaient partagées entre celles dont il doutait et celles dont il ne doutait pas, et la plupart semblaient difficiles à accorder, et…

— J'ai une amie qui m'a dit que la police ne mettait jamais fin aux enquêtes.

— Concernant les crimes graves, c'est exact, a confirmé Nyman.

— Vous parlez comme un policier.

— Mais je suis policier.

— J'aurais dû écouter ma vieille amie.

— Si vous êtes innocente, vous n'avez rien à…

— À quel moment vous comptiez m'annoncer que vous étiez policier ? Et selon vous, comment j'allais le prendre ?

Nyman l'ignorait. La situation était nouvelle, inédite.

— Est-ce que vous vous imaginiez que j'allais dire « Ça ne fait rien » ? a poursuivi Olivia. « Comme c'est sympa, me voilà en sécurité, après avoir été un peu espionnée, questionnée et bernée. »

— Évidemment, ce n'était pas le début idéal…

— « Le début » ?! a fulminé Olivia avant de reprendre un air sérieux. Pardon ? Le début de quoi ?

Une chose absolument inédite s'est produite chez Nyman : il a rougi. Ses joues se sont enflammées. Pourquoi le vent marin ne les rafraîchissait-il pas ? Il a eu l'impression de se dévoiler de maintes façons, comme s'il avait fait tomber tous ses masques d'un seul coup. Lui qui, la tête froide, avait tenu compagnie à de grands bandits, passé la soirée avec eux, y compris au sauna, lui qui avait gardé son calme même quand il s'était retrouvé un couteau sous la gorge et qu'il s'était vu demander sans autre forme de procès : « T'es qui, putain ?! » Mais ici, la situation était si différente. Nous y étions. Le tournant. Olivia Koski.

— Le début d'une relation ? s'est renseignée Olivia d'une voix caustique qui transperça la peau sensible de Nyman.

— Je ne sais pas si c'est ce mot-là que j'avais en tête. Il est un peu ringard, a-t-il dit avec sincérité. J'ai pensé qu'on pourrait faire connaissance.

— Et avec qui j'aurais fait connaissance ? a interrogé Olivia, à l'évidence sceptique. Avec celui que vous êtes peut-être ou celui que vous prétendez être ? Il faut avouer que, si c'est l'alternative, mieux vaut y réfléchir à deux fois avant de prendre un rencard avec vous. Autre chose : pourquoi diable j'aurais assassiné quelqu'un dans ma maison et brûlé mon sauna ?!

Nyman n'aurait su répondre à aucune de ces questions.

Deux solutions s'excluant mutuellement se profilaient devant lui : éclaircir les choses ou bien se préparer à un désastre complet.

6

La tête de Robin faisait des étincelles et crépitait, de petites détonations s'y succédaient. Tandis qu'il s'efforçait d'oublier les choses, et avant tout ce qu'il venait de faire, son cerveau établissait avec ardeur de nouveaux liens. Il revoyait sans cesse le visage de Chico. Il sentait le son creux passer du manche de la pelle à ses poignets, ses doigts, au bout de ses doigts. Il avait beau les secouer encore et encore, cette sensation ne le quittait pas.

Tantôt il courait, tantôt il marchait. À la lumière de la lune, tout semblait figé, arrêté. Il s'est senti filer à travers le paysage.

Et le visage de Chico lui revenait en permanence. Il était persuadé que Chico avait vu la pelle s'approcher et eu le temps de réaliser qu'il allait le frapper. Cela lui semblait encore pire que le coup lui-même. Son meilleur ami. *Mais Chico comprendra un jour qu'il s'agissait de grandes choses*. Chico n'était pas le seul à avoir des rêves. Robin aussi en avait. Certes, il n'ambitionnait pas de devenir une rock star comme lui, mais ses aspirations étaient tout aussi importantes, tout aussi grandes.

Robin a pensé qu'il enverrait à Chico une lettre lui

expliquant tout. Mais en dépassant la grande enseigne « Palm Beach Finland » luisant sous ses couleurs fluorescentes qui, la nuit, ressemblait à une radiographie de ce qu'elle était le jour, il a réalisé que c'était impossible. Il n'avait jamais écrit de lettre et Chico n'avait pas d'adresse fixe. Si Chico s'inscrivait un jour sur Facebook, Robin pourrait peut-être lui envoyer une invitation. Et puis non, cela aussi sonnait faux.

Sans compter que la situation avec Chico n'était pas si désespérée. C'était l'été, il n'aurait pas froid dans le bosquet. Et il avait du travail jusqu'à l'automne. N'est-ce pas ? Qu'adviendrait-il du Palm Beach Finland ? Robin aurait préféré ne pas y penser mais son cerveau lui désobéissait. Il a revu le visage de Chico juste avant le baiser d'acier de la pelle. Si étrange que cela puisse paraître, il n'avait pas paru surpris ni fâché, encore moins en colère. Au contraire, il avait eu l'air d'accepter la situation, comme si… il était arrivé. Mais qu'est-ce que cela signifiait ? Ils n'étaient pas arrivés, ils venaient de creuser une tombe à Leivo et étaient sur le chemin du retour. Et c'est là que Robin avait frappé son meilleur ami avec sa propre pelle.

Son cerveau était-il en surchauffe ? Robin a tout fait pour ralentir son activité. Il a compté jusqu'à dix, mais les chiffres s'accompagnaient toujours d'un mot de trop, « mille », et cela ne l'a pas calmé. Il a essayé d'orienter ses pensées sur le plus urgent, de mettre en forme dans son esprit ce qu'il comptait dire, comment présenter l'affaire, ce qu'il attendait de la suite. Ce qui n'a fait qu'aggraver les étincelles et les crépitements.

Une fois dans la cour du petit immeuble familier, il a été obligé de s'arrêter et d'observer ses mains.

Pourquoi lui semblaient-elles toujours tenir la pelle ? Elles étaient vides, mais presque noires d'avoir tant creusé. Sa tenue – jean, tee-shirt et baskets – donnait l'impression qu'il s'était roulé par terre pendant des heures. C'était vrai, bien sûr, quoique fâcheux. Il a pensé qu'il aurait dû passer en revue la totalité de son plan, jusqu'au bout. Auquel cas il aurait pris des vêtements de rechange. Mais les habits resteraient un détail. Au mieux, ils seraient très bientôt jetés.

Les picotements qu'il ressentait au niveau du ventre se sont répandus dans tout son corps, engendrant une sensation de chaleur qui s'est propagée plus bas. Dans un sens, cela lui a semblé incongru. Caché derrière le local à poubelles, il a pris conscience que son souffle s'accélérait, devenait plus lourd et un peu rauque. Il s'est ressaisi et a filé sous un grand bouleau.

Il voulait que tout se passe bien. Il tenait à trouver les bons mots, car il s'agissait d'un moment significatif, d'une décision importante. Il a commencé à réviser tout en cherchant la fenêtre du regard. Il y a remarqué une lumière rose et tamisée. Cela signifiait que Neea était chez elle.

*

Holma n'aimait pas les surprises. Et voilà qu'il y en avait à profusion.

Cela faisait un quart d'heure qu'il faisait sauter Neea toute nue sur ses genoux, dans un fauteuil. D'abord face à face, puis, comme elle n'arrêtait pas de parler, il lui avait fait faire demi-tour. Il avait alors entendu, dans son flot de paroles, qu'elle était peut-être en train de tomber un peu amoureuse de lui, qu'elle avait déjà engagé un agent secret pour faire le boulot à leur place, et qu'elle avait un peu taquiné son monde avec les 10 000 euros. Holma ne savait quoi penser.

D'un autre côté, il aimait bien Neea.

Le dos de celle-ci était musclé, brun et brillant de transpiration. Ses fesses étaient des demi-sphères fermes invitant à être saisies, et son corps tout entier n'avait de système pileux que sur la tête. De plus, elle était en principe appliquée dans son travail, quoiqu'un peu distraite.

La cadence était fortement régulée par ses paroles. Son derrière claquait sur les cuisses de Holma, jusqu'à ce que le rythme se ralentisse au fur et à mesure que ses explications s'allongeaient. Et quand chaque propos touchait à sa fin, Neea s'immobilisait et se contentait de s'asseoir sur les genoux de Holma. Enfin, alors qu'il sentait déjà sa transpiration sécher, elle annonçait une conclusion ou un dénouement des plus improbables. Lorsque le silence se faisait, Holma ignorait quoi faire. Il était sous elle et, dans cette position, sa seule tâche, comme celle de tout homme dans le même cas, était d'offrir une base stable à l'activité à pratiquer. Ensuite, quand il commençait à craindre que sa vaillante adversaire ne se retire et ne s'épuise, le rallye reprenait, boosté par une nouvelle idée, un nouveau monologue. Pour Holma, le meilleur moment était quand Neea combinait son histoire, ses vues diverses et variées, les gens, les événements et les dates qui s'y rattachaient. Le tempo était alors endiablé et naturel. Mais un instant plus tard, tout redevenait compliqué. Holma avait du mal à se concentrer, taquiné autant au-dessus qu'en dessous de la ceinture. Et, sur aucun des deux fronts, les choses n'ont trouvé une fin claire.

Holma s'est dit qu'il participait à une sorte de concours de retardement. Pour l'heure, il n'osait plus parier sur le vainqueur de cette guerre.

Il savait très bien ce qui engendrait les tirades de Neea et ce qui l'avait incitée à lancer ses quelques vêtements moulants dans un coin de la pièce. 10 000 euros étaient une source d'inspiration fertile pour les gens. Voilà tout. Ainsi était fait l'esprit humain. Il savait aussi que, lorsque quelqu'un recevait 10 000 euros, il se mettait aussitôt à calculer de deux façons : qu'acheter avec cet argent, et surtout comment en obtenir davantage.

Holma s'amusait de voir les expressions des gens, leurs visages illuminés par la lueur trop vive de l'avidité qui leur donnait un air tendu et comprimé. Elle provoquait le même genre de réactions primitives que la faim ou la passion. Leur souffle s'accélérait, ils salivaient avec frénésie, ravalaient bruyamment leur salive et, pour couronner le tout, ils agissaient avant de penser.

Sauf bien sûr Olivia Koski. Holma avait essayé de déceler ses réactions lorsqu'il lui avait tendu le sachet en papier, mais rien ne s'était produit. Il était toujours stupéfait de son impassibilité. Elle avait réagi comme si elle avait juste reçu son enveloppe salariale. Holma s'est demandé s'il lui en avait offert trop peu. Aurait-il fallu une somme plus élevée pour l'impressionner ?

Au même instant, il s'est aperçu que Neea avait cessé de parler. Cela lui a laissé une marge de manœuvre. Il a pris les rênes et accéléré son rythme, aussi bien physique que mental. S'il avait bien compris, Neea avait parlé à quelqu'un, voire à plusieurs personnes, des 10 000 euros, et donc de lui. L'idée ne le réjouissait pas. Et encore moins le fait qu'elle ait confié la mission à un sous-traitant. Dans ce cas, pour quoi aurait-il encore besoin d'elle, à part pour les trois minutes suivantes ? Pour rien du tout, à vrai dire.

Holma a repensé au livre qu'il était en train d'écrire. Enfin, il n'était bien sûr pas en train de le faire lui-même, cela lui aurait fait perdre de son précieux temps. Les auteurs dictaient bien leurs histoires à une secrétaire ou une personne à lunettes qui exécutait ensuite l'ennuyeux travail d'écriture, en ajoutant sans doute des points, des virgules et d'autres choses du genre qui auraient freiné son processus de création. Le livre contiendrait impérativement une partie sur la direction. Holma était, de nature, un dirigeant. *Quand vous dirigez*, a-t-il commencé dans sa tête, *dirigez. Bien*, a-t-il pensé, *c'est ça.* Cela lui a rappelé les manuels de leadership qu'il avait lus en prison.

Le tempo de Neea était désormais effréné. Ses fesses s'activaient comme une machine à coudre sur les hanches de Holma. Il a fait quelques zigzags. Cela lui a inspiré de nouvelles pensées. *On naît leader*, a-t-il repris, *donc réfléchissez à la façon dont vous naissez.* Les deux pôles de Holma faisaient des étincelles. Il allait atteindre l'apogée, à tous les niveaux.

Flexion et tension, flexion et tension. Là, voilà.

Holma a pressé Neea contre lui et a songé à l'accueil que recevrait son futur livre. Il y a vu une sensation proche de ce qu'il éprouvait ici, mais démultipliée, car l'ouvrage s'adresserait à chaque Finlandais, ce qui signifiait que l'effet serait multiplié par cinq millions et demi. Mais peut-être ne serait-ce pas exactement le même.

Holma a regardé le dos devant lui.

Chaque entreprise se séparait des employés dont

elle n'avait plus besoin. La salle de bains ou, au pire, la cuisine lui offrirait bien un moyen agréable de régler le licenciement.

Holma a repoussé – peut-être plutôt jeté – Neea de son giron. Il est passé dans la salle de bains et a refermé la porte derrière lui. Il n'a pas entendu ce qu'elle lui a dit. Elle était sans doute agacée, déçue.

Un dirigeant, a pensé Holma en ouvrant le robinet de la douche, *n'écoute que lui.*

7

L'amour ou l'assassinat ? Nyman s'est dit que telle était l'alternative.

Soit il avançait dans ses investigations, soit il cherchait à réparer sa relation avec Olivia Koski. Ces deux objectifs semblaient s'exclure mutuellement.

Nyman était persuadé qu'à la lumière douce de la lanterne, son visage luisait comme de la peinture fraîche. Cela rendait la situation encore plus désagréable. En revanche, Olivia était assise dos à la lanterne. La lumière de la lune ne suffisait pas à révéler ce qui se passait dans ses yeux marron. Nyman n'a pu penser qu'à des platitudes, pourtant vraies en soi. « Je veux vous aider. » « Si vous avez des problèmes, vous devez en parler. » Et, mon Dieu : « Je pense être amoureux de vous. ».

— Je suis prêt à vous croire, a-t-il affirmé.

— Vous êtes prêt à me croire ? Mais pourquoi la question se poserait-elle ? C'est vous qui m'avez menti sur tout.

— Pas sur tout, a-t-il objecté, mais comme cela sonnait faux, il a poursuivi. À vrai dire, sur rien. J'ai juste éludé certaines choses. Ou j'ai employé volontairement des formules à double sens, ou évoqué une chose d'un point de vue un peu différent du mien.

— Le terme exact, c'est que vous avez menti.

— J'ai fait mon travail.

— Parce que maintenant, c'est un travail.

— Quand je le devais.

— Et sinon ?

Le moment de vérité.

— Je vous aime bien.

— À double sens ou d'un autre point de vue que le vôtre ?

Nyman a perçu une certaine compréhension dans la voix d'Olivia. Certes, elle était toujours fâchée, mordante, mais il devait y avoir de l'espoir.

— Si j'avais été au courant de votre présence ici, je serais venu, assassinat ou pas.

— Comme c'est beau. Faut reconnaître que vous savez vraiment parler aux femmes.

— C'est vrai, a assuré Nyman.

Olivia s'est tue un instant.

— J'ai parlé de vous à cette amie qui m'a dit que la police n'arrêtait jamais d'enquêter. Elle a sans doute remarqué que j'étais intéressée. Elle m'a encouragée. Là, je me demande ce qu'elle dirait si elle apprenait que vous êtes à la fois policier et intéressant.

— Selon vous, qu'est-ce qu'elle en penserait ? s'est enquis Nyman.

— Peut-être qu'elle m'inciterait à être prudente.

— Et ?

— Peut-être qu'elle m'inciterait aussi à avancer si j'étais intéressée.

— J'espère que c'est précisément ce qu'elle ferait.

— Et le meurtre ?

— Je suis convaincu que vous ne l'avez pas commis.

— Bien sûr que non. Mais qu'est-ce que vous comptez faire à ce propos ?

Nyman a changé de position et a posé son coude gauche sur l'accoudoir.

— Est-ce que quelqu'un attend quelque chose de vous ? a-t-il interrogé. En ce moment ?

Il n'aurait su dire ce qui avait changé dans l'air d'Olivia. La modification n'était pas significative ni très perceptible.

— À part le policier qui m'espionne ? Je ne sais pas si quelqu'un attend quelque chose de moi en particulier. Mais mon terrain attise les convoitises.

— De qui ?

— De Jorma Leivo. M. Palm Beach Finland lui-même. Il veut me l'acheter. À un prix ridicule.

Pourquoi ça n'a été mentionné nulle part ? a pensé Nyman.

— Est-ce que vous en avez parlé à la police à ce moment-là ?

— Non, a-t-elle déclaré en secouant la tête. Parce que ça ne signifie rien pour moi. Ça n'existe même pas. Je ne vends pas. Ni maintenant ni plus tard. Point.

Jorma Leivo non plus, bien sûr, n'en avait pas fait état quand Nyman l'avait cuisiné. Il s'est souvenu de ses idées d'extension grandioses et de ses propos expansifs. À passer au crible pour savoir ce qu'ils signifiaient vraiment. Nyman a songé à un autre point.

— Et le type qui ressemble à Patrick Swayze ?

— Kari Korhonen, a précisé Olivia. Ou Chico, comme on l'appelle aujourd'hui. Mais il n'est pas…

— Quels rapports il entretient avec Leivo ?

— Craintifs.

— Qu'est-ce que vous entendez par là ?

— À en juger par la manière dont Kari, ou Chico, évoque Leivo. Pas plus tard que tout à l'heure, quand on en a parlé, Chico était plutôt angoissé.

— Vraiment ?

— Leivo est aussi le patron. Et Chico n'est pas la fourmi la plus travailleuse du monde.

Nyman a réfléchi.

— Et les autres ? Est-ce que Chico a des amis intimes ?

— Un. Robin. Cuisinier au restaurant de la plage. Ils sont amis d'enfance. Inséparables. Comme des frères, aussi de par leurs capacités intellectuelles. Vous connaissez l'expression « cul et chemise » ? Je ne veux pas être méchante, mais quand on était petits, on disait qu'ils étaient « cul et cul ».

— C'est cruel, a constaté Nyman.

— Je ne sais pas comment je pourrais m'en excuser sans le leur révéler.

Ils sont restés silencieux un instant. Nyman allait demander comment ce détail aussi – l'amitié entre Chico et Robin – était passé inaperçu, mais il devinait pourquoi. Quelqu'un avait dû leur donner des instructions sur ce qu'ils avaient à dire. Si, en plus, Chico craignait celui qui l'avait briefé, il ne pouvait que s'y tenir. Et par-dessus tout, comme le défunt n'était pas un autochtone et qu'il n'avait aucun lien apparent avec les susnommés, personne n'avait fait de rapprochement de ce côté-là non plus. Jusqu'à maintenant, tandis que Nyman voyait tout à la lumière d'une nouvelle information. Cette série d'événements combinait ce qui était ressorti des deux enquêtes menées chacune de son côté. C'était un mélange savant de plan ambitieux et de pur hasard, dont les exécutions avaient reposé sur les épaules de parfaits amateurs. En tout cas à en croire les bruits et le passé judiciaire de la victime.

Nyman a regardé Olivia, avec ses longs cheveux châtains, ses yeux marron et son visage dans l'ombre, toujours prête à faire preuve de mordant le cas échéant. L'amour ou l'assassinat ? Nyman connaissait la réponse.

— C'est sans doute moi qui dois vous présenter des excuses, a-t-il avoué.

*

Jorma Leivo s'est réveillé en gémissant, avec l'impression d'avoir une gueule de bois de tous les diables. Puissance 10 000. Il avait mal à la tête, comme si elle avait été percée autant de l'intérieur que de l'extérieur. Il se sentait si mal qu'il n'arrivait même plus à bouger ni les jambes ni les bras. Ni à se retourner dans ce lit et cette position inconfortables. Ni... Il ne pouvait pas se mouvoir du tout. Il avait chaud et froid à la fois. Ses yeux l'ont picoté quand il a essayé de les ouvrir. Qu'y avait-il dedans ? Il avait un goût très bizarre dans la bouche, comme s'il avait mangé de la viande crue mélangée à du sable.

Il s'est souvenu. Il a ouvert les yeux.

Il a vu la mer luisante sous la lune. Il a tourné la tête vers la droite le plus possible, a tendu le cou vers la gauche autant qu'il le pouvait. Personne, évidemment. Autour de lui s'ouvrait la « vieille plage », une réserve naturelle inutile mais un endroit parfait pour un parc aquatique et un centre commercial. Il a poussé de la langue le bâillon qu'il avait entre les dents, s'est tordu la bouche et les mâchoires, a agité la tête. Au bout de quelques minutes, il a réussi à détacher le bandeau. Il a crié. Ou plutôt, il a essayé. Sa bouche était si sèche, si rugueuse à cause du sable, si harassée, qu'il n'a pu émettre d'autre son qu'un grognement grave. Mais avec quelle force un être pouvait-il grogner ? *Pas trop fort*, *apparemment*.

Il a alors dû réfléchir un peu.

Pas de doute, il était coincé. C'était évident. Drôle de contrecoup. Mais il était Jorma Leivo, et il s'était tiré de situations bien pires. Il s'était sorti de la faillite, des femmes et d'affaires mixant les deux. Il réglerait ce revers-là aussi. Il a stabilisé sa respiration.

Aperçu rapide du contexte : le binôme qu'il avait engagé pour d'obscures tâches l'avait surpris. Ils l'avaient enseveli là, et il savait pourquoi. L'objectif était de se débarrasser de lui grâce à la marée haute. Sauf qu'ici, il n'y avait pas plus de marée montante que descendante. Il a pensé que de ce point de vue, l'action du tandem s'inscrivait dans la continuité. Quoi qu'ils fassent, ils explosaient, tuaient la mauvaise personne, ou n'arrivaient pas à tuer quand il le fallait. Mais comme il était de nature optimiste et préférait entrevoir des possibilités plutôt que des menaces, il a pensé à la fougue, l'énergie et l'ouverture d'esprit avec lesquelles le duo s'attaquait à tout. C'était tout simplement impressionnant.

Jorma Leivo ne pouvait que saluer un pareil zèle. Et ce qu'il était en train de vivre de tout son corps en était une preuve significative. Il les avait pris pour des fainéants et des incapables. Il a avoué, d'abord à lui-même puis au clair de lune brillant, qu'il avait eu tort.

Ils le lui avaient prouvé.

*

Jan Nyman a longtemps réfléchi et hésité, puis il l'a fait. Il a posé sa main sur la table et a pris la main d'Olivia. Que celle-ci ne lui a pas retirée. Il s'était excusé, il avait révélé qui il était, ce qui s'était passé et ce que cela avait engendré, autant au propre qu'au figuré. Il en était arrivé là. À cette main posée là.

Il a regardé Olivia dans les yeux et s'est senti une trentaine d'années plus jeune. Peut-être la vie était-elle ainsi faite : on en venait à prendre la main de quelqu'un et à ressentir le même effet que la première fois, si longtemps auparavant, le moment qui avait ouvert un monde dont la clé était la main de l'autre, de cette fille ou de ce garçon pour qui on avait eu le béguin dans la cour de l'école. Et trente ans plus tard, on remarquait que la sensation était toujours la même, et encore plus significative que tout ce qui s'était passé entre-temps.

Olivia Koski est restée silencieuse. Nyman ne savait pas et, à vrai dire, ne voulait pas du tout interpréter son air. Et pourtant, il a essayé : elle semblait avoir pris une décision. Il espérait que son choix le concernait et qu'il était favorable. *Seul un être amoureux pense de la sorte*, s'est-il avoué. Il souhaitait aussi ne pas avoir à briser le silence. Mais que pouvait-il y faire s'il était toujours policier ? Il pouvait être amoureux, il pouvait être convaincu qu'Olivia Koski n'avait tué personne ni incendié son sauna, mais il avait malgré tout une mission. Il devait finir par le reconnaître : il était policier.

— Est-ce que je peux vous appeler ?

— Dans quel but ?

— Comme les gens qui s'appellent. Juste comme ça.

— Pourquoi vous me demandez ça ? Vous partez ?

— À vrai dire, oui. Obligé. Mais je veux vous revoir.

Olivia s'est tue un instant.

— Appelez-moi. Je ne doute pas que vous ayez mon numéro.

Nyman n'aurait su dire si son ton était neutre ou s'il recelait une pointe de sourire. Il était pressé, sa bicyclette l'appelait.

Il a dévalé les côtes, a foncé dans les virages et traversé le centre de la petite ville. Il a dépassé l'enseigne « Palm Beach Finland » qui, à la lumière de la lune, semblait tenir debout, être réelle à tous les niveaux. Entre l'acide lactique et ses pensées effrénées, un point l'a interpellé et l'a même, durant une seconde furtive, fait douter de lui. Jorma Leivo disposait-il d'informations que les autres n'avaient pas ? *Peut-être, mais liées à son projet de plage mirifique*. Il a eu l'impression que dépasser la pancarte lui avait pris plus de temps que les lois réelles de la physique ne l'impliquaient.

Il a continué à pédaler. De loin, il a aperçu le 4 × 4 dans la cour du chalet. *Bien, Leivo est chez lui*. Il a sauté de son vélo et jeté un coup d'œil au véhicule. Des vitres étaient brisées, la tôle rayée. Et la petite palissade blanche avait été renversée. Le chalet était plongé dans le noir. Nyman a remarqué un tas de sable derrière la voiture, des traces de pas et, entre elles, des sillons. Il en avait vu de semblables en Afghanistan. Là-bas, cela ne signifiait qu'une seule chose : quelqu'un avait été traîné, soit blessé, soit contre son gré. Il a suivi les traces.

Il les a un peu perdues dans la forêt, où la faible

lumière ne suffisait pas vraiment à éclairer, mais il les a vite retrouvées quand le sol est redevenu sablonneux. Il a traversé le bosquet et est arrivé sur une plage dont il ignorait l'existence. Il a aperçu un ballon tout au bord de l'eau.

Celui-ci a crié.

Nyman n'avait pas apporté à boire. Il ne s'était pas préparé à tomber sur une tête assoiffée aux mots inintelligibles, à l'évidence parce qu'elle avait la bouche sèche. Sous le clair de lune, il a vu que Leivo avait été frappé au moins une fois sur le crâne. Il a pu tirer d'autres conclusions générales. Par exemple, il pouvait déduire avec une certitude assez élevée que Leivo ne s'était pas enseveli tout seul. Ce qui rendait son comportement encore plus intrigant : il sifflait et grognait. Puis, lorsque Nyman a expliqué d'un ton calme qu'il était policier et que tout allait s'arranger, Leivo a complètement changé d'attitude. Il a même souri. Il a émis des sons rappelant des rires.

Nyman, à la limite de l'eau, s'est posté là où le sable était encore ferme puis s'est accroupi. Il préférait ne pas se tenir debout près de la tête. La différence de hauteur était trop grande. Leivo devait être l'homme le plus petit qu'il ait jamais rencontré. Il s'est accroupi davantage et a enfin compris ce qu'il disait. Il lui a demandé qui l'avait enfoui.

— Des copains, a-t-il murmuré. Pour blaguer.

— Parce que c'est une blague ?

— Une farce. Ce n'est pas la première fois.

— Et où ils sont, vos copains ?

— Allez chercher une pelle.

Nyman a jeté un coup d'œil autour de lui. La plage déserte, la mer d'argent, le bosquet plus sombre que sombre. Leivo mentait, c'était évident. Nyman l'a regardé. Ses jours ne semblaient pas en danger. Ses cheveux flottaient au gré du vent doux de la nuit.

— Tout à l'heure, a répondu Nyman. Si vous me dites qui vous a mis là. Et pourquoi.

Leivo a tourné les yeux vers la mer et il est resté muet.

— Vous êtes dans le sable jusqu'au cou, a constaté Nyman. Je suis seul sur ce rivage.

Leivo n'a pas relevé. Nyman a laissé quelques vagues s'échouer.

— Ça ne rime à rien, a-t-il repris. Vous le savez vous-même. Qui ? Pourquoi ? Vous me le dites et je vous tire de là.

— Je suis bien, ici, a-t-il balbutié. J'attends mes amis.

— Il n'y a pas un chat. Personne ne circule dans le coin. Je ne savais même pas qu'il y avait une plage à cet endroit. Je suppose qu'elle fait partie de la réserve naturelle. J'ai vu la pancarte là-bas, un peu plus tôt. Dans le pire des cas, personne ne viendra ici avant longtemps.

Leivo a reporté son regard sur Nyman. D'autres vagues se sont échouées. De toute évidence, il réfléchissait. Nyman a fait basculer le poids de son corps de gauche à droite. Être accroupi lui fatiguait les jambes. Il s'est dit que l'approche de la quarantaine se faisait sentir avant tout dans le cœur et les genoux.

— Je soupçonne votre voisin, a ensuite déclaré Leivo.

De compter parmi ses copains ? De faire une pareille blague ? Nyman a songé à l'homme à la BMW.

— Pourquoi il vous a mis ici ?

— Il veut ce lieu.

— Celui-ci ?
— Le Palm Beach Finland.
— Pourquoi il veut le Palm Beach Finland ?
— L'avenir est ici.
Très bien, s'est dit Nyman, *ce n'est pas le sujet à développer*.
— Vous l'avez vu ?
— Je n'ai rien vu.
— Alors pourquoi vous pensez que c'est lui ?
— Il m'a proposé de l'argent. Je l'ai refusé.
Nyman a repensé aux 25 000 euros trouvés dans le four à micro-ondes. Il y avait peut-être quelque chose.
— Et ensuite ?
Leivo l'a regardé. Il semblait désormais en colère.
— Ensuite, le policier me sort d'ici avec une pelle.
Nyman s'est retourné. La nuit était belle, à vrai dire. Le vent n'était qu'une petite caresse à peine perceptible, la lune recouvrait d'argent toutes les formes aux alentours : le rivage plat, la mer scintillante, les arbres immobiles, la tête de Jorma Leivo, surtout elle. Elle ressemblait à une étrange œuvre d'art vivante. Nyman a encore songé à l'homme qui, d'après Leivo, avait fait cela. Un homme qui détenait beaucoup d'argent liquide.
— Ça fait combien de temps que vous êtes ici ? a-t-il demandé.
— Difficile à dire. Ma montre est un peu enfouie.
Bien vu.
— Pas longtemps, a ensuite soufflé Leivo. Je ne suis rentré à la maison qu'après 10 heures.
Nyman s'est résumé ses rencontres et ses conversations avec l'homme à la BMW. S'il était prêt à une chose pareille, il était aussi prêt à…
Il a pensé à Olivia. Puis il s'est levé. Il était pressé.

— Vous allez chercher une pelle ? a bredouillé Leivo.

Nyman lui a jeté un coup d'œil. La Finlande ne connaissait pas les marées montantes. La nuit était calme, d'une douceur convenable. Il a couru jusqu'à sa bicyclette. Il n'en était pas sûr, mais il était fort probable que, derrière lui, Jorma Leivo grognait toujours.

*

Robin essayait de se défaire du sable de son tee-shirt, peine perdue. Peut-être n'était-ce même pas nécessaire. Il apportait des nouvelles tant attendues. Il avait fait ce que l'on attendait de lui et, ainsi qu'il l'avait compris, ce qu'elle lui avait demandé. Il a inspiré et expiré profondément dans la fraîcheur stagnante de la cage d'escalier sombre, puis il a sonné. Il ne s'est rien passé. Il avait pourtant vu de la lumière, Neea devait être chez elle. Il allait de nouveau sonner lorsqu'il a entendu la porte intérieure s'ouvrir. Il a encore patienté. Il a compris qu'il était observé par le judas. Puis la porte s'est ouverte.

Les petits trains dans la tête de Robin grinçaient toujours sur leurs rails. Et le volume ne faisait qu'augmenter. Neea était en sweat-shirt et jogging, elle avait l'air… d'avoir fait de l'exercice.

La lumière de la petite entrée brillait surtout derrière Neea, mais Robin l'a bien vue devant lui. Son visage luisant, ses cheveux en désordre, son rouge à lèvres souillé, le maquillage de ses yeux barbouillé. Puis il a entendu le bruit de la douche.

La porte de la salle de bains se trouvait derrière Neea. Robin n'a pas compris ce qui se passait. Il avait tant de choses à lui dire, il s'était imaginé que la situation serait si différente. Pour une raison ou une autre, il avait pensé être accueilli en héros et pouvoir parler tranquillement, comme autour d'un feu de camp, chacun de ses mots bu avec ferveur. Mais pour l'heure, tout était confus et difficile. Et son cerveau ne consentait pas à l'aider.

— Il n'y a que la tête de Leivo qui dépasse, a-t-il déclaré, remarquant qu'il haletait. L'argent est à nous.

Neea l'a regardé comme s'il était un Martien. Il n'a rien pu faire d'autre que d'entrer, refermer la porte derrière lui et poursuivre ses explications.

— Chico a un travail. Et un coup de pelle n'a jamais tué personne.

C'était un échec total. Neea paraissait sur le point d'éclater en sanglots.

Robin ignorait quoi faire. Puis il a entendu quelqu'un se laver. Le clapotis de l'eau, les mouvements d'une personne sous la douche. Il a jeté un coup d'œil vers le séjour et a aperçu une veste noire sur une chaise. Si, avant cela, la tête de Robin avait crépité, cette fois, elle a explosé. De grosses explosions foudroyantes. La pièce rose était le centre d'une éruption volcanique, son noyau.

— Salope ! a-t-il laissé échapper à sa propre stupeur.

Neea a crié quelque chose et l'a giflé. Il a chancelé et son corps épuisé d'avoir creusé n'est pas parvenu à retrouver l'équilibre. Il est tombé. Le vestibule étant étroit, Robin a tâté pour trouver un point d'appui, mais ce qu'il a saisi était un grand miroir qu'il a emporté avec lui. Il s'est affalé et s'est cogné contre le portemanteau. Le miroir s'est brisé en heurtant le sol, même si Robin en tenait toujours le cadre, qui s'est cassé aussi.

Au même instant, la porte de la salle de bains s'est ouverte.

Un homme. Avec un casque blanc sur la tête. Non, c'était du shampoing, une mousse épaisse.

Visage en colère, voix en colère.

Il s'est précipité sur Robin.

Il a fait un pas en avant mais il a glissé. Robin tenait toujours le large cadre. Il a levé le miroir, qui ressemblait désormais à de la glace brillante aux bords coupants. L'homme a plongé vers Robin allongé par terre. Celui-ci a compris qu'il devait enlever le miroir entre eux deux.

Tout bougeait. Le miroir scintillait, la boule blanche de shampoing s'approchait.

Puis tout s'est arrêté : la baguette supérieure du cadre a disparu et la pointe la plus acérée du miroir cassé a accueilli le cou de l'homme. Le reste du cadre maintenait le miroir dans une position verticale stable.

La pointe s'enfonçait toujours plus profondément dans la gorge de l'homme. Il a émis un son rappelant un oiseau aquatique, son cri de ralliement. Elle a fini par arrêter de s'enfoncer : cela devenait impossible à cause de la largeur du miroir. L'homme reposait à genoux sur Robin. Ce dernier voyait doublement sa tête : à l'endroit et à l'envers. Ses yeux bleus rayonnaient de surprise.

Le sang sombre s'est mis à couler sur la surface du miroir. Il s'est répandu comme du sirop d'érable sur une gaufre mise à l'oblique.

*

Nyman s'est approché des chalets obscurs. La BMW noire n'était plus là, mais il n'a pas pris de risques.

Il est descendu de vélo et est resté dans l'ombre, l'oreille tendue. Il a entendu la même chose qu'un instant plus tôt sur la plage déserte. Une espèce de bruissement mêlant le vent, la mer, les arbres et la rumeur lointaine de la petite ville. Il allait avancer d'un pas lorsqu'il a perçu autre chose, un son chétif qui a disparu aussitôt. Il n'aurait su dire ce que c'était. Il aurait pu s'agir du gravier crissant sous des roues, sauf qu'il n'avait pas entendu de bruit de moteur. Il a patienté un instant, mais le son ne s'est pas répété. Il a regagné son chalet.

Personne ne l'attendait, ni l'arme au poing ni les mains vides. Pourquoi avait-il pensé à une telle chose ? Il l'ignorait. Son instinct le lui avait soufflé. Il a grimpé les marches jusqu'à la véranda et testé la porte. Elle était verrouillée.

Il a redescendu l'escalier, a regardé autour de lui et est passé au chalet voisin. Dès qu'il a atteint les marches, il a remarqué la porte. Elle était entrebâillée d'un millimètre ou deux, de manière presque imperceptible.

Il a emprunté le côté droit de l'escalier afin de ne pas le faire grincer puis a cherché sous la véranda l'endroit où les planches étaient clouées sur les fondations. Le bois n'a émis aucun son. Il a rejoint la porte, s'est mis de côté, collé contre le mur, et l'a entrouverte. Elle n'était pas fermée à clé. Il a vite vérifié la serrure, qui ne portait pas de traces d'effraction.

Il l'a laissée s'ouvrir en entier et n'a rien entendu d'autre que le bourdonnement grave et électrique du réfrigérateur miniature. Il a encore attendu un instant, puis il a tendu le cou à l'intérieur. Personne n'a tiré ou ne s'est jeté sur lui. Il a parcouru le chalet du regard. Désert.

Il est entré. Ses yeux se sont vite habitués à la pénombre. La lumière de la lune pénétrait à l'intérieur et s'immisçait par la moindre ouverture. Il a encore balayé le lieu du regard. Excepté un tee-shirt, tout était semblable à sa visite précédente. L'habit était étendu sur le dossier, peut-être en train de sécher. Sinon, rien n'avait changé. Nyman a réfléchi un instant.

Il s'est approché de la kitchenette, a pris le torchon posé sur le robinet et, les doigts ainsi protégés, a appuyé sur le bouton d'ouverture du four à micro-ondes.

L'appareil était vide.

8

Robin avait peur. Jamais il n'avait eu aussi peur.

Il a accéléré, roulant à tombeau ouvert. L'esprit et le cœur brisés, il a commis de graves excès de vitesse dans un étrange monde nocturne et manichéen, n'espérant qu'une chose : être sur place à temps. Il a effectué le reste du trajet en courant, zigzaguant entre les pins, sautant par-dessus les pierres, volant presque. Puis il est arrivé.

Chico était couché par terre parmi les arbres, en position fœtale, les bras entre les genoux. Il ressemblait à un petit garçon, justement de l'âge qu'il avait quand ils avaient fait connaissance, qu'ils s'étaient liés d'amitié et qu'ils avaient fondé leur club secret qui n'acceptait aucun autre membre, ni à l'époque ni jamais.

Robin est tombé à genoux près de son ami et a senti les larmes sur ses joues. C'était pire que tout ce qui s'était passé. Cette incertitude. Ce qu'il avait fait. Ce qu'il avait peut-être brisé.

— Qu'est-ce qui s'est passé ? a bredouillé Chico en tournant le visage vers Robin.

Chico a cligné des yeux, a semblé s'affûter le regard.

— Robin, a déclaré Chico.

Robin a senti son menton trembler, incontrôlable. Il n'a rien dit. Il avait une boule de la taille d'une pomme dans la gorge. Il a remarqué les mouvements de son menton et les larmes coulant de ses yeux, comme si quelqu'un pressait un chiffon pour le sécher. Chico s'est assis. Il a levé la main gauche et s'est tâté la tempe.

— Tu m'as frappé avec une pelle.

— J'ai perdu la tête, est parvenu à dire Robin.

— Laisse-moi deviner. Neea.

— Dans un sens, j'ai juste… perdu la tête.

Chico a reposé la main, s'est appuyé dessus, puis il s'est traîné contre un arbre et s'y est adossé. Robin le suivait du regard. Chico l'a évité et s'est tu un instant.

— Moi aussi, je crois, a-t-il affirmé.

Robin ignorait ce qu'il voulait dire.

— Je pensais devenir Bruce Springsteen, a expliqué Chico. Je ne le serai pas, Robin. Jamais, en aucun cas. Ça ne marche pas comme ça. Et je ne l'ai jamais rencontré.

— Vraiment ?

— Non. C'était une hallucination. Voilà pourquoi je n'ai jamais expliqué où ni quand je l'avais vu. Je me suis contenté de dire « Ouais, j'ai rencontré Bruce ». Et tu y as cru.

— Parce que tu me l'as raconté. Parce que tu es mon meilleur ami. Et que je te fais confiance.

Le bosquet était plongé dans le silence. Le vent s'était calmé, son murmure s'était tu. Robin s'est assis en face de Chico. Ce dernier a levé les yeux.

— Ton meilleur ami ?

— De très loin, a hoché Robin. Je n'en ai jamais eu de meilleur.

— Combien d'amis tu as ?

Robin a regardé devant lui. Le sol de la forêt sombre, les broussailles. Il a encore senti les larmes lui monter aux yeux.

— Pardon, Robin. Je ne voulais pas être méchant. Mais tu m'as frappé avec une pelle. Je suis un peu fâché.

Robin a levé les yeux à son tour. Il a vu Chico sourire.

— Tu es mon meilleur ami, Robin.

Robin s'est essuyé les yeux et le nez. Il a ri. Ce qu'il avait le plus craint ne semblait pas se réaliser. Chico aussi a rigolé. Robin s'est penché en avant et l'a pris dans ses bras. Il a alors versé des torrents de larmes. Il a senti Chico lui tapoter le dos. C'était agréable. Puis il s'est détaché de lui et ils se sont levés. Les deux têtes se sont tournées vers la plage.

— On ne peut pas le laisser là, ont-ils constaté de concert.

Ils ont ramassé leurs pelles et sont partis.

*

— Approchez, a murmuré Jorma Leivo.

Chico a eu du mal à saisir ce qu'il disait, car sa voix ne portait pas et il n'osait pas trop s'avancer. Il avait toujours mal à la main, dont le tranchant était orné de l'empreinte de la dentition de Leivo.

— Vous ne mordez pas ? a demandé Chico.

Leivo a secoué la tête. Chico et Robin se sont regardés puis ils se sont agenouillés devant lui. Il a d'abord dévisagé Chico, puis Robin.

— Bon travail, les a-t-il félicités.

Chico n'était pas sûr d'avoir bien entendu.

— Pour l'esprit d'initiative, l'innovation, la volonté et la rapidité, je vous mets vingt sur vingt, a-t-il poursuivi en balbutiant.

Chico a jeté un coup d'œil à Robin, qui a accueilli les mots de Leivo par un hochement de tête.

— Le seul point faible, ce sont les finitions, a repris Leivo. Ce dont je me réjouis, bien sûr.

Chico s'en est encore remis à Robin. Ce dernier a haussé les épaules.

— Vous n'êtes pas fâché ? s'est enquis Chico.

— Au contraire. Je suis impressionné.

— Si on vous sort de là…

— Je vous engage. J'y ai réfléchi. À trois, nous allons réussir ce que nous ne pouvons réaliser seuls.

Chico n'a pas relevé. Jorma Leivo les a regardés à tour de rôle. Chico a saisi le bras de Robin, l'a relevé et entraîné quelques mètres plus loin. Ils se sont tournés vers la mer. Le paysage était à la fois sombre et chatoyant.

— Tu le crois, toi ? a interrogé Chico.

— Il va me falloir un nouveau boulot.

La réponse de Robin a surpris Chico. Pas à cause de ce qu'il disait ou de ce qu'il pensait, mais à cause de ce que ses mots provoquaient en lui. Chico avait compris un instant plus tôt, pour de bon et à jamais, que le train de Bruce Springsteen était passé. Il avait quitté le quai depuis si longtemps que l'herbe avait eu le temps de pousser dans la gare de triage. Seulement, il ne l'avait pas remarqué. Il ignorait si cela était dû au coup de pelle, aux événements récents ou à l'aveu fait à Robin, mais il se sentait plus léger. Il s'est dit que les rêves étaient parfois si lourds à porter qu'ils en devenaient écrasants, comme un stupide sac à dos pas défait qui pesait une tonne et dont les bretelles cinglaient, étranglaient. Et se détacher de ses rêves signifiait parfois sortir de prison. Ce qui l'a bien sûr ramené à l'instant présent.

— Moi aussi, je vais avoir besoin d'un boulot.

Ils ont creusé. Jorma Leivo parlait.

À vrai dire, il murmurait et rocaillait. Chico et Robin l'ont excavé en restant sur leurs gardes. Chico essayait de déceler le moindre changement dans son ton ou son attitude, de voir s'il allait se taire, mais rien de tout cela ne s'est produit. Au moment où il a eu les bras libres, ils se sont serré la main en signe de camaraderie. Dégager ses hanches et ses jambes a été plus rapide, dans une ambiance plus optimiste.

Leivo ne cessait de vanter leur action. Il appréciait l'idée de l'attaque-surprise, leur esprit de start-up, et a souligné le fait que le pays manquait de pionniers de l'innovation comme lui et eux, comme le Palm Beach Finland. Il aimait leur capacité d'agir vite et leur flexibilité : lorsque le plan A ne fonctionnait pas, ils passaient sans autre forme de procès au plan B. « C'est ça, l'entrepreneuriat. » Mais il a aussi rappelé que, désormais, toutes les mises en œuvre devraient passer par lui, car les finitions étaient l'essentiel. *Leivo est vraiment loquace*, a pensé Chico, *alors que sa voix est plus un chuintement qu'autre chose.*

Sous le sable, Leivo s'était ankylosé. Chico et Robin ont donc dû le tirer hors de la fosse, le remonter à la surface et l'aider à rester debout. Il se trouvait entre eux deux, les bras sur leurs épaules. Tous trois étaient debout côte à côte, la cavité noire et profonde devant eux. Chico avait accompli en une seule nuit plus de travail physique que durant toute sa vie. Il trouvait cela agréable, même si tous ses muscles l'élançaient et lui faisaient mal, que ses mains étaient criblées d'écorchures et que sa tête palpitait au même rythme que son cœur battant à tout rompre. Mais il avait fait quelque chose, il était…

— Il faut reboucher le trou, a indiqué Leivo en se détachant d'eux.

Chico était en train de le lâcher pour qu'il se tienne tout seul lorsque Robin a resserré sa prise.

— Pas forcément, a-t-il déclaré.

Les autres attendaient.

— On va en avoir besoin.

Ils ont encore attendu.

— Un type m'a sauté dessus, a ajouté Robin.

Ils sont allés chercher le corps dans le coffre de la BMW et l'ont plié en deux avant de le recouvrir d'une couche de sable épaisse d'un mètre. Le minimum officiel, selon Leivo. Il a aussi précisé que les investisseurs à risques montraient souvent une telle agressivité. Certes, ils s'exprimaient joliment, mais c'étaient en réalité des lanceurs d'OPA hostiles qui ne pensaient jamais à l'intérêt de l'entreprise à long terme, à l'inverse d'un entrepreneur-actionnaire dédié à sa cause. Chico n'a pas compris un traître mot mais a décidé de ne pas en demander davantage. Leivo les a contournés sans cesser de parler, il menait l'opération. Chico a remarqué que cela lui plaisait. Il travaillait volontiers avec Robin et il aimait la clarté avec laquelle Leivo dirigeait les événements. Leivo avait l'air transformé, son attitude envers eux semblait désormais différente, même si c'était leur patron. Mais un patron qui estimait ses troupes.

Ils ont damé le sol avec les pelles avant d'éparpiller du sable fin par-dessus. On aurait dit qu'il ne s'était rien passé du tout. Ils ont repris leurs outils et sont partis. Leivo s'est replacé entre eux et a ouvert les bras. Il a serré Chico et Robin contre lui tandis qu'ils marchaient vers la forêt.

— Chico, Robin, a-t-il commencé en les regardant tour à tour, j'ai le sentiment que c'est le début d'une belle amitié.

*

Dans son chalet éclairé par la lune, Jan Nyman s'est assis à table et a attendu que son portable se réveille. Le monde était si calme, ici, que le bruit de sa respiration ressemblait à une voiture qui s'approchait pour repartir aussitôt à toute allure. Jorma Leivo avait dû lui mentir. C'était fort possible. C'était même probable. Mais Nyman devait en être sûr.

Son téléphone a enfin consenti à se remettre en marche. Nyman a vite trouvé le numéro d'Olivia et l'a appelée. Elle a décroché.

— Tout va bien ? a-t-il demandé.

— À part le fait que vous avez filé du restaurant ?

— Pardon. Je croyais que je m'étais bien fait comprendre…

— Je vous taquine.

— En effet.

Nyman a réfléchi à ce qu'il allait dire ensuite. Il a entendu un bruissement, lointain et constant. Olivia était apparemment dehors. Peut-être dans sa cour, à observer la mer nocturne argentée par le clair de lune.

— Donc, tout va bien, a noté Nyman.

— Très.

— Bonne nuit.

— Bonne nuit. Jan ?

— Oui ?

— Merci pour cette soirée intéressante.

— Merci…

Olivia avait déjà raccroché.

Nyman a ravalé sa salive, un peu mal à l'aise, mais a vite constaté que, heureusement, Olivia était en sécurité.

Alors qu'est-ce qui le gênait encore ?

Le binôme.

Le surfeur et son meilleur ami.

Il savait où se trouvait Leivo. Il avait essayé de localiser l'homme mystérieux qu'était son voisin. Mais le tandem ?

Il a pianoté sur son portable et a repensé à ce qu'Olivia lui avait appris. Il a ouvert des documents et a fait des recherches. Kari Korhonen n'avait pas d'adresse fixe. En revanche, Robin habitait de l'autre côté de la baie, à moins de dix minutes à bicyclette s'il pédalait vite.

Nyman a réenfourché son vélo et effectué le voyage en sept minutes, en traversant la ville calme. Le dernier tronçon était un chemin de gravier mal éclairé. Il a ralenti pour ne pas faire de bruit. Les garde-boue ont cliqueté. Peut-être avait-il été trop exigeant avec le vieil objet de location. Il a encore ralenti et a bondi de la selle bien avant le bout du lotissement.

Le logement était plongé dans le noir. Soit le cuisinier dormait, soit il était absent. Nyman a penché pour la seconde possibilité. Il a regardé autour de lui et n'a vu personne ; comme les fenêtres éclairées du voisinage ne donnaient pas sur l'appartement, il a sorti son kit de crochetage de sa poche et gagné la porte d'entrée.

La serrure était une Abloy Classic, le modèle le plus facile. Nyman s'est retrouvé à l'intérieur en deux minutes. Il s'est arrêté dans l'entrée et a tendu l'oreille. Le calme. Il a avancé en marchant sur les tapis afin que les semelles de ses baskets ne grincent pas sur le sol stratifié. Personne. Il lui a semblé errer là après une catastrophe de grande ampleur, comme dans un de ces films où quelqu'un cherche une issue dans une ville déserte.

Il a vite saisi le plan de l'appartement et noté les endroits où pouvait être caché quelque chose, n'importe quoi. Il a inspiré, il a écouté. Comme tout était calme et immobile, il a enfilé ses gants en latex, fermé les stores et allumé.

Et il a aussitôt remarqué deux portables sur le sofa en cuir du séjour. Il les a observés un instant en réfléchissant à différentes possibilités. Il les a testés : ils étaient en état de marche et en usage. Tous deux requéraient un code PIN. Il les a reposés. C'était peut-être intéressant. Ou non. S'ils avaient été laissés ici à dessein, cela pouvait signifier que leurs propriétaires voulaient se déplacer sans être localisés. Quoi qu'il en soit, ce n'était pas le problème à l'heure actuelle.

Nyman s'est mis au travail.

Il était rapide et consciencieux. Il a passé en revue la chambre, le séjour et la kitchenette sans rien trouver. Il a gardé le four à micro-ondes pour la fin : celui-ci ne renfermait pas d'argent. Au fond gisait une knack qui avait connu plusieurs cycles de cuisson et qui ressemblait maintenant à une brindille noir et rouge. Nyman a remis la saucisse fossilisée à sa place, a encore regardé autour de lui et s'est demandé : « Est-ce que tu as tiré, poussé, remué, déplacé et levé tout ce que tu pouvais ? »

Il a balayé la pièce du regard, les meubles, les coins, les formes. Il allait répondre à sa question par l'affirmative, puis il s'est ravisé.

Il s'est approché du lave-vaisselle, l'a ouvert et a failli s'évanouir. À cause de l'odeur. De vieux verres de lait. De toute évidence, l'appareil n'était pas mis très souvent à contribution. Il a retenu son souffle, a scruté le contenu de la machine et s'est arrêté presque aussitôt.

Il s'est retourné et a cherché dans le buffet du dessus un sac de congélation transparent et assez grand. Avec celui-ci, il a saisi l'objet qu'il avait trouvé. Il l'a glissé dans le sachet, qu'il a noué, et est allé sous le plafonnier du séjour. Il a inspecté la chose avec soin, sous toutes les coutures, et a senti son cœur manquer un battement lorsqu'il a repéré à la surface des empreintes digitales ensanglantées. Elles étaient si distinctes qu'elles semblaient tout droit sorties des manuels. Il y en avait cinq au total. Et comme si cela ne suffisait pas, il a noté une gravure à la surface de l'objet patiné qui ressemblait à une fourchette.

Le manche portait l'inscription « Samuel Koski ».

*

La bicyclette roulait en silence dans la nuit. Olivia Koski la laissait avancer. Il en était parfois ainsi : rester en selle suffisait. Elle s'est donc contentée de diriger et est arrivée à sa destination.

Elle a atteint le virage qui offrait une dernière vue sur le village-vacances. De si loin, elle ne distinguait pas les détails. La lueur de la lune était une veilleuse qui dominait l'ensemble. Elle a vu le Palm Beach Finland, ses plages, son immense enseigne, ses bâtiments, ses bureaux et ses chalets. Le clair de lune adoucissait les couleurs, mais celles-ci restaient vives.

C'était la nuit la plus chaude de la saison. Le temps semblait avoir pris un tournant, juste quelques minutes plus tôt. Le vent s'était calmé, même la mer écumait de manière différente.

Olivia est restée sur place. Elle était là. Après tous ces événements.

En fin de compte, tout était allé très vite.

Après que Jan Nyman s'en était allé, elle l'avait suivi. Incapable de croire d'emblée à ses propos, elle voulait savoir ce qu'il en était vraiment. Il avait disparu dans le bosquet longeant le chalet de Jorma Leivo. Elle avait attendu. Au bout d'un certain temps, elle avait remarqué une voiture familière arriver dans la direction opposée. Elle avait caché sa bicyclette à l'ombre des arbres et vu que la BMW n'était pas conduite par le soi-disant avocat, mais par Robin.

Il s'était arrêté sur le bas-côté et… s'était mis à pleurer. Il pleurait et respirait avec difficulté. Puis il s'était mouché avant d'envoyer voltiger son mouchoir par la vitre ouverte. Il avait presque atterri aux pieds d'Olivia.

Elle en avait déduit qu'une chose grave s'était produite. Et si ce n'était l'homme étrange, mais Robin en pleurs, au volant, alors… Elle s'était rappelée ce que le type lui avait dit en lui apportant les 10 000 euros : « Et il y en a davantage à la source. »

Il avait peut-être menti sur tout le reste, mais pas à ce propos.

Olivia avait trouvé l'argent en quelques minutes, soit le même temps qu'il lui avait fallu pour entrer. La porte avait bien sûr été verrouillée, mais Olivia avait déjà remarqué qu'en matière de travaux et de transformations, Jorma Leivo misait davantage sur les apparences que sur les structures. Le chalet rutilait sous sa nouvelle peinture vive, mais tout le reste était vieux, y compris les fenêtres. Elle s'est souvenue de ce qu'elle avait vu enfant. Postée devant la fenêtre, elle a posé la main sur le cadre du côté par lequel elle s'ouvrait et a poussé avec fermeté. Le cadre de la fenêtre à une vitre était constitué d'un matériau flexible et bon marché. Elle a de nouveau poussé. Encore et encore. Le cadre a commencé à se désolidariser de son chambranle, cédant un peu plus à chaque poussée. À la lumière du clair de lune, elle a vu la poignée tourner. Elle a concentré tout le poids de son corps dans une poussée, et la fenêtre s'est ouverte. Il n'y a eu qu'un bruit léger, mais elle a patienté un moment avant de grimper à l'intérieur. Elle a refermé la fenêtre et regardé autour d'elle. Désemparée un instant, elle s'est dit qu'elle devait penser comme un homme. *Où est-ce que tu cacherais l'argent ?* s'est-elle demandé. Quelques coups manqués et bingo ! Elle n'a commis d'impair qu'au moment de repartir : pensant qu'elle pourrait très bien sortir par la porte, elle s'est exécutée. Mais la serrure à l'extérieur était défectueuse et le battant ne pouvait être fermé qu'avec une clé. Olivia a donc dû laisser la porte entrebâillée.

Elle a retiré son sac à dos et jeté un coup d'œil à l'intérieur. Elle n'avait pas encore compté l'argent, ne voulant d'ailleurs pas le faire ici et maintenant. Elle a rapidement jaugé l'épaisseur de la liasse du bout d'un doigt et constaté qu'il y en avait plus que l'acompte de 10 000 euros déjà reçu. Après un petit marchandage, cet argent suffirait aux travaux d'assainissement complets.

Elle a remonté la fermeture Éclair et a remis le sac

sur son dos. Puis elle a saisi le guidon de sa bicyclette et a posé le pied sur une pédale. Un instant plus tard, le vélo filait de nouveau. Il avançait avec légèreté, et Olivia n'a eu qu'à s'assurer que ses pieds restaient sur les pédales et que la direction était à peu près la bonne.

Elle a songé à la promesse qu'elle s'était faite. Elle ne laisserait plus un seul homme se mêler de ses affaires d'argent. Elle tiendrait parole. Dans tous les domaines : elle retaperait sa villa.

Elle a pensé à la manière dont Jan Nyman s'inscrirait dans cette perspective.

La bicyclette roulait, Olivia souriait.

*

Robin voulait conduire, ce que Chico comprenait. Robin prenait des responsabilités, c'était nouveau. Chico a vu de ses propres yeux l'évolution de son ami. Il grandissait, autant à l'intérieur qu'à l'extérieur : son rythme s'améliorait, son regard hagard et soumis devenait résolu et assuré sans pour autant être orgueilleux et encore moins arrogant. Ses propos étaient plus concis et en tout point plus sensés, ses mots nouveaux et percutants. Tout cela parce qu'il avait pris la place du chauffeur.

La BMW filait dans la nuit laiteuse avec des hommes sales et silencieux à son bord. Robin respectait les limitations de vitesse, à toutes fins utiles. Leivo les avaient envoyés en mission après leur avoir dit qu'il avait besoin d'une bonne douche et de vêtements frais avant sa réunion du matin. Avec eux.

Ils ont quitté la route nationale. Le gravier a tambouriné contre le fond de caisse. Ils ont roulé sur une voie sombre bordée de sapins puis sont arrivés à un carrefour et ont emprunté un chemin de gravier encore plus étroit. Ils l'ont quitté aussi. Le talus était abrupt mais familier. Les phares de la BMW ont éclairé le fond de la sablière tandis que Robin ralentissait. La surface de l'étang ressemblait à de la glace noire. Robin a avancé tout au bord de l'eau.

L'étang avait une surface assez réduite mais il était d'autant plus profond. Chico avait entendu dire un jour qu'il était né d'un effondrement, comme à la télévision : le sol s'affaissait soudain et dégringolait loin, quelque part dans les abîmes. Il ignorait si c'était vrai, mais pour l'heure, cela ne comptait guère. L'essentiel était sa capacité à engloutir.

Robin s'est tourné vers Chico. À la lumière du tableau de bord et de la lune, le visage de Robin était celui d'un adulte. Plus celui d'un gros bébé ou d'une bête de la forêt, mais d'un homme. Chico s'est tu quand Robin a passé le levier de vitesse automatique sur « P » et laissé le moteur tourner à vide pour qu'ils descendent tous les deux de la voiture.

Chico a laissé la portière ouverte et contourné le véhicule par-derrière. Il se tenait à deux mètres quand Robin a tendu le cou à l'intérieur et passé le levier sur « D ». Robin a bondi hors de la voiture et elle a cahoté vers l'avant.

La BMW s'est doucement glissée dans l'eau, tel un gros insecte noir à carapace brillante. Elle a d'abord rampé sur quelques mètres à l'horizontale, puis l'angle est devenu plus marqué et elle n'a pas tardé à plonger, la tête la première. L'arrière s'est redressé à la verticale et a donné un instant l'impression de vouloir rester dans cette position. L'eau a fait des bulles, un sifflement s'est fait entendre, une partie a glougloutè avec frénésie. Puis les feux se sont éteints et l'immersion s'est accélérée. La BMW avait bientôt complètement disparu. Ses glouglous réguliers ont duré un certain temps puis ont fini par s'arrêter à leur tour, et l'étang a retrouvé sa surface lisse. Il ne restait plus que cette sablière éclairée par la lune, et Chico et Robin.

Chico ne parvenait pas à quitter des yeux la surface noire de l'étang. Ils avaient coulé une BMW. Ils avaient fait le nécessaire. Chico a compris que jadis, ils n'y seraient pas arrivés, pas après avoir voyagé sur ses sièges en cuir et entendu son gros moteur puissant. Ils auraient gardé le véhicule, quels que soient les ennuis que cela leur aurait attirés. Ils n'auraient pas été capables de résister. Mais à présent, ils y étaient parvenus.

Chico a réalisé au passage qu'il avait coulé autre chose. Quelque chose de lourd, qui lui pesait et le cernait. Il s'est rappelé un détail qui avait attiré son attention depuis la place du mort. Il s'est souvenu d'un des chiffres du tableau de bord.

— Robin, a-t-il commencé.

— Ne t'inquiète pas. Les pelles sont parties avec.

— Ce n'est pas ce que je voulais dire. Mais c'est bien. Je pensais à l'heure qu'il est. Il est 3 heures.

— Et alors ?

— On est le 12 juillet. C'est mon anniversaire. J'ai quarante ans.

Robin s'est tourné vers lui.

— Bon anniversaire !

— Merci.

— Comment tu comptes fêter ça ?

Chico a réfléchi. Il a regardé Robin, puis la surface de l'étang.

— Je crois que je suis en train de le faire.

— Tu en as encore pour longtemps ?

Chico a compris ce qu'il voulait dire. Ils devaient s'en aller. Ils avaient un long trajet à pied.

La distance ne me dérange pas, a pensé Chico, *ni même la pénibilité.*

Tant que le chemin est le bon.

9

Jan Nyman s'est dit qu'un jour, Muurla se changerait vraiment en ce meuble auquel il ressemblait tant. En quelques jours, il avait bronzé, ce qui renforçait sa ressemblance avec un antique sofa anglais.

Il était assis derrière son bureau, Nyman dans le fauteuil en plastique face à lui. Dehors, c'était la première vraie journée d'été, et Nyman ne portait qu'un tee-shirt en plus de son jean.

Il avait regagné Helsinki en bus puis pris un train de banlieue pour Tikkurila et marché de la gare jusqu'au siège de la direction centrale de la police judiciaire. Il avait savouré cette matinée estivale. Le soleil s'était levé au rythme de ses pas, ses rayons étaient chauds et doux. Dépourvu de nuages, le ciel était d'un bleu clair que personne ne saurait peindre avec fidélité. L'herbage du terrain vague embaumait. Les feuilles des arbres jouaient avec le vent clément.

Nyman a posé le sachet en plastique sur le bureau avec le rapport préliminaire écrit en vitesse dans le bus. Puisqu'il voyait les empreintes ensanglantées à la surface du grattoir, Muurla les remarquerait aussi. Tandis que ce dernier observait le sachet et l'objet en bois, Nyman s'est mis à parler.

— Une partie des choses pourra être prouvée assez facilement, a-t-il commencé. Mais pas le reste, sauf si quelqu'un parle. Et ça, je n'y crois pas. Personne ne l'a fait jusqu'ici, je ne vois pas pourquoi ça changerait. Ça s'est passé à peu près comme ça. Les deux potes, le surfeur et le cuisinier, tu trouveras leurs noms dans les papiers, sont engagés ou embrigadés pour empoisonner la vie d'Olivia Koski. Pour la pousser à vendre sa villa, ou juste comme ça. Ils se rendent chez elle, ils comprennent qu'il y a quelqu'un à l'intérieur, ou ne comprennent pas, et ils agissent quand même. Je pense pour l'instant qu'ils ont jeté des pierres depuis la cour et qu'ils ont atteint cet Antero Väänänen. Ça expliquerait les fenêtres cassées et les événements qui ont suivi. On n'a pas retrouvé de cailloux dans la maison, mais ils ont très bien pu les emporter. Dans tous les cas, Väänänen est touché, et les types se disent peut-être qu'il faut faire ce qu'il faut faire. Sauf que je n'en suis pas tout à fait sûr. Il peut y avoir d'autres raisons. Mais ils entrent dans la maison, où s'ensuit une bagarre monstre, à en croire les photos. Ça tourne mal pour Väänänen. Un des types, ou les deux, vole cet objet en bois. J'ignore pourquoi. Il appartient à Olivia Koski, c'est un… un ustensile de son père et de son grand-père. Mais le principal, c'est qu'il comporte des empreintes digitales et du sang en abondance qui, je présume, appartient à Väänänen. Je suis convaincu que les empreintes sont celles du cuistot. Et lui et le surfeur font tout ensemble. Tout. En plus, je suis plutôt certain que ce sont eux aussi qui ont brûlé le sauna d'Olivia Koski. Je ne serais pas surpris d'apprendre qu'ils ont acheté le nécessaire pour mettre le feu le jour ou le soir même. Et j'ignore si le sauna présente un intérêt autre que pour l'assurance, vu que dans le fond, c'est tout de même sur un homicide qu'on enquête ici. J'ai indiqué dans le rapport où se trouvent ces types, je t'ai envoyé un e-mail avec les photos de l'endroit où j'ai dégoté cet objet. Pour l'heure, je laisse quelqu'un d'autre boucler l'enquête. L'un dans l'autre, tout ce dont on a besoin est là-dedans.

Muurla observait toujours l'objet sur son bureau.

— Et cette femme ?

Nyman a hoché la tête, même s'il n'était pas dans le champ de vision de Muurla.

— Olivia Koski. Elle n'est pour rien dans la mort de ce Väänänen.

— Tu en es sûr ? Tu as pu l'approcher ?

Nyman a réfléchi un instant.

— Elle n'a rien à voir dans tout ça, a-t-il répété.

Muurla a levé les yeux. Il regardait droit devant lui. Ils se sont tus un instant.

— Tu as dit que le binôme s'était vu assigner une tâche. Si ce n'est pas cette femme qui la leur a donnée, alors qui c'est ?

— Je parie que c'est le propriétaire du Palm Beach Finland, Jorma Leivo. Je n'ai rien pour le prouver. Je ne pense pas qu'il parlera. C'est un dur à cuire. À vrai dire, je lui tire mon chapeau à ce propos. Je l'ai rencontré dans des circonstances où toute autre personne aurait révélé n'importe quoi. Il a été enseveli dans le sable jusqu'au cou, mais quand je suis retourné sur la plage, il avait disparu. Peut-être qu'il s'agissait vraiment d'une blague, comme il l'avait prétendu. Il a une certaine ténacité. Mais je n'ai aucune preuve de sa complicité. Comme tu le sais, j'ai demandé un service à la section des crimes financiers concernant ses comptes. On sait aussi que c'est illégal, et s'ils avaient trouvé quelque chose, on n'aurait pas pu l'utiliser. Mais j'ai appris par un autre biais que ses comptes n'affichaient rien d'extraordinaire. Il a hérité voilà un certain temps, et il a investi l'argent dans son projet de Palm Beach. J'ignore si on va arriver à le lier à cette affaire. Et ce n'est pas la fin du monde. L'essentiel est d'avoir les personnes qui ont, soit par accident, soit à dessein, assassiné Väänänen.

Muurla a semblé accepter ces explications. Toutes. Il a reporté son regard sur l'objet en bois sombre à quatre dents reposant devant lui.

— Parfois, les accessoires sont vraiment utiles, a-t-il ensuite déclaré. Je traversais une période un peu morose avant de rencontrer Leena, et quand elle a ouvert la valise qui se trouvait sous son lit…

— Pardon de t'interrompre, mais j'ai autre chose à te dire.

Muurla l'a regardé, l'air déjà ailleurs, plongé dans de tout autres pensées. Nyman a attendu qu'il revienne à la réalité. Il l'a remarqué à ses yeux, qui se sont affûtés.

— Je veux prendre des vacances. Enfin, pas des vacances. Je veux me mettre en disponibilité.

— Combien de temps ?

— Jusqu'à ce que la mer gèle.

Muurla l'a observé. Nyman s'est rappelé ce qu'il avait expliqué à Olivia. La même chose qu'à son ex-femme. Qu'il n'avait pas de rêves.

Il y avait songé dans le bus, seul voyageur au milieu des paysages déserts qui défilaient en sens inverse. Le fait qu'il n'ait pas de rêves ne signifiait pas qu'il n'avait pas d'envies. Et pour la première fois de sa vie, l'objet de son désir était clair. C'était un sentiment étonnant de simplicité. C'était sans doute ce que l'être ressentait lorsqu'il décidait de réaliser son rêve. Nyman s'est dit que l'instant, la fraction de seconde où le rêve devenait une aspiration concrète engendrait une clarté si élémentaire et une telle force que cela ne changeait pas seulement le rêve en action. Cela changeait aussi l'être, et ce avant même que le rêve soit près de se réaliser. Et n'était-ce pas au final le but des rêves, de nous faire changer ? La vie ne pouvait pas changer si nous ne changions pas nous-mêmes.

Et il n'y avait plus de temps à perdre.

— Pourquoi ? a ensuite demandé Muurla.

— Je veux apprendre à faire de la planche à voile.

C'était vrai. Ce n'était pas *toute* la vérité, mais c'était, à son humble niveau, entièrement vrai.

— Je croyais que tu n'aimais pas la planche.

— Je le croyais aussi, a affirmé Nyman avant d'ajouter après une petite pause : Je m'étais complètement trompé.

CINQ SEMAINES PLUS TARD

Jorma Leivo a levé son dessin à bout de bras, au niveau de son visage, comme s'il l'ajustait au paysage. *Oui*, s'est-il dit.

Il était posté sur un rocher entre la plage du Palm Beach Finland et la pinède de la réserve naturelle, les yeux tournés vers l'extrémité du rivage. Il a baissé son croquis de quelques centimètres, a revu les pontons, quelques voiliers et la maison du petit club nautique. Il n'a pas tardé à relever l'image, et ce qu'il a vu était beaucoup mieux.

Le dessin comportait un flamant rose qui, une fois prêt, mesurerait environ trente mètres de hauteur. Sa tête serait un belvédère offrant une vue jusqu'à Helsinki et, par temps clair, jusqu'à Tallinn. Ce serait également le point de départ du toboggan aquatique le plus long, le plus haut et le meilleur de Finlande. Il sinuerait à l'intérieur du flamant rose et passerait par ses pattes. Peut-être deux toboggans seraient-ils nécessaires. L'un pour les tout-petits, l'autre pour les vrais casse-cou. La partie centrale de l'oiseau permettrait d'admirer le paysage et offrirait aussi d'autres distractions. Jorma Leivo y avait esquissé un bar à cocktails dans le plus pur style de *Deux Flics à Miami*. Décor bigarré à la floridienne, sofas en cuir blanc, drinks avec petits parasols, pailles et éventails scintillants. Ils porteraient tous des noms du genre Sonny's Special, Rico's Arrest, Castillo Cool. Leivo avait déjà les recettes de base : Sonny serait corsé par un whisky fort à en faire pousser la barbe, Rico par un rhum remontant le moral, Castillo par une vodka plus froide que froide, figée par la glace. Et les clients pourraient boire à volonté, car la patte droite du palmipède accueillerait un ascenseur. Celle pliée, avec les doigts ouverts, ferait un plongeoir parfait. Il ne communiquerait cependant pas avec le bar à cocktails, mais on y vendrait des boissons énergisantes.

Leivo a plissé les yeux pour délimiter le cadre.

Le flamant deviendrait aussi le monument manquant à cette époque, à ce pays. Audace, innovation et ouverture d'esprit. Il serait visible de loin et depuis les avions planant au-dessus de la mer Baltique. Leivo n'avait jamais compris le palais Finlandia ni tous ces autres blocs de béton. Où étaient l'originalité, l'ingéniosité et la capacité de penser différemment ? Et les couleurs, la vie, la joie ? Jorma Leivo n'avait qu'à baisser la main et tourner un tout petit peu les yeux pour trouver la réponse.

Samedi, 11 heures du matin, et les cent vingt chaises longues étaient louées. Le match de volley de plage battait son plein. Plus loin, de nouveaux chalets, huit au total, étaient déjà en construction. Une file de jeunes citoyens serpentait devant le marchand de glaces. Jorma Leivo avait eu raison : le nom de Palm Beach Finland commençait à circuler.

La température devait être de 16 degrés Celsius, le vent rafraîchissait l'air, et la météo parlait de refroidissement, voire de grêlons pour le week-end. *Excellent.*

Il a observé encore un peu l'animation de la plage, puis il s'est retourné et a relevé son dessin devant lui. Il a réfléchi un instant et l'a descendu millimètre par millimètre. Les mâts des voiliers sont apparus les premiers, puis la maison du club luisant sous sa peinture blanche et fraîche, les coques immaculées des voiliers, et en tout dernier, les pontons jalonnant le chemin du progrès. Il y avait une dizaine de bateaux. Seuls trois ou quatre membres du club nautique refusaient toujours de vendre leur parcelle de rivage. C'était peu, mais leur résistance était d'autant plus forte.

Jorma Leivo a encore une fois brandi son schéma. Il l'a observé. Trois ou quatre plaisanciers l'empêchaient de réaliser son rêve, et par conséquent de sortir la Finlande de l'ornière. Ce n'était pas tolérable. Vraiment pas. Ces trois ou quatre individus changeraient d'avis. Au plus tard lorsque…

Leivo a sorti son téléphone de sa poche. Il a une nouvelle fois regardé son dessin, puis il a sélectionné un numéro.

*

Chico accordait les nouvelles cordes de sa guitare avec compassion. Après la représentation de la veille, elle était comme une personne enrhumée : elle souffrait d'une extinction de voix et était exténuée. Chico avait joué avec frénésie. Il avait tout donné.

Jouer avait fait renaître en lui une vieille sensation. Il n'avait plus envie de partir, il ne rêvait plus de scènes toujours plus grandes, encore moins d'absurdités telles que cette femme tatouée anglophone à la forte poitrine qui l'avait obsédé pendant des années

– pas parce qu'il l'aurait vraiment désirée, mais plutôt parce qu'elle n'avait jamais existé. Comme tout ce qui avait régi ses pensées au fil des ans. Comme s'il avait oublié ce qu'il avait en main : une guitare.

S'il la tenait, sa seule tâche était d'en jouer. Et non pas de cogiter ce qu'en jouer engendrerait ou pas.

La veille, après avoir terminé un rappel du tonnerre, il avait récolté les applaudissements qu'il avait toujours souhaités. De fortes paumes avaient claqué avec sincérité et exaltation.

Il resserrait les cordes graves lorsque la tête de Robin a surgi par l'ouverture de la porte.

— J'ai discuté avec Neea.

Chico a regardé son ami. Ces derniers temps, il ne cessait de le surprendre. Robin semblait maîtriser toujours plus de choses. Chico ignorait par exemple ce qui avait poussé Neea à vouloir l'épouser si vite. Il soupçonnait que c'était lié au corps reposant sous le sable de la « vieille plage », mais il n'a pas demandé de détails et Robin ne lui en a pas donné. Cela ne le dérangeait pas. Il y avait tant d'autres sujets à aborder. Comme le fait que Robin était devenu son manager.

— Neea a parlé avec Leivo, a poursuivi Robin en s'asseyant sur le lit.

Chico a détaché sa main gauche du manche de la guitare.

— Et ?

— Il va nous sortir de là. On aura le meilleur avocat qui soit. Il a dit qu'on avait toutes les chances qu'il s'agisse d'un homicide involontaire ou indirect, et dans le meilleur des cas, il peut être question d'une simple mise en danger de la vie d'autrui. Et donc, comme on est des primodélinquants, soit l'été prochain, soit au plus tard celui d'après, on sera dehors.

Il paraît que c'est le même avocat qui a fait sortir en trois semaines le violeur de la prison spéciale.

— Qu'est-ce qu'il veut, Leivo ? a demandé Chico.

— Il a dit qu'il y avait quelques bateaux dont il faudrait baisser les voiles.

Chico a réfléchi.

— Ça signifie sûrement autre chose.

— J'ai répondu qu'on aimait bosser.

— Exact, a confirmé Chico. Surtout ensemble.

— Mon frère, a lancé Robin.

Ils se sont frappé dans les paumes, se sont serré la main en position de bras de fer et ont fini par presser leurs poings l'un contre l'autre.

Puis ils se sont tus un instant.

— Demain, tu as un concert dans un centre de semi-liberté, a prévenu Robin. Un bon public, des gens frais. Des chauffards alcoolisés, des toxicos. Ils aiment bien faire la teuf.

Chico a regardé Robin.

— Comment tu as fait pour l'organiser si vite ?

— Je leur ai dit que ça serait suivi d'un barbecue.

— Qu'est-ce que tu comptes faire griller ?

— N'importe quoi. Je badigeonnerai ce qu'ils auront avec ma marinade. Elle est si bonne qu'elle ferait même passer un rouleau de papier toilette.

— C'est vrai.

— La soirée est baptisée *The Bruce Springsteen Barbecue.*

— Encore ?

— Tu es au top quand tu joues du Bruce. On s'y croirait presque. C'est sans doute parce que tu l'as rencontré.

Chico a secoué la tête.

— Je ne…

Robin a posé son doigt sur ses lèvres et a émis un long chuintement.

— Je l'ai déjà dit à tout le monde, a précisé Robin. Tu commenceras par *Working on a Dream*.

*

Jan Nyman a posé le seau qu'il avait en main, s'est assis dans un fauteuil de jardin à deux places et s'est tourné vers la maison. La vieille villa semblait tiraillée de partout : le haut, le bas et les côtés. Le grand trou creusé à côté était béant, des parties du mur manquaient et, à l'intérieur, la salle de bains n'était plus qu'un désert. Son sol bétonné tout frais comprenait lui aussi un trou énorme. Les travaux avançaient comme prévu. Nyman savait pertinemment pourquoi il en était ainsi. Il a détourné les yeux.

La journée était fraîche, comme à l'accoutumée. Dégagée, mais fraîche. Lorsque le soleil et ses rayons se sont reflétés sous cet angle-là, la mer a semblé s'incliner et devenir escarpée. En plissant les yeux et en laissant libre cours à son imagination, on pouvait se figurer que le monde était à l'envers. Nyman en savait quelque chose.

Il travaillait depuis 7 heures du matin. Et il était un peu plus de 17 heures. Les restes du sauna brûlé avaient été dégagés et emportés pour faire place aux nouvelles fondations. Telle avait été sa première tâche. Il ne se souvenait plus de tout ce qu'il avait fait après. Les jours et le travail se ressemblaient.

— Tu fais une pause ?

Nyman s'est retourné sur son siège. Olivia se tenait derrière lui, un gros marteau à la main.

— Est-ce que ça, a-t-il demandé en hochant la tête vers le marteau, ça veut dire que je ne devrais pas ?

Olivia a agité l'outil.

— Il y a des planches, là. Il faudrait les transporter derrière les fondations du sauna. Pour les mettre sous la bâche.

— Tout à l'heure, a répondu Nyman avant de reporter son regard sur la mer.

Il a senti Olivia derrière lui, autant physiquement que dans sa tête. Comme cela avait été le cas depuis le début. Il l'avait compris dès son retour. Pour l'heure, il ressentait presque dans son dos l'acier froid du marteau qui oscillait dans la main d'Olivia tel un métronome. Nyman le savait sans même le voir.

— Ou bien, a-t-il repris, si je ne me lève pas, que je ne porte pas les planches ni plus rien d'autre ?

Olivia n'a rien dit.

— Si je me contente de rester assis et de te regarder faire ? Je profite de l'été. Je vais faire de la planche à voile. Qu'est-ce que tu en dis ?

Olivia n'a pas réagi.

— Sinon, j'ai acheté la planche que tu m'as recommandée, a ajouté Nyman. Je ne sais pas ce qui s'est passé, mais elle semble m'obéir. Ou alors c'est que nous sommes parvenus à nous entendre. Je m'en suis aperçu hier. Elle ne partait plus dans tous les sens.

Une poignée de secondes se sont écoulées, puis Nyman a senti quelque chose sur son crâne.

Les lèvres d'Olivia.

Elle a contourné le fauteuil et s'est assise à côté de lui. Il a jeté un coup d'œil de côté. Ce profil : nez un peu long, lèvres gracieuses, yeux marron, pommettes hautes, cheveux châtains. Nyman aurait pu l'observer pendant des heures, ne serait-ce que, pour commencer, jusqu'à la fin de cette journée qui perdait sa lumière avec tristesse.

— Ça doit suffire pour aujourd'hui, a-t-elle constaté.

— Et Esa ?

Nyman l'entendait percer et marteler de l'autre côté de la maison.

— Il ne s'arrêtera que quand ce sera prêt.

Nyman a regardé Olivia, qui restait impassible.

— Sans compter qu'il est payé en fonction de l'avancement du chantier.

— Exact.

Nyman n'avait pas posé de questions. Il n'avait pas interrogé Olivia une seule fois sur la manière dont elle s'était soudain procuré l'argent de ses travaux. Il ne lui avait pas demandé si elle savait que l'homme qui avait séjourné au village-vacances avant de s'évaporer sans crier gare conservait dans son four à micro-ondes une liasse de billets qui correspondait presque à l'euro près à la somme convenue avec Esa Kuurainen pour l'assainissement. Nyman avait bien sûr sa petite idée, mais il passait outre. Tout comme pour la façon dont il avait approché Olivia Koski à l'origine. Ce point était à vrai dire nettement plus délicat à aborder. Certes, il n'avait fait que son travail, mais tout de même. Il a donc laissé cette idée s'éloigner de nouveau, l'a abandonnée aux cimes des arbres oscillant afin qu'elle s'envole quelque part en mer, au gré de vents plus forts.

— Ces derniers temps, Leivo s'est montré très sympathique, a noté Olivia.

Nyman n'a pas relevé.

— Depuis qu'il m'a nommée responsable des gardiens de plage et qu'il m'a accordé cette augmentation de salaire. Il m'a même demandé conseil. Pas plus tard qu'hier.

— Vraiment ?

— Je rentrais à la maison lorsqu'il est venu sur la plage m'interroger sur ce qu'aimait la présidente du club nautique, une grande amie de Mlle Simola. Il m'a dit qu'il songeait à un cadeau d'anniversaire.

— Vraiment ? a répété Nyman, écoutant avec la plus grande attention.

— Oui, oui, a confirmé Olivia. Et avant que tu ne me mettes en garde ou me conseilles, je sais me méfier.

— Je n'en doute pas.

Nyman réfléchissait davantage à ce que cela signifiait pour son propre compte. Pourvu que ce ne soit pas ce qu'il craignait. Il avait été sérieux dans ses déclarations à Muurla : il tenait à se mettre en disponibilité. Ce qui voulait dire travailler ici du matin jusque tard le soir. C'était mieux que tout ce qu'il avait connu depuis longtemps. Que presque tout.

— Demain, je suis du matin, a prévenu Olivia.

Nyman s'est tourné et a posé ses mains sur ses épaules bronzées et musclées, a glissé la main sur sa peau nue. Sa chaleur est passée du bout de ses doigts jusqu'au bas de son ventre.

— Dans ce cas, on va devoir aller au lit tôt, a-t-il fait remarquer.

Olivia a souri, a dégagé les cheveux de ses yeux et les a laissés ombrager de nouveau son visage. C'était un geste caractéristique que Nyman aimait contempler.

— Tu veux dire qu'on va se coucher ? a-t-elle interrogé.

— Je veux dire qu'on va au lit.

Olivia s'est penchée en avant et a embrassé Nyman sur la bouche. Il adorait le contact de ses lèvres : chaud, brûlant, frais, lourd, léger comme une plume.

— Esa en a encore pour longtemps dans la salle de bains, a-t-elle annoncé.

— Laissons-le faire. Mais nous, allons à l'étage.

— La chambre est située au-dessus de la salle de bains.

— On se taira.

Olivia a embrassé Nyman sur la joue et lui a murmuré à l'oreille :

— Quand est-ce que tu t'es tu pour la dernière fois lorsque je t'ai fait ça ?

Nyman a senti sa langue sur sa peau.

S'il en avait été capable, il aurait rêvé d'une chose pareille. Mais il n'en avait pas besoin.

C'était vrai.

MIXTE
Papier issu de
sources responsables
FSC® C003309

10/18, une marque d'Univers Poche,
est un éditeur qui s'engage pour
la préservation de l'environnement
et qui utilise du papier fabriqué à partir
de bois provenant de forêts gérées
de manière responsable.

10/18 – 92 avenue de France, 75013 PARIS

Imprimé en France par CPI

N° d'impression : 3041033
X07829/01